追踪师

隐身术

紫金陈 著

中国友谊出版公司

图书在版编目（CIP）数据

追踪师 / 紫金陈著. — 北京：中国友谊出版公司，2018.1（2018.5重印）
ISBN 978-7-5057-4288-8

Ⅰ. ①追… Ⅱ. ①紫… Ⅲ. ①长篇小说－中国－当代
Ⅳ. ①I247.5

中国版本图书馆CIP数据核字（2018）第004851号

书名 追踪师
作者 紫金陈
出版 中国友谊出版公司
发行 中国友谊出版公司
经销 新华书店
印刷 北京嘉业印刷厂
规格 880×1230毫米 32开
9印张 224千字
版次 2018年4月第1版
印次 2018年5月第2次印刷
书号 ISBN 978-7-5057-4288-8
定价 42.00元
地址 北京市朝阳区西坝河南里17号楼
邮编 100028
电话 （010）64668676

楔子

最近十年中国的安防产业拔地而起，监控探头早已成为城市标配，信号追踪、网络监控等新技术的运用，彻底改变了警察的办案方法。

中国公安打击犯罪的历史，全面进入了电子刑侦的时代。

杭州作为中国安防产业之都，国内最大的几家安防企业均落户其中。这座城市无论是安防硬件，还是警察的电子刑侦水平，在国内都首屈一指。

2016年，杭州承办了云集各国领导人的G20峰会，可就在峰会召开的半年前，几起案件的发生却让整座城市的安防遭遇难题。

一个接连在高档小区作案的入室抢劫团伙，却从来没被天罗地网般的监控拍到过。

一辆安装卫星定位的汽车从主城区失踪了，最后出现在十多公里外的市郊。沿路监控都没拍到该车行踪，而卫星定位显示，车子是以近三百迈的时速一路狂奔到了目的地，高铁的速度！

第一章

早上八点半，沈研离开家，坐上汽车，驶向城西留下镇。

汽车下了绕城高速，沿着天目山路继续向前行驶。上方巍峨的高架桥隔绝了天光，投下整段阴影，将道路和车辆都覆盖其中。

沈研双手握着方向盘，鼻梁上架了一副墨镜，深色镜片底下掩盖不了的是愁眉不展。

他过去曾在大康公司工作，大康是中国最大的安防企业，是市值几千亿的A股上市公司，他是从事产品研发的高级工程师，自身拥有多项专利。四年前，他放弃了六十万的年薪，带着专利开始了创业。

为了创业梦，沈研几乎把全部身家投入其中，又拉来风投，经过两年研发，产品成功落地，不过这并不意味着就能顺利卖出去。

他的产品主要针对警察办案，并非民用，订单完全指望政府的招投标。杭州作为中国安防行业之都，大康、海华等国内最大的几家安防企业均落户其中，整片华东地区的政府招标，几乎都被几家巨头瓜分，像他这种小公司步履维艰。

去年几个城市的招标，他一个单都没拿到，如今公司资金已到了清盘警戒线，如果这几个月再拿不到订单，那么他的专利就要抵押给投资人，这些年的心血都将付诸东流。

当务之急，是再融一笔钱，只要后面拿到订单，公司就能起死回生。

于是，他想到了岳父。

岳父母都是知识分子，二十世纪八十年代留过学，后来回国办了外贸公司，这些年下来，攒了不少身家。他希望从岳父那儿借三千万，来渡过难关——不过并不乐观，女婿终归是外人，家里还有个小舅子。岳父一开始就不赞成他辞职创业，说他性格只适合当个上班的工程师，年初时得知他公司资金紧张就说了，早点儿折腾完回去上班。而且岳父在投资上吃过亏，十年前大江东新区开发时，岳父买了一排店面和一栋独立大别墅，结果政府开发迟迟未能推进，至今那片区域依然荒置。那时上千万的投资可是一笔巨款。自此以后，岳父在投资方面变得极其谨慎，更何况是投他这个濒临倒闭的公司。

可事到如今，他也只好硬着头皮试试了。

今天他是一个人来找岳父的，按妻子夏梦飞的说法，他先去谈，如果拒绝，夫妻俩再一同去，好歹多一次机会。岳父也不至于完全见死不救，总归能借到一些钱。

岳父通常下午才去公司，所以他早上过去，有充裕的时间来说服对方。

沈研转动方向盘，车子驶出主干道，拐进一条支路，没多久，进入一个别墅小区，来到一座独栋别墅前，蓝牙感应的大门收到车上信号自动打开，一座法式建筑出现在面前。

这是一栋地上四层、地下两层的别墅，总计七百多平方米，室内置有别墅专用电梯，这几年流行电梯入户。

车子拐弯到了房子背后，驶入地下二层的停车库，沈研刚下车，就停下了脚步。

岳父的车不在，难道他已经出门了？

沈研不死心，来到电梯前，掏出感应钥匙卡，在刷卡器上晃过，步入电梯，上到一楼，出了电梯门就是别墅客厅。此时，客厅也没人，整栋房子寂静无声。

“爸……妈？”沈研朝楼梯口喊了几声，没有得到任何回应。

他掏出手机，拨打岳父的电话，等待中，心里重温起准备好的说辞，可还没等到开口的机会，就听到对方手机已关机的提示，他又拨了一次，还是如此。

沈研不甘心，又打到岳父公司。电话是岳父的助理接的，对方告诉他老板今天还没来过公司。他只好给岳母打电话，跟她说一声他来过，谁知岳母的手机也关了。

看来今天是白跑一趟了，沈研准备已久的勇气和说辞，通通落空，只好回去。他穿过客厅，朝电梯走去，走了几步突然停下脚步，心中一股奇怪的感觉油然而生。

停顿了几秒后，他霍然转身，重新朝客厅张望，很快，他明白了问题出在哪里。茶几上留着一副眼镜，这是岳父的眼镜，岳父有散光，常年戴眼镜。

沈研皱起眉，联想到了空旷的车库，家里没请司机，岳父自己开车，一个常年戴眼镜的人出门开车怎么会忘了眼镜？

岳父没在公司，和岳母两人手机都关了，眼镜落在家里，车子却开走了。沈研抬起头，目光笔直朝楼梯投去，空荡的房子让他产生了一种不祥的预感，他一步步走上楼梯。

当他来到三楼岳父母的卧室时，只看了一秒，就意识到出事了。

一个枕头掉在地上，床铺凌乱，窗户大开着，窗帘随风晃动。

随后，他的目光转到了装饰台上，那里的烟灰缸下压着一张巴掌大的纸条。

市公安局刑侦支队的指挥室里，大队长林奇瞥了眼桌上的照片，上面是一张纸条，写着："NO.5，人在我手里，报警即撕票。"

林奇抬起头，问站在他对面的年轻刑警："现在什么情况？"

"昨晚十二点，小区门口的监控拍到业主家的奔驰车驶出去，绑匪驾车时戴了口罩和帽子，无法辨认长相。我们跟汽车厂商调取了车辆的GPS数据，发现车子停在北面十公里外的一处空地上，车已经找到了，上面没人，但是……"年轻刑警欲言又止。

"直接说！"林奇不耐烦地咆哮。

刑警咽了下唾沫，因为接下去的话连他自己都没法相信："GPS显示，车辆离开小区后，是以接近三百迈的速度一口气奔到了目的地。"

"三百迈？高铁啊！"林奇冷笑一声，用不容置疑的语气说，"就是再好的车，市区道路也开不到三百迈！"

刑警尴尬道："而且车子的运动轨迹是直线。"

"那又怎么样？"他一时没反应过来。

"道路都是纵横交错的，运动轨迹是直线，意味着车子穿越了所有建筑物，直线奔到了终点。"

"这不可能，GPS数据错了。"林奇很肯定地下结论，电脑数据出错是常有的事。就像有时候手机导航，明明身在这条街，却被定位到了另一条街。

"可是……厂商经过核实，数据没错。"

林奇顿时语塞。

绑匪驾驶汽车，以高铁的速度穿越所有建筑物直线奔到了目的地？

这要是真的，这案子他区区一个大队长可办不了，外星人绑架地球人，这案件的性质得直接飙到联合国啊。

第二章

一个月前。

“一个人的命运啊，当然要靠自我奋斗，但是也要考虑到时代的节奏。运气好的人，总能踏准节奏，不像我——”周兵捧着一份报纸往前走着，哀叹道，“去年抵押了房子买股票，结果股灾来了，后来想靠老实工作重新攒钱买房，结果房价又飙了。这些年的奋斗啊，都功亏一篑咯。要不然，我也不会光凭老板几句话，就接下这份新工作。”

现在是下午一点，阳光明媚。杭州的三月，正是最好的季节。

此处是杭州东面的一个别墅小区，叫钱塘公馆，南近钱塘江，向西不过五公里，是行政中心钱江新城，周边有山有水有学区，地段闹中取静。最大的特点显而易见——房价很贵。

小区西面围墙外的小路上，此刻，两个打扮时髦的男人并肩走着。他们都戴着鸭舌帽，一身休闲运动装，鼻梁上架着墨镜，墨镜下方是防雾霾口罩。

右边着明黄色夹克的男人叫周兵，他手里捧着一份报纸。左边穿着猩红色夹克，高他半个头的叫刘齐。举手投足间可见周兵是两人中的头儿。

看着报纸上的标题，《央行鼓励居民加杠杆买房去库存》，周兵眉宇间透出满满的忧国忧民："现在的风向很有问题，哪有直接鼓励老百姓炒房的？投机取巧这么赚钱，谁还会好好工作？这种导向，给我们做实际工作的，造成了很大伤害，你说是吧，小齐？"

刘齐不屑地撇撇嘴，看起来他对这个话题毫无兴趣。

周兵自个儿说："我们的工作，靠着智慧、胆魄和双手，结果呢，一年下来，还没别人买套房躺着赚得多，这算什么啊！"

刘齐白了他一眼，嘴巴没张，表情却已然在反驳了：你一个抢劫犯整天指点国家政策干什么？

凭着多年默契，周兵看一眼就读懂了他的潜台词，摇头笑起来："抢劫犯也怕人民币贬值啊！我可是正大光明抢劫，哪天要是被抓了，也就自认倒霉罢了。唉，在大众的字典里，对我们抢劫犯的定义存在着很大的误区，你是不是也深有同感？"

刘齐扭过头，表示毫无同感。

不过周兵并不介意，一直以来，他们的对话总是一人说一人听，早已成了习惯。

周兵笑了笑，换了个话题："坦白说呢，接这份新工作，总归是在冒险。连续干了几票，我也有点儿疲惫了。"他扭捏地伸了个大懒腰，摆出一副"近日偶感风寒，玉体欠安"的神态，接着说，"我倒有个提议，咱们今天这票做完，就跟老板说金盆洗手不干了。嗯……暂时先洗一只手吧，好好休息一阵，放松一下，你觉得怎么样？"

听了这个主意，刘齐停下脚步，马上点头表示赞成，紧接着他又摇头做着一连串手势。

周兵斜眼打量他片刻，皱眉说："小齐，你最大的问题在于，你明明是个不会手语的哑巴，又总喜欢瞎比画。你打字不也挺快的吗？"

周兵从夹克的衣领口袋里掏出了一个黑色手机，递给他。刘齐只好接过手机，在上面打出：“老板会同意吗？”

“管他同不同意，既然他找上我们，就知道我们不是一般的抢劫犯。我连警察都不怕，还怕他……”

这时，手机里的某个视频软件亮了起来，周兵点开视频对话，里面是一片漆黑的背景，一个温和的男声传入他的耳朵：“你们到了吗？”

“刚到指定位置。”

“那就按计划开工吧，一切小心。”

一墙之隔的小区里，此刻，大白天的，一栋花园别墅的二楼书房，一名年约四十的男士正跟一位美艳动人的年轻女子热情相拥。

两人都像喝了假酒，有点上头，情绪很激动，嘴里一口一个“老公”“老婆”地叫着。一般这么叫的，通常不是夫妻。

费了好大劲，他们都脱掉了衣服，正当准备再干点什么事时，楼下传来了汽车发动机的声响。

男人立刻停下手，警惕地跑到窗户边，揭开窗帘一角朝下看，只见一辆红色轿跑已经驶到了院子里。

车里那位三十来岁的妇人抬起头时，刚好看到二楼放下的窗帘还在晃动。她瞬间变身成痛苦女王，气急败坏地下车，掏出钥匙开门冲进去。

故事很简单。

丈夫在妻子的公司认识了小三。丈夫没打算离婚，小三却想逼宫上位。今天两人约会，小三向女老板请假，借口是身体不适去医院检查，结果她故意在朋友圈发了张自拍照，女老板一眼就看出照片的背景是她家。

她急忙驱车往家赶，当场捉住了匆忙套上衣服的两人。

接下来是三个人的争吵，妻子的怒发冲冠，小三的娇弱委屈，丈夫的左右为难。

只是在激烈的争吵中，谁也没意识到楼下的门没关，两名不速之客不费吹灰之力就走了进来。

当争吵中的三人突然发现书房门口站着两个头戴鸭舌帽和口罩的男子时，都愣了一下，妻子还天真地问了句："你们谁呀？"

没有得到任何回答，口罩后面看不见表情，几秒的沉默过后，三人瞬间明白，来者不善！

下一秒，妻子奔向窗户，准备喊救命，丈夫随手抓起桌子上一个厚重的烟灰缸用来防卫。可转瞬之间，一切动作静止，为首的那人掏出了一把枪，直直地指向了男主人。

简单的一个动作让现场彻底安静下来。

手枪泛着金属的光泽，在一股凝重的压迫感下，男主人轻轻放下烟灰缸，妻子慢慢停下揭开窗帘的动作，小三紧靠在墙边，捂住了张大的嘴，仿佛是害怕忍不住的尖叫会刺激对方当场杀人。

五分钟后，刘齐关好了楼下的院子大门和别墅房门，三名人质则被双手反扣，结实的塑料打包绳牢牢捆住了四肢关节，像三个木桩子一样被并排摆在地上，惊恐地盯着面前的持枪歹徒。

周兵打量着躺在地上的三人，男主人看了他一眼，不敢对视，畏惧地转过头，面朝小三呆望。

周兵啧啧嘴，摇头笑起来："兄弟啊，这就是你的不对了，玩女人，这也没什么嘛，可你不该把外面的女人带回家。何况你老婆这么年轻漂亮，你却把一个上了年纪的少妇带进来，你的眼光真是……毒辣。"

少妇冷声纠正："我才是他老婆！"

周兵大笑的嘴里仿佛迎面飞进一个大包子，幸好戴着口罩遮掩了尴尬的表情，他咳嗽两声，改成了斥责："你还有没有良心！现在这种时候你还朝野女人看，怎么不看看你老婆呢！你有没有想过，你的生命就剩下最后几分钟了？不是常说，人在临终时最想见的是亲人吗？"

男子顿时惊恐起来："你们……你们要钱是不是？我给你们，钱包，桌子抽屉，还有隔壁卧室，有钱。"

周兵马上竖起大拇指："爽快啊，好人一生平安嘛。"

他使了个眼色，刘齐跑出去，没多久便找出了一些现金和几件很小的金饰，周兵扫了一眼，估摸着合计才值万把块，不免失望至极："这就是你的爽快啊？"

丈夫求饶道："家里的现金只放了这些。"

妻子也在一旁同求："现在没人把钱藏家里，我们的钱都在银行账户上，我带你们去取。"

周兵冷笑："去银行取？没必要了吧，既然你们没钱，就直接拿命抵好了。"

他一声令下，刘齐便掏出一把明晃晃的匕首直奔三人，小三顿时惊恐大叫："壁画后面有保险柜，他们的钱都放里面！"

刘齐停下脚步，周兵虽然戴着口罩，可飞扬的鱼尾纹表达了他的情绪。

妻子气急败坏地瞪着丈夫："她怎么知道保险柜的！她怎么会知道的！你把保险柜都告诉这婊子了！"

丈夫怨恨地瞪了一眼小三，回过头，闭上眼，一脸的后悔和绝望，仿佛整个人都干枯了。

很快，刘齐按照男主人给的密码，打开保险柜，周兵过去细心检查一番，现金足足有五六十万人民币和五万美元，两根500克的金条以及各种产权证、票据、合同等，他的手在耳朵处按了片刻，那里塞着无线耳麦，待得到老板的指示后，他吩咐刘齐，只把钱和黄金带走，其余东西不碰。

对于这次的收获，他很满意，这趟比前几票收获多多了。现在的有钱人，绝情得很，很少把大笔现金放家里。看他那堆合同票据，大约是个做工程的老板，所以才会留这么多现金吧。

周兵又把手按在耳朵处，静静听了老板的一番嘱托，随后，他回到三人面前，半蹲下身，打量起来。

丈夫躲避他的目光，求道："你们把钱都拿走，求求你放过我们。"

周兵目光诡异地看着他们："你们会报警吗？"

丈夫连声保证："不会的！兄弟，就当交个朋友，我发誓，我绝对不会报警！"

"是吗，可你们毕竟损失了不少钱啊？"周兵举枪晃动着，似乎是在三人间物色目标。

当枪晃到小三头上时，她忍不住惊叫起来："不要杀我啊，我不是他们家的，他们钱没了跟我没关系，我不会报警的！"

周兵嗤笑一声，把枪收回去了，说："漂亮的女孩总是特别有情义——放心吧，我不会杀你们的，待会儿给你们喂上一些饼干和水，因为接下来你们要不吃不喝不能动，坚持个一两天后，警察就会来救你们了。"

看到三人不可思议的表情，他又补充道："你们肯定好奇，为什么过个一两天警察会来救你们，因为到时我会替你们报警的。"

一天后。

早高峰，拥堵是常态，火上浇油的是，总有没素质的司机来加塞。于是，每天路上大小事故总是不断。

一个交警刚处理完前面一起事故，回到路边停着的警用摩托车跟前，正要抬腿上车，猛然看到坐垫正中放了块烟盒大小、尖尖突起的石头，不由得心里大骂，哪个王八蛋干的，这要不注意，一屁股坐上去，岂不得戳伤前列腺？他一把抓起石头，却发现下面还压着一张巴掌大小、打印出来的纸条，他好奇地拿起来，上面有一行字：“NO.4，钱塘公馆13幢入室抢劫，人质被困，速去救援！”

交警抬头望向四周，拥堵的汽车，穿梭而过的电瓶车和行人，完全辨别不出谁放的。

思索片刻，他也顾不得谁要戳他了，将信将疑地拿起对讲机：“喂，指挥中心吗？我在摩托车上发现了一张纸条……”

第三章

一大早，夏明拉开窗帘，落地窗的玻璃上映出了整个脸庞。不知何时起，眼角多了几缕细纹，一晃已经三十多岁了。

窗户对面是一片低矮的老城区，此刻，朝阳初升，晨曦洒满大地，一片街景尽收眼底。

其实只隔了一条马路，新旧两片区域就对立得如此分明。

他所在的这一边，几年前还是农田，现在都成了新开发的楼盘，漂亮的房子，新鲜的绿化，规范的管理。

马路的另一边是老城区，从他所站的位置望过去，最近的是一家两层楼的工商银行，平日总是聚满了许多老头老太；走过去是两排的商店，服装店、电器修理店、五金耗材店、水果店、保健品公司，等等，在老城区里，这些毫不搭界的商店总能协调地开在一起；远处，是菜市场，门口的马路永远潮湿、肮脏、拥挤，卖菜的小货轮占了一条道，面包车、私家车、黑出租又占了一条道，中间混杂着各式吆喝声，构成了清晨忙碌的一景；再过去是镇上的小学，此刻虽然还没到点，操场上已然有三三两两起得比赶集的还早的小朋友，团团玩耍着；再往远处看，是混杂在电线杆里的居民楼，参差错落，许多人都拼命往自家楼上加盖房屋，为了多出租几间，或是为了将来拆迁能多分得一些钱；这些居民楼的后面，是一块待开发的闲置空地，上面停满了老城区装不下的汽车，夏明依稀能辨认出其中的一辆棕色奔驰，那是他的车。

他在自己小区买了车位，不过他总习惯把车停到那片离此步行七八分钟的空地上。

这时，他身后转角的卫生间里，冲出一个年约十岁的干瘦小男孩。男孩一把抓起餐桌上的包子，拿过书包，冲他喊了句："小明哥，我要去学校了。"

"好啊，一起走吧。"夏明拉下窗帘，带上随身携带的工作电脑包，和男孩一起出门。

男孩名叫江东东，在读小学二年级，是他一位朋友的弟弟，经常来他家玩游戏，也经常在他家过夜。当然了，他的那位朋友是女性，他没兴趣照顾男同胞的小弟弟。

通往小学的路上，江东东一边吃着包子，一边说："小明哥，为什么我每次去学校你都要送我？你是想让我姐知道你很会照顾我吧？"

夏明不以为然地应着："也不完全是吧，我本来就很关心你。"

江东东捧腹大笑。

"你笑什么？我说的是实话。"

江东东眼睛一瞥："那你为什么不把车停自家小区，偏要停我家后面，每天走这么多路，你不累啊？"

"我也没办法啊，车上的蓝牙感应器坏了，地下车库进不去。"

"你不是电子什么的大专家吗，坏了半年都修不好？"江东东口无遮拦地戳破谎言。

"我……"夏明无言以对，只好笑嘻嘻地拍拍他，"你知道就好了，可别告诉你姐。"

"不说也知道啊。"江东东嘀咕道。

“她怎么知道的？”

“她有脑子啊。”

夏明只好道：“你说得很对。”

江东东又问：“你等下要去我家对面吃早饭吧？”

夏明警惕地挑起眉毛：“你怎么又知道了？”

“早餐店老板说的！他说你每天跑那么远吃早饭，是等着我姐下楼，你就有借口开车送她上班啦。”

什么！夏明一惊，这点藏在肚子里的小心思，还以为神不知鬼不觉，竟然连早餐店老板都知道了！

夏明颇感无奈，过了片刻，压低声音问：“你姐有说过什么吗？”

“她当然没说，你没发现吗，她最近都在躲着你？”

“躲着我，为什么？”

“有个老男人连着好几天开车接送她上下班，他俩还……”

“还怎么样？”夏明焦急地等待答案，心头浮现出一系列不堪入目的画面。

“还谈笑风生！”江东东想了半天才想起刚学会的成语。

还好，也就谈笑风生，没到少儿不宜，夏明连忙安慰自己，沉吟片刻，他又忐忑地问：“他们……他们是什么关系？”

“老男人在追我姐。”

“他追成功了？”江东东每次话只说一半，惹得夏明血压再次升高。

“还没有吧，我觉得我姐不喜欢他，老男人坏得很，总爱晚上打电话叫她出去，她每次都说辅导我做作业，出不去。”江东东回忆着，“去年你和她好的时候，她完全不是这样的。那时你俩每天晚上出去，把我扔你家随便玩游戏。还有啊，前几天她叫我别去你家了，也不要住你家。”

夏明干张嘴："她还叫你别来我家？"

"是啊，她叫我把钥匙还给你。你要抓紧挽回啊，我可是坚定地站在你这边的，所以昨天我见到老男人，开口就叫他叔叔。"

"那又怎么了？"夏明一时没反应过来。

"他是叔叔，辈分大一截，怎么能做我姐夫？"

夏明顿时笑了起来，忍不住摸了摸他的头，圆溜溜毛茸茸的质感像是一个会动的猕猴桃。

送江东东到学校后，夏明继续往前走，没多久就来到了早餐店。

早餐店位于十字街不远处，斜对面路口立着一块社区的电子宣传屏，LED字幕板打出了"喜迎G20，G20峰会倒计时170天"的字样，G20峰会是政府这几年的头等大事，随处可见各种宣传。宣传屏后面是一栋二十世纪九十年代的老式居民楼，即江东东家所在。

夏明照例叫了一碗馄饨面，慢慢吃起来，今天吃得特别慢，眼睛牢牢锁定居民楼。此刻，三楼最右侧的那间屋子拉着窗帘，看不出是否亮灯。

几分钟后，目标出现了。

从居民楼里走出一位女性，穿着西装短裙的工作套装，胸口别了个工作牌，她是某家保险公司的销售员，名叫江文灵。她比夏明小一岁，梳着简单的马尾辫，化了淡妆，身形略显瘦削，笑起来眼角总会往上翘，让人见了总会产生一种想照顾她的情绪。

看到江文灵，夏明脸上情不自禁跃上笑容，他忙放下筷子，抽了张纸巾擦擦嘴巴，准备奔过去说出那番连早餐店老板都会背的对白，"今天又好巧啊，我正要上班呢，顺路坐我车吧"。可他刚起身，脸上的笑容就凝固住了，他瞧见江文灵笔直地朝路边一辆灰色轿车走去。

大概叫了快车吧，开车的只是个师傅，和她没任何关系。他这样安慰自己。

下一秒，情况不对了。

车门打开，驾驶座上下来一位三十七八岁的男子，跟她寒暄几句，递去了一份早餐，她腼腆地接过。

现在的快车司机还代送外卖吗？这解释很难说服自己。

见他们就要上车了，夏明忍不住喊出声："江文灵！"

对面的两人闻声回头，夏明跑上前，佯装看不到男人，只对江文灵说："这么巧，我正要去上班呢，我送你吧。"

男人看着江文灵："他是？"

江文灵尴尬地介绍："他就是我说的夏明。"

"哦……"男人拖长了音节，脸上透出一丝意味深长的笑意，然后大方地朝夏明打招呼，"你好，文灵说起过你的事。"

平淡的一句话像把匕首猝不及防地扎入夏明的胸口，称呼"文灵"，显示他们关系很亲昵，"说起过你的事"意味着在他和江文灵之间，夏明是个外人，不存在秘密。

夏明心里把对方痛骂，脸面上，只能继续装作视而不见，充满期待地看着江文灵："走吧，我送你。"

没等江文灵开口，男人又接过话："我们就不给你添麻烦了，以后都我负责了。"

夏明再也无法当他为空气，脸上肌肉跳动，瞪了他一眼，继续回头盼着江文灵回心转意。

江文灵原地停留，和夏明对视几秒，侧过头躲避夏明的目光，沉默地走到副驾驶位，拉开车门坐了上去。

男人微笑着坐上车，发动汽车驶离，看着后视镜里孤立在原地的夏明，摇头发出无辜的感慨："发生什么了？他怎么突然就生气了，真是个奇怪的人啊。”

汽车逐渐驶远，直到在视野中消失不见。

如果那个问题再不尽快解决，怕是再也来不及了！夏明不甘心地重重叹口气，朝居民楼后面的停车场走去。

他的座驾是一辆棕色奔驰，上了车，茫然无措地发动，向市区出发。刚上高架不久，车载蓝牙电话里传来铃声，中控显示屏上显出对方的名字，叫“林奇”，他按下方向盘上的接听按钮，没好气地问了句：“什么事？”

林奇没留心他语气中的不悦，懒洋洋地问：“你在哪儿呀？”

“路上。”

“最近出了个案子，我想了一晚上，看来看去，全杭州只有你出马才能破。”林奇诚恳地说。

夏明丝毫没被他的褒奖所打动，他深知林奇的为人，查案时找他，会把所有高帽都往他头上戴，案子一破，就没他什么事了，一切归功于林奇的指挥有方和上级领导探照灯般指明了的方向。

夏明淡然问道：“什么案子？”

“我们在找两个歹徒，这两人不知用了什么办法，几次犯罪都来去无踪，案发地周边没有一个探头拍到过他们。总之，案情很复杂，你赶紧过来吧。”

“去哪儿？”

“先到我家楼下捎上我，再去现场。对了，务必记得路上买两个鸡蛋。”

“买鸡蛋干什么？”

“我没吃早饭。”

第四章

林奇他爸退居二线前是一个区的区委书记，所以林奇当警察起步就是中队长，没几年就调去市刑侦支队当上了大队长。当然，他勉强也算破过几个案子，这让大家都松了口气。

夏明把车开到林奇家楼下，林奇大大咧咧地坐上车，把安全带往背后一扣，免得发出警报声，顺手拿过中间的水煮蛋，指着车辆内饰板一角，问："不介意吧？"夏明刚想说这又不是你的破警车，林奇已经把蛋敲开，伸手随意抹了下内饰板上的水渍，大手一指，"一直往东开。"

夏明一手操纵着方向盘，一手抽出纸巾反复擦拭敲蛋的位置，幽怨地问："这次又是什么案子？"

"入室抢劫。"

"这种小案子不都归派出所管吗，什么时候轮到刑侦支队了？你爸还没退休，你在你们单位这么快就没立足之地了？"夏明报复性地调侃。

"哈哈，"林奇却丝毫不介意，摆出经得起多大诋毁就受得住多大赞美的姿态，摇起头来，"当然不是——哦，对不起。"说"不"字的时候，一口碎蛋黄随着唾液喷了出来，溅在了光洁崭新的内饰板上。

夏明很后悔挖苦这家伙，急忙扔给他纸巾，稳住对方的情绪："不着急不着急，慢慢说。”

林奇擦着内饰板，又端起刚刚的表情：“当然不是一般的抢劫案，这案子可是省公安厅高栋副厅长点名市局限时侦破，领导下了军令状，让我全权负责的。”他在几个重点称谓上都加重了语气，以示他在单位的地位。

虽说这话有自抬身价的成分，夏明还是张大嘴表达惊讶。他不是警察，但职业和破案密切相关，熟知公安系统的工作。

夏明从浙大计算机系毕业后，又出国读了电子安防工程的硕士，回国后，入职了国内最大的上市安防公司，大康威视。大康公司长期为公安提供设备和技术支持，由于警察基本都警校毕业，虽然有些在校时也学过信息自动化，毕竟不专业，所以安防公司会派技术人员长期驻扎在公安局的信息中心，帮助解决电子技术问题，说白了就是用技术手段追踪嫌疑人，协助警察破案。

夏明是大康公司安排在公安信息中心的技术负责人，多次凭借电子技术，帮助警方成功锁定嫌犯，破获大案。

以他所知，像入室抢劫，大多是派出所调查，即便闹出命案，分局参与也绰绰有余，只有跨地区，或者重大案件才由市刑侦支队挂牌来办，更何况，一起入室抢劫案居然惊动了省公安厅，副厅长亲自下指示。

难道是入室抢劫了厅长家?

林奇摇晃着脑袋解释说：“九月要开G20，省里早就动员了，今年刑事无小案，高厅是G20安保小组副组长，主抓刑事案件这块，当然了，即便是G20年，普通的入室抢劫案，就算杀了人，也难入高厅法眼，但这案子，非常不同。这次歹徒是挑战G20！”

夏明更惊讶了，G20峰会虽然只开短短几天，可这是国家到地方极其重视的一场大会，总书记都多次来过杭州视察，杭州届时就是中国的名片，省里为此准备数年，展开了无数次的各项治理工程，房价疯涨亦可见证峰会威力。而挑战G20的案件是什么样的级别，就不言而喻了。

不过，区区入室抢劫怎么就挑战G20了？他联想不到一块儿去。

林奇从口袋里掏出手机，点出一张照片，示意他看。

照片上是一张巴掌大的纸条，上面印着两行字：“NO.4，钱塘公馆13幢入室抢劫，人质被困，速去救援！”

他解释说：“昨天早上有个交警处理完事故，刚回到摩托车旁，就看到座位上有块石头压了这张纸条，辖区分局根据上面所述，很快救出了人质。纸条正是绑匪所留。案情说来也简单，两天前，两名戴口罩的歹徒持枪入室抢劫，把屋里的三名人质捆成了粽子，他们给人质喂了水和食物，再堵上嘴巴，告诉人质，他们会报警让警察救人。昨天早上，他们果然留纸条报警。”

夏明瞥了眼纸条，问：“NO.4是什么？”

“第四起案件了。今年过完年开始，每个星期一起。案子手法完全一样，绑匪走后，过两三天会给交警留纸条，通知警察救人。第一张条子上写了NO.1，当时派出所也没特别在意数字，直到第二起看到了NO.2，才知是犯罪嫌疑人自己标注的犯罪次数。”

“这和挑战G20有什么关系？”

林奇突然压低了声音：“这两人每次犯罪后就消失了。”

“消失了，什么意思？”

“两人连续四次入室抢劫，每次的时间、地点、犯罪经过都一清二楚，可我们查遍周边监控，从来没有拍到过他们，嫌疑车辆也没发现。迄今为止，我们都不知道他们是怎么过来的，事后去了哪里。”

“案发地都在郊区，附近探头很少？”

林奇摇头道：“恰恰相反，都是高端住宅区，小区内外探头密度很高，而且大多是数字信号，清晰度很好。”

监控探头一般分成模拟信号和数字信号，早期的探头用模拟信号，图像辨识度低，尤其晚上光线不足，画面更是惨不忍睹。杭州几年前招标就采用了高精度数字信号，市区道路上的大多数探头分辨度都很好。

夏明微微皱眉，杭州是中国安防产业之都，自然把城市打造成了安防技术的样板，整个城区布满了高清探头，号称天网无敌。两名歹徒四次犯罪，四进四出，却没被探头拍到，这很不应该。

他摇头自语：“他们总不至于飞走，国内的下水道也走不了人。”

林奇说：“这一次，两个劫匪来去自如，一个探头都没拍到，G20又迫在眉睫，上级领导迫切要知道，我们的安防体系到底存在什么问题。”

此刻，夏明总算明白了为何省厅会如此重视区区入室抢劫案，G20前夕，两名劫匪能在天罗地网中来去自如，到时来了专业的恐怖分子该怎么办？

第五章

今天别墅还处于公安的封锁取证期，夏明在林奇带领下，进去转了一圈，从技侦队员口中得知，嫌犯除了脚印，什么线索都没留下。这不奇怪，现在普通小偷都知道盗窃时要戴手套，以免留下指纹。这起案子里，歹徒既没有伤害人质，也没发生现场搏斗，自然找不出其他痕迹。

夏明仔细看过每个房间，不时拍照，在本子上大略绘出别墅内外结构和方位，以便后续追查嫌犯行踪，至于现场的细节痕迹，他不关心。如果公安的专业技侦人员都发现不了，那他这外行就更别指望了。毕竟刑侦领域术业有专攻，他只擅长电子追踪而已，不像影视作品里，一万个警察都发现不了的线索，硬是被某个人注意到了。

简单看了一圈，他们准备离去，经过客厅时，鞋柜上的纸质礼品袋本能地引起他的注意，因为袋子上的logo是他们公司——大康威视。

夏明好奇地问："我们公司其他人已经来过了？"

"没有啊。"林奇顺着他的目光看到了礼品袋，不以为意地说，"哦，这户业主是做道路工程的，信号灯、测速仪这些东西，他得从你们安防公司采购，也算你们的代理商吧，大概是你们公司销售部门送的礼品。"

夏明拿起纸袋子看了看，确实是公司销售部拜访客户的礼品袋，遂不以为意。

他们接着来到小区，夏明照例拍了一些道路位置的照片，再从汽车后备厢里拿出一架无人机，升到空中航拍了一圈，让空间结构看得更清晰。

整个小区很大，案发别墅位于小区的西面，离此不到一百米是小区的西面围墙，围墙高有两米七八，常见的水泥墙，内外两侧都是绿化带，柏树和冬青间隔地种在那里。

夏明瞅着围墙，分析道："前面三次案子，出入小区的行人和车辆你们都查过了吧？"

"那当然，不过查了很久，也没发现可疑人员和车辆。"

"既然查不到，那就只剩一种可能，嫌犯是直接爬墙出入小区的。"

林奇朗声一笑："英雄所见略同啊！"

夏明皱皱眉，不想跟他所见略同，又问："有没有查出歹徒是在围墙的东南西北具体哪个方向翻墙出入的？"

林奇面露为难地摇摇头，他也是不久前才所见略同。

前面几次接警后，警方一开始压根儿没想过嫌犯会翻墙出入小区。虽说案发地都是高档小区，管理相对严格，但小区又不是机关大院，嫌犯只要穿着得体，随便找个理由应付保安就能混进来了，哪会想到大白天歹徒要爬墙出入小区，万一翻墙过来刚好前面有人呢，岂不是很容易当场被抓？

直到连续调查下来，把案发时间段内小区门口监控拍到的行人和车辆都辨认过了，一些可疑的人员和车辆都调查排除一番，这才怀疑，犯罪嫌疑人该不会是爬墙进来的吧？可是围墙每天风吹雨淋，如果不是第一时间调查攀爬痕迹，几天过后，一个小区这么长的围墙，根本没法查他们是从哪儿爬进爬出的。何况每次警方接警距离嫌犯离去都已过去一两天，爬墙的痕迹早不见了。

夏明为难地皱起眉："缺少明确的方向，靠监控追踪就不好办了。"

通过调监控来找嫌疑人，最重要的是知道方向，这工作归根结底是人海战术，靠一双双肉眼在海量的监控画面里，把可疑人员找出来。如果连他们来去的东南西北都分不清，那么就变成大海捞针，工作量将以几何倍数增长。

所以当前工作，还是要先确定歹徒的进出方向。

破案有时跟英语完形填空的选择一样，运气决定成败，好在他们今天运气就不错。

夏明意外发现最西面一栋别墅的外墙上，装了一个监控球，监控球的造型让他这专业人士一眼就看出是价格不菲的高清数字探头，探头上还有红色光点，这是红外线，表明探头具备夜视功能。

他来到别墅门口，估摸着红外线光点对着自己，猜测能拍到自己所站的位置，说不定嫌犯也是从此经过。

抱着试试看的想法，警方敲开了这户人家的门，刚好主人在家，顺利拷贝了录像数据后，夏明回到车上用笔记本看了起来。

探头覆盖的区域是业主自家别墅大门口，不过还算走运，由于挂得高，门外道路一大半都能拍到。

夏明根据林奇所述，找到案发的大致时间点，拖动进度条快速检查，很快看到有两个人从路上经过，一人穿明黄色夹克，一人着猩红色，两人都头戴鸭舌帽、口罩和墨镜，他们走路速度不快，明黄夹克的矮个男子一边走路一边转身朝两侧看，其间还频繁做出握拳靠近嘴巴的动作。

林奇看到这两人的鲜艳穿着，一眼就认了出来："就是他们！衣着和人质描述的完全一样！"

夏明眉毛一挑，微觉不对劲：“两个入室抢劫的人，衣服穿得这么跳？”

“他们四次犯罪都是同样打扮。”

“四次都穿这身衣服？”夏明更是惊讶，当然，他惊讶的不是嫌犯总穿这一身，一个月都不换洗，而是颜色。

众所周知，黄色和红色是警示色，红绿灯所用，在监控画面里，这两个色差区分度很大，查监控时如果出现，简直一目了然。

夏明思考片刻，说出了他的怀疑：“你有没有想过，为什么他们衣着辨识度这么高，你们查监控却没见过他们？”

“障眼法！”林奇狠狠握拳，下结论说，“我敢断定，他们故意穿这身衣服来到人质面前，让警方查监控时，盯着穿黄色和红色衣服的人查。其实他们出门后，躲到某个地方换了身其他颜色的衣服。前两次案子里，警方还没想到这一点，确实按着衣服颜色查。不过嘛，自从第三起案子由我接手后，一眼洞穿了他们的小伎俩，所以我让人查监控时，别管衣服颜色，就按着身高体形来，把每个形态接近的都给找出来！”

“挺好的想法，可还是没找到，不然你找我干吗？”夏明不留情面地戳穿他的“法眼如炬”。

林奇冷哼一声，正色道：“大概是查漏了吧，毕竟我们警察也是肉眼凡胎，可不是火眼金睛，中途换装对我们查监控还是有一些干扰的。”

夏明不屑地摇起头：“还有个问题，为什么四次案子里，他们都入室绑架人质进行抢劫，而不是挑家里没人的房子入室盗窃。那样一来，警方连他们的体形都不知道，他们何必还要换装来对付你们查监控？”

林奇再次冷哼一声，闭上嘴，这个问题他拒绝回答。

想来也怪，如果单纯为了钱财，嫌犯先按门铃，确认家里没人，再入室盗窃岂不是更好？那样一来，盗窃案本就稀松平常，报案也只登记在派出所，警方也不会投入太多警力去查，更不会上升到市局专案组的规格。可他们每次都绑架人质，甚至有两起案子，人质不在家的时候他们已经潜入室内，没有翻箱倒柜，一直等到人质回家后，才绑起来逼问钱财。

似乎他们故意想把案子搞大，可这又为了什么？

夏明继续拖动视频，半个多小时后，两名嫌犯再次出现在画面中，这时他们已经抢劫完事离开，明黄色夹克的矮个男再次做出握着拳头靠近嘴巴的动作。

夏明把画面放大，调慢速度，反复观察了几遍，指着矮个男："这人把手放到嘴巴前面时，嘴巴就开始动了，而且多次出现这个动作。"

林奇骂道："真是自以为是的混账，犯罪路上还有心思吃东西！"

"呃……"夏明齿缝间吸入一口凉气，"我的意思是……他用拳头捂在嘴巴前面偷偷说话。"

"我就觉得不可能边犯罪边吃东西！原来是在说话。"林奇理所当然道，"鬼鬼祟祟的人总喜欢捂着嘴说话。嗯，这倒是个有价值的线索，我们可以专门查找监控里出现用拳头捂嘴说话的人。"

夏明感到林奇思路奇特，他完全跟不上节奏："我的重点不是这方面。"

"那还有什么？"

"我有个猜测，尚需和获救的证人当面谈谈。"

"真是婆妈！"林奇骂了句，他很不满夏明有了猜测还不赶紧向他汇报，但也明白夏明是安防公司的人，不是他手下，不便发作，如果直接开口问夏明猜到了什么，又显得他这总指挥不够专业，只得把好奇心吞进肚子里，打电话给手下，安排三名获救人质下午再来趟支队。

与此同时，他们看到嫌犯来去时都经过了最西面这栋别墅的门口，怀疑嫌犯就是从旁边的围墙攀爬进出的，马上安排技侦队员去看看。

今天运气果然站在他们这边，很快传来捷报，技侦队员在不远的围墙上发现了攀爬痕迹，墙上有踩踏的足迹，虽然很淡，但好在这几天没下雨，痕迹得以保留。下方绿化带的泥地里更有几个深深的脚印，和屋内留下的嫌犯脚印完全一致，这是攀爬出入的铁证。

经验丰富的技侦人员判断歹徒先用攀墙钩挂上围墙，然后爬上去，翻过来后直接跳在绿化带里，所以落地脚印深。围墙外侧也有同样的发现。

知道嫌犯是从西面围墙攀爬进出的，很快，夏明发现了另一个更棘手的问题。

西面围墙外的小径，一侧是市政河，小径的两头都交叉着大路，十字路口均装有高清探头。也就是说，嫌犯从西面小径走，必然会经过其中一个十字路口，必然会被那里的监控拍下来，这是一条两头都被监控包围的封闭道路。可林奇告诉他，路口的两个监控昨晚已经做过重点调查，暂时没有发现嫌犯的踪影。

也许是坐车进出的，可也初步筛查了可疑车辆，依然一无所获。

难道是工作疏忽？

第六章

从案发别墅回来，林奇马上安排人手重新调查小径两头的监控，包括进出小径的每个人、每辆车，经过的时间，确保不漏过任何一种可能。

到了下午，三位证人如约来做笔录，结果笔录还没开始，证人们就打起来了。

会议室里，几名刑警隔成人墙挡在中间。冲突一方是获救的小三，她脸颊通红，上面几个手指印分明，头发乱成一团，眼里噙满泪水，一脸惊怒交加；另一方是那对夫妻，此刻丈夫和妻子站成了统一战线，同仇敌忾，恨不得把小三撕了。

林奇带着夏明来到会议室门口，正好看到这一幕，他不是娘舅，没心思管家长里短的情感纠纷，便让手下中队长李振威赶紧把人劝好，他带着夏明到一旁解释经过。

绑架发生前，刚好妻子捉奸在家，丈夫护着小三，结果被绑架后，绑匪逼问家里钱财放哪儿，夫妻俩默契地称家里没放钱，谁知道小三面对威胁，直接说出他们家有个隐藏保险箱，结果百万财物被洗劫一空。甚至小三还鼓动绑匪要杀杀他们，不要杀她。

三人获救后，夫妻双方患难见真情，重归于好，一想到小三当时竟叫绑匪杀了他们，简直变成了血海深仇。

“患难见真情啊……”夏明嘴里轻声念叨着，不由得想起了自己和江文灵的事。

可现在没时间给他感慨情路坎坷，不到三分钟，李振威就来告诉他们，证人已经劝好，想怎么问就怎么问，保准他们不敢再浪费警察时间。

进去一看，刚刚还剑拔弩张的三个人，果然已经安静地坐在了办公桌的两边，一派和谐。

这多亏了李振威，他劝架时，从来不注意方式方法。他是基层刑警，天天跟凶杀重刑犯打交道，脾气不太好，听三人吵得厉害，他直接一吼：“绑匪还没抓到，你们再吵下去，这案子警察不管了！指不定绑匪回味这票轻松来钱快，再来找你们一把。”吓得三人顿时不敢顶撞，央求警方务必保护他们安全，他们自当全力配合。

夏明不多废话，简单地跟他们说了几句开场白，便进入正题。

他打开电脑，拿出旁边别墅拍到的嫌疑人画面跟他们核实。画面中，黄衣矮个男两手空空，红衣高个男背着一个黑色双肩包，夏明指着双肩包问：“绑匪最后把你们家的财物都装进了这个包里带走，对吧？”

“对。”三人都这么说。

“我从图像判断，他们来的时候，双肩包也不是空的，装着一些东西。当时他们打开包时，你们有没有看到里面装的……”

“有！”丈夫为了讨好警察，都学会了抢答，抬头回忆，“有绳子，各种不同的螺丝刀之类的，嗯……几个L形的杠子，我知道那种东西，以前我们家锁坏了，找开锁公司，他们就带着这些工具。”

“我还记得有个钢爪。”妻子积极地补充。

林奇问：“是不是爬墙用的那种钢爪？”

“对，没错。”丈夫点头，他是做工程生意的，对工具见多识广。

“就这些吗？”夏明有些失望。

“还有一根自拍杆。”这一次，小三想了起来。

“自拍杆？”包括夏明在内，所有警察都露出了疑惑不解的神色，俩老爷们儿抢劫带自拍杆干什么？现在流行犯罪也发朋友圈？

“对，就是手机的自拍杆。”小三很肯定地说。

妻子冷哼一声，反驳小三的证词：“什么自拍杆，有这样的自拍杆吗？是天文望远镜！”

“天文望远镜？”警方更惊讶了。

丈夫思索了片刻，摇摇头，综合两个女人的意见，客观地说：“不是自拍杆，也不是望远镜，那杆子比自拍杆长，比望远镜细。”

警方茫然地对着三人，他们各种比画着，想描述清楚到底是个什么东西。总之，是一根塑料做的长管，长度和双肩包差不多，当时三人躺在地上，没法近距离看清这不粗不细硬邦邦的棍子到底是什么。

警察们都皱起眉，常见的犯罪物品中，没见过类似的家伙。若是和犯罪无关，相信歹徒也不会专门装包里。这时，夏明联想到了一种可能，便让警员去装备库里拿一个叫“电子潜望镜”的东西，结果三人一看到电子潜望镜，顿时异口同声说就是这个。

这个结果让夏明大吃一惊，他暂时收起满脸惊愕，继续问：“你们当时有没有注意他们裤袋里是否装了手机？”

仅有的两段监控画面里，看不出裤袋是否装了手机，但看得出他们穿的都是棉质运动裤，如果裤袋里装了手机，那么现场近距离面对面时，应该能看出手机轮廓。只是不知道三人当时有没有注意到歹徒的裤袋。

三人都陷入了回忆，几秒后，夫妻两人摇了摇头，小三却机灵地睁大眼睛，说：“他们裤袋里没手机，但矮个男人的衣领口袋里装了手机。”

经她一说，夫妻俩也回想起来了，七嘴八舌地描述着，矮个男人把手机装在了夹克的衣领口袋里，并且用纽扣袋帽盖着，袋帽一侧盖着手机，另一角向后翻折，露出了手机的摄像头。小三还清楚地记得，当时袋帽翘出来盖住了摄像头，矮个男人还把袋帽折回去，重新露出摄像头。

小三还提到一点，矮个男人右耳朵里塞着一个无线耳麦。虽然他头发遮住了耳朵，但中间他曾拨了一下耳朵，其间她看到了耳麦。

夏明点点头，一切逐渐验证了他的猜测，又问："他有没有把拳头捂到嘴巴前说话？"他模仿歹徒做出这个动作。

这回，三人都很肯定地回答有。可是对方说了什么话，他们都称声音太小，听不见，大概是两个绑匪在商量吧。

证人离开后，夏明坐在椅子里，手顶住下巴，身体前倾，目光专注地盯着电脑上的歹徒两次经过的视频，一遍遍循环放着。

林奇翻看了一下刚刚的笔录，扔到一边，不满道："问来问去，只知道两人的身高、体形、衣着，黑色双肩包，不知道真假的一把手枪，前三次案子调查下来，也是这么点东西。"

夏明轻微摇头："矮个男人右耳朵里还戴着无线耳麦。"

"那又怎么样？"

"你猜他为什么要戴耳麦？"

林奇看了看旁边，坐着一圈手下，他心里不住抱怨，凭什么要我这领导猜答案，你直接说不行吗！见夏明迟迟不开口，他转向李振威，仿佛故意考考他一般："你来说说看！"

李振威莫名其妙被点名，只好谨慎地猜测："戴着耳麦嘛……听歌？心理变态的犯罪分子一边听歌，一边享受着犯罪的残忍，倒也听说过，不过，他们看起来不像心理变态啊，而且手段也不残忍啊。”

夏明摇摇头：“我可以肯定，这两人都是很冷静很专业的歹徒，和心理变态无关。”

“那就是……嗯……”林奇猛一拍桌子，顿时醒悟，“既然是冷静又专业的犯罪嫌疑人，犯罪中哪有心思听音乐？所以，他耳朵里戴的，绝对不是耳麦！”

有人好奇地问：“那是什么？”

“既然不是耳麦，就只剩下一种可能了，”他盯着周遭手下的热切眼神，慢慢说出答案，“是助听器！这说明了什么？说明矮个男有听力障碍。你们看四次犯罪的证人笔录里，从来没提到高个男开口说话，说明高个男人是哑巴。矮个用助听器，他是聋子。这样一切都能解释了，聋子配哑巴，难怪会成为犯罪拍档。残疾人在现实中遭遇周围人的歧视，所以他们才穿上警示色的衣服来犯罪，刻意绑架人质来抢劫，挑衅警方，吸引社会的重视，从犯罪活动里找回尊严。所以我们接下来的调查方向，要重点围绕聋哑人群体展开！”

原来如此！手下刑警纷纷点头认同，确认了聋哑人群体这条线索，案件侦破就推进一大步了。

林奇也不由得朗声笑起来，简直要腾云驾雾了。他笑眯眯地转头对向夏明，却发现对方已然目瞪口呆。

“你有什么不同意见？”林奇问他。

夏明咳嗽一声，活了过来：“嗯……我和你的看法有点儿出入。”

林奇不太乐意地扬起声：“那就说出你的高见吧。”

夏明把电脑屏幕朝向了刑警们，里面依然在循环播着两段视频，他指着其中的矮个男：“一个露出摄像头的手机，一个耳麦，走在路上不时身体转来转去，用拳头遮住嘴巴说话，这几条线索合起来，最合理的解释是，有人在幕后指挥他们的整场犯罪。”

“有人指挥整场犯罪？”一人惊讶道。

“是的，有人通过他手机上的摄像头，实时盯着犯罪现场的一切，并且通过耳麦给他下指示。很少有人会把手机放在衣领口袋，之所以放那儿，因为这更方便第一视角观察现场。矮个男走在路上，正常人观察周围只是转头，他却转动整个身体，为的是让幕后人通过手机看清现场环境。手机放在衣领口袋里，用纽扣袋帽盖着，说明他们不想让人质知道还有人在幕后指挥。可是他却把一侧的袋帽折到后面，露出摄像头，根据证人描述，其间袋帽翻出来，他还重新折回去，把摄像头露出来。此外，他经常把拳头伸到嘴边说话，我猜，他拳头里握着一个无线话筒，跟幕后指挥者进行沟通。”

周围刑警纷纷沉默下来，一连串的细节合起来，无疑指向了这个可能。此前几次犯罪调查中，他们从没想过幕后还有人通过视频实时指挥整场犯罪。

这样的案子可从来没发生过。

隔了半晌，林奇缓缓点头，虽然不情愿，但相比聋哑人的推测，显然夏明这个分析更合乎逻辑，当然，手下也很配合地当他此前开了个小玩笑。

他又问：“不就是入室抢劫吗，为什么还要通过手机视频，实时指挥？”

“也许是另一个同伙怕两人把抢的东西藏起来，所以监督现场的收获。也或许，幕后的那个人才是整场犯罪的主谋，比他们俩更专业。”夏明顿了顿，补充说，“还有一点，他们的犯罪频率，一星期一起，这里有个很大的麻烦。”

林奇简直快被他逼疯，有话不能一口气说完吗，非要等领导来不耻下问？他故意不做声，瞥了眼李振威，李振威连忙向夏明发问：“什么麻烦？”

“如果他们犯罪前不经过踩点，不可能一个监控都拍不到他们。他们肯定是经过踩点的，并且需要很多次的踩点。一星期一起的犯罪频率，按常理来说，准备时间是不够的。”

李振威道：“照理说，如果多次踩点，连着几天都从摄像头下面经过，应该很容易被我们发现。可我们反向调查之前的监控，也没见过这两人。”

“歹徒具体怎么准备犯罪前的工作，我不知道，不过这种犯罪是必然会踩点的，既然反向追查没见过这两人，那么很可能是幕后指挥他们的人实施踩点，设计犯罪路线。我猜想那个人应该精通电子反侦查，包括如何躲避监控探头。”夏明说着拿起了面前的这根“电子潜望镜”。

电子潜望镜一头是个小巧的广角摄像头，中间是可伸缩的套管，与自拍杆相似，里面连着线路，另一头用电线连着一块巴掌大的显示屏。这设备主要用在警方的抓捕行动中。

比如警方要抓捕在屋内的犯罪嫌疑人，但不知道屋内的情况，就可以先藏身隔壁或者屋顶上，把电子潜望镜的杆子放长，把里面的电线拉出来，让摄像头悄悄伸到对方的窗户外面，警方就能在另一端的屏幕上把屋内情况查看清楚，再安排进攻方案。这跟医院做胃镜是一个道理。

夏明握着电子潜望镜，说：“这件设备，我想你们警队用得也不太多吧？”

“不多。”林奇道。事实上，他也只知道有这设备，在实际抓捕任务中，他还没用到过。因为电子潜望镜的用途很小众。像大级别的抓捕犯罪团伙，这几年普遍使用无人机等工具。普通抓捕行动，大多是警方在犯罪嫌疑人据点旁埋伏等候，时机一到，四面八方包抄过去。

电子潜望镜几乎只用在遇到屋内犯罪嫌疑人有枪械，或者有人质，并且还需要警方在不惊动犯罪嫌疑人的情况下，顺利潜入隔壁或屋顶，距离也不能太远，否则线就不够长了，这些条件太过苛刻，导致这种工具大多时候是摆设。

“我想绑匪包里装着电子潜望镜，大概是翻墙用的，他们用电子潜望镜查看墙后是否有人经过，确认安全再翻墙。要不然大白天翻墙出入小区，如果翻过去刚好有人在面前，就尴尬了。只不过，电子潜望镜是很冷门的设备，实际应用是这几年的事，全国只有我们大康和海华两家安防企业生产，我们公司产量也很少，官网上都没展示，几乎只供给公安系统做反恐演习，地方上的很多公安装备库里都没配备。我想一般犯罪分子是不知道电子潜望镜的，就算知道，也缺乏购买渠道，黑市上可没这么冷门的东西。可绑匪不但知道，还用上了。这伙歹徒看来对我们安防公司的产品很是了解。”

林奇听他这么说，脸色渐渐变得严肃。这时，他接到一个电话，挂毕，皱起了眉：“市局刑侦处刚刚查档发现，这两名歹徒不是第一次犯罪了，四年前，两人抢劫珠宝店，开枪打伤围捕警察，闹得满城风雨，当时负责追踪这两人的，也是你们大康公司的技术团队。”

第七章

杭州钱江新城南侧有一栋外观朴实无华的大楼，外表看起来平淡无奇，楼底下却总停满了车辆。不时有一些男女穿梭其中，尤其每到夜晚，喧嚣的都市重归平静后，这栋楼里却开始灯火通明，通宵人声不绝，每道门都需要刷卡出入，里面的人员大都穿着制服，总是保持着职业性的警惕，这里严禁不相干人员进入，充满了一种神秘感。

当然，如果你以为这是某个隐藏在繁华都市下的特殊会所，那就错了。这里是杭州公安局下属科技局的电子信息中心，也是全市重大警情的总指挥处，全市所有的安防数据都汇集至此。

很少有城市在公安局下另设科技局这样的高级别子部门，这正体现了这座安防之都对电子刑侦的重视程度。

二楼是指挥中心，分成几个区域，交通、110等不同部门的指挥部门都在此运营。三楼设置了案件侦破区，有指挥室，也有专案组办公室，都是玻璃墙壁间隔，风格颇像互联网公司，唯独不同的是，这里的玻璃上都贴了单向膜，外面的人看不到室内情况。

此刻，在一间小型的专案组会议室里，夏明和林奇等一干刑警坐在长桌一边，对面是三个神色各异的男人。

中间那位穿着警服，身材略显瘦削，三十五六岁的年纪，名叫张强，是公安科技局的一名处长，主管电子刑侦的工作。夏明和他接触过几次，知道他是警察队伍里少数很懂电子技术的人物，只不过平时为人官僚又刻薄，大多人不喜欢跟他打交道。他身形一丝不苟地坐在椅子上，半眯着眼打量对面这些人，最后目光停留在夏明身上。

张强右手边坐着一位四十多岁的胖子，名叫李忠厚，人如其名，面相也是厚道人的模样。夏明和他就熟悉多了，两人同在大康公司，也同为信息中心服务，他过去做的是跟夏明同样的工作，是公司派遣到警方的技术主管，后来不知什么原因，调到了硬件主管。他和夏明在信息中心的分工关系，就像电脑坏了他来修，软件怎么用夏明管。

张强左手边是个三十七八岁、一眼望去便是精明厉害角色的男人，叫应文博。他过去也在大康公司，是李忠厚的下属，后来跳槽去了大康的竞争对手海华公司，现在是海华公司派到信息中心的技术主管。作为敌对公司，又同是协助警方追踪的技术主管，他和夏明不管哪方面都是直接竞争对手，一向不和，若不是这次市局要求当年黄金盗窃案的追踪小组成员向现在的专案组讲述案情，他可不愿意坐在这里听夏明问话。

这三人是四年前黄金盗窃案追踪小组的主要成员，张强是当时警方的负责人，李忠厚是大康公司的技术主管，应文博是骨干技术人员。

最近这起连环入室抢劫案发生后，由于一直未能查清歹徒身份，市局开始安排人手查档，包括本市和周边省市近些年发生的类似案件，看看这两人是否有案底，结果很快发现这两人不但有案底，还是年年被重新提档关注的大案。

四年前，两名歹徒在几个月的时间里，接连盗窃了三家黄金店。前两次都是私人单间店面的小金铺，每次被盗财物价值有上百万。第三次，两人向一家全国连锁的大型黄金旗舰店下手，被盗黄金将近五十公斤，加上铂金、白银和其他珠宝，案值破千万，成为杭州多年来最大的一起盗窃案。

查档发现这次的两人与当年案件的抢劫犯很是接近，脚印跟卷宗里的记录做对比，尺码几乎完全吻合，于是市局决定并案侦破。

四年前的三次金店抢劫中，前两次歹徒都安然无恙。最后一次发生在深夜一点，两人照旧戴了口罩，来到黄金店门口，矮个男在一旁放风，高个男只花了两分钟就撬开了卷闸门和保险门。进店后，两人很专业地先切断了金店和派出所的报警线路，又剪断店里的监控，随后撬开储藏室的双重防盗门，再连续撬开三个保险箱，把里面的财物洗劫一空。店门外的道路监控和储藏室内未被发现的一个隐蔽红外夜视探头拍下了全过程。

事后调查发现，高个男开锁水平极其高超，尤其是开保险箱，不到五分钟一个。

只是他们这次运气不太好，离开时刚拉起金店的卷闸门，恰好一辆巡逻车拐过路口驶来，半夜金店里走出两个戴口罩、背着沉重双肩包的男人，巡警一秒钟就明白发生了什么。两人一见警车，撒腿就跑，巡逻车在其后紧追不舍。他们逃进了附近的一片棚户区后，警察下车追赶，同时也早已通知派出所和分局值班警力前来抓捕。

几组警察从棚户区的各个方向包抄，两名犯罪嫌疑人由于各自背了重达五十斤的黄金财宝，逃跑速度不快，即将逃窜出片区时，遭遇了四名警察的前后围堵。

当时的现场警察以为只要能暂时控制住他俩，附近对讲机听到动静的其他警力马上能过来支援，谁知这两个都是狠角色，根本没有束手就擒的打算，高个男见到警察直接冲上去一脚踹翻一人，再一招就把另一名警察的手臂掰脱臼了，把人的手臂掰脱臼需要相当的力气和技巧。第三名警察正要掏枪，矮个男却抢先一步，掏出一把枪，一枪击中了他的腹部，短短的时间内就伤了三人，警方压根儿没想到他们手里有枪，趁第四名警察发愣的瞬间，两人逃离现场。

后面的警力不到几分钟就全部赶到，顺着他们的逃跑路线追赶，同时，上级单位派来的大批警力赶到，沿路设卡，彻夜搜查，但最后还是被两人逃脱。

当时两名歹徒背负重物，照理应该逃不了多远，也不知他们怎么办到的，硬是逃出了天罗地网的封锁线。此后，警方连续多天设岗、查访周边，却再也没有发现那两人的踪迹。

后来警方也想过其他办法，根据他们一招制敌的身手和枪法的准确度，怀疑他们是退役军人，可退役军人实在太多，不知道他们出身哪个军区，全国军区众多，地方公安可无权找军区协查，光知道大概的身高体形，警方束手无策。监控拍到高个男开锁很有一套，尤其是开保险箱，他是通过听筒判断转动声音开的，这需要很高超的技巧，他速度很快，显示出极其专业的开锁能力，怀疑他在开锁公司干过，可是调查一番，同样没有结果。

案发第二天，公安科技局与大康公司的追踪团队开始通过调取路面监控来追查两人的行踪，一开始两人当晚的行踪路线查得一清二楚，但追查到靠近郊区的地段时，由于同一路段的几个探头都出了故障，导致后面的追踪没法进行。

这就是张强向他们介绍的当年黄金盗窃案的始末。

夏明思索片刻，向李忠厚发问："他们逃跑时，最后由于探头出了故障，没法查下去，那么他们来的时候呢？"

"两人来去的方向是一样的，只因最后那片区域的探头都坏了，不知道他们的起始方向，也就没法查出他们的窝点在哪儿。"

"探头为什么坏了，当晚停电了吗？"夏明随口猜测一句，如今的监控大多有备用电源，但几年前很多设备还不完善。

谁知，听到这问题，张强顿时脸色一变，微微侧过头去，半眯着眼，似乎是在回忆当年的情况，脸上透着一股不忿。

李忠厚咳嗽一声，摇摇头，声音有些低哑：“不是。”

“那是出了什么故障？”

这时，一旁沉默的应文博突然不屑地冷笑起来：“电子设备嘛，总是容易出各种各样的故障。就像有时候手机坏了，交给厂商也查不出问题所在。也许是硬件问题，也可能是后台软件不兼容，咱们这行，不管是录像、照片还是其他东西，归根结底，都是电脑数据，数据没了，这活自然也没法接着做了。”

夏明不明白他突然摆出这种态度的原因，只当是竞争对手说话刻薄，便不假思索地给出建议：“既然不是电力系统的问题，大部分情况下数据是可以用技术手段恢复的，你们当时……”

张强冷漠地打断他：“这种常识不用提醒，我们还不至于这么业余！”

夏明顿时醒悟闭嘴，专业人士之间谈专业问题，最忌讳业余话题了。

应文博冷声道：“你能想到的主意，我们肯定早做了，论经验、论技术，你还是年轻了点儿。”

林奇看着这一幕，虽然他和夏明私交好，此刻也不好护着他，这里是科技局的地盘，刑侦支队还要借着科技局的资源办案，在这里，张强说话比他管用。专案组查监控的警力，一半是张强安排的。至于他们跟夏明的敌对，林奇也不以为意，各行各业都爱论资排辈，刑侦如此，技侦如此，电子侦查同样如此。

张强这人资历深，也自视甚高，跟林奇本就没任何私交，即便这次是市局要信息中心全力协助专案组，由于张强跟林奇级别一样，他也只是一板一眼地公事公办罢了。

刑警破案跟公司里做项目一个道理，很多时候精力都耗费在资源申请上，同个部门，大家哥们儿好说，不同大队之间相互借调人马，加上几天班，家常便饭。你若要申请其他部门配合，让其他部门的人陪着通宵加班来破你的案，案子破了，别人也只是协助，主要功劳都是你的，换谁都不乐意。

这时候，就得看案子的级别了，特大要案，上级领导重视，下了死命令要各部门各种资源都听专案组指挥，破案效率自然就高。否则，一起小案子，领导就安排一两个警察，甚至单位里的协警抽空看看，自然难办了。这就是为什么仔细查监控就能破的普通盗窃案，总是破不了。一旦出了凶杀大案，破案率反而高了。

一个专案组的组长，就像公司里的项目经理，未必精通各项技术，但需要有组织协调能力。有些全国大案，公安部派领导，或者地方公安正局长亲自挂帅，倒不是他们破案能力强，通常副职才精通实际工作，但只要有高级别领导挂牌，各种资源协调就是一句话的事。

这个电子信息中心，是市局建立的数据平台，各个分局如果需要，都可以申请这里的资源，但大多时候是分局自己人马借助中心的数据自己查。遇到麻烦的案子，才会申请中心的技术警来协助。

有求于人的时候，林奇自然不敢跟张强闹矛盾，而旁边的应文博，似乎和张强关系匪浅，所以他也不好多说什么。

一时间，会议室里尽显尴尬。

这时，有人敲了两下门，大步踏进来："不好意思，有点事耽搁了——林队，夏明，你们了解得怎么样？张处是当时的调查小组负责人，我一般就是跟厂商打交道，具体的事务，我比不上张处专业。"

来的这人也穿着警服，浓眉大眼，自个儿拉过一条凳子往旁一坐，双手交叉胸前，笑眯眯地看着所有人。包括夏明在内的几位厂商人员都很有礼貌地跟他打招呼，他大手一摆，示意不必客气。

他叫万峥，是公安科技局的副局长，行政级别虽然说不上多高，但权力很大，管着安防厂商的所有合作业务，本身是市政府安防招标委员会的秘书长，在每年十数亿的安防招标方面很有话语权，是所有厂商讨好的对象。虽然身居要职，万峥一向平易近人，从不对人发脾气，同时又精通业务，懂技术，为人谦虚，所以不管公安内部还是厂商的人员，都很服他。

张强见到他，表情似有几分古怪，咳嗽一声，态度重归自然，说："万局，我们正在把当年的情况跟林队做介绍。"

"嗯，务必细致，这案子是必须破的，要尽可能帮到林队。"

林奇连忙向他表示感谢。

万峥的到来让气氛缓和下来，夏明重新进入状态："当时两名歹徒穿什么样衣服？"

"就是普通黑色的衣服。"张强收起对抗的情绪，如实回答他。

"嗯……当时沿路监控都拍到了他们俩，是指他们逃跑过程中，没有躲避监控吗？"

"没有，拍得很清楚。"张强眯了眯眼，"我听说这次你们在监控里找不到人，至少当时不会。也许这次歹徒的踩点工作做得好，重点规避了路上的探头。"

应文博看了眼万峥，谨慎地说："还有另一种可能性，会不会我们的安防系统有缺陷？"

万峥抬头看着他，意味深长地点点头，说："谈谈你的看法，这次案子监控里查不到人，上级也确实怀疑我们的安防体系出了问题。"

应文博挺起胸，朗声道："杭州一大半的监控都是大康公司搭建的，实事求是讲，大康的硬件质量是过得去的，只不过软件方面，包括系统布局，我想可能会有一些漏洞，否则没道理在市区环境里，一个监控都拍不到犯罪分子嘛。大康的第三代智能安防系统，据说很强大，理应发挥很大作用啊。不过话说回来，一家公司来建设这么大的安防系统工程，设计思想总归有一些局限性吧。”

他的潜台词一目了然，大康的系统不行，那就让其他家的来做。夏明此刻也没有任何实际理由来反驳，只好干笑应付。

林奇好奇地问：“什么是第三代智能安防系统？”

应文博笑着看向夏明：“你还没向林队介绍过你们这套法宝？你们对外宣传时，可是把这套系统形容得很不一般，听说系统已经到了后期实际测试阶段了，希望能有效，真能帮助破案，也可以让我们其他友商学习大康的经验。”

夏明只好说：“我刚接触这案子，接下去会用到这个系统，我相信是有用的。”

“那当然，投入这么多资源做的系统，一定会有用的，不然也太浪费了。”应文博虚情假意地笑起来。

万峥习惯性地看着厂商之间的明争暗斗，并不发表意见，只是在会议的最后，他轻描淡写地说了句：“夏明，这次案子的四户受害人都是你们公司的客户，你可要加紧破案，也算是保护客户啊。”

“什么？”林奇警惕地瞪大眼睛，“四次受害对象都是大康公司的客户？”

“呃……准确说，他们都是安防厂商的代理商，不全是大康公司的，也有做其他家产品。”万峥挠了挠头，随口说着，“我看了下你们的调查记录，刚好上面有两个人我都认识，另外两户我问了下，也是做道路招标之类的，当然也跟安防企业打交道了。”

林奇瞬时想起了在案发别墅看到的大康公司的礼品袋，不过他没想到四户人家都是安防公司的客户。虽然他们查案会记录四户人家的职业情况，可光看别人填写的工作单位可看不出他们都代理过安防公司产品，就像第四起那户，职业是做道路施工的，安防产品只是他的一小块业务。万峥在这行认识的人多，同个城市里，认识其中两位也不足为奇。

可四户都跟安防公司有关，虽然是间接关系，这是巧合，还是有所针对？林奇无法下结论。

这次的案情了解会结束后，专案组送其他人到了外面，李忠厚趁旁人不注意，悄悄来到夏明身边，带着歉意说："应文博就是这样的人，你不要理会他，他跟我们立场不同。关于黄金盗窃案的具体细节，我虽然是当时的技术主管，其实对追踪相关的技术，也不是太专业，所以后来调去了硬件部门，具体的，你可以找你姐夫沈研再问问。"

"沈研当时也在追踪组里？"

"他做追踪工作时间倒不长，那阵子刚好他在，他是个在技术领域很有才华的人，只不过为人老实了些。"李忠厚笑了笑，人们对老实人天生都有好感，实干型的技术人员大多是老实人。

夏明点点头，向他表达感谢。李忠厚又沉吟半晌，谨慎地说："如果他跟你说了一些事，我希望你，嗯……最好不要告诉太多人。过去的一些事，如果跟现在的案子无关，旁人知道了也没意义。"

待李忠厚走后，夏明回味一番他的话，当年的调查背后似乎另有隐情，此时也没法多问，只待抽时间找姐夫沈研了解情况。

送走他们后，林奇一走回办公室，就痛骂起张强和应文博："那两个什么东西啊，你不就随口说了一句，冲你发什么脾气！应文博那白痴，不就是看项目都被你们公司抢走了，不服气吗！还有张强，一个文职警察，这辈子有摸过枪吗？真把自己当警察了，瞧刚才对你那态度，我就差掀桌子了！”

“真看不出你那么讲义气。”夏明摇头笑笑，“好像你刚才对他们从头到尾都是笑眯眯的。”

“那是给万局面子！”

“好吧，那我就深信不疑了。说正事，这案子我觉得有些奇怪……”

林奇打断他：“当然了，四次受害人都是安防企业的客户，确实不寻常，而且安防设备这次对嫌犯束手无策，我怕他们另有目的。”

“这点无凭无据，先抛在一边。我是想说，当年的黄金盗窃案，第三次抢了上千万，照理，抢了这么多，一般人都会从此金盆洗手，这辈子安生过日子了，这两人怎么又重操旧业了？”

“大概是亡命之徒，把犯罪当事业了吧。”

“如果是亡命之徒，这四年干吗去了？”

林奇不以为然道：“也许这几年把钱都挥霍光了。”

“千万都能挥霍光？”

“废话，富二代一天就能花光，对了，你就是富二代，你给我一千万我也能一天花光。还有，你管他为什么又犯罪，抓到不就行了！记住，你不是警察，你的工作就是追踪，找人是你该干的活，分析案情的事你就别班门弄斧了，你今天分析得已经够多了！收起你的小脑壳！”林奇一口气吐尽今天所有的不满。

第八章

第一天的工作在忙碌中步入正轨，夏明的加入，让电子侦查这块变得井井有条。

支队的刑警、中心的技术警、派出所抽调的协警以及安防公司的技术员，组成了庞大的追踪团队，实行三班倒，24小时不停工作，由夏明给他们做好分工，有专门负责车辆的，有负责行人的，还有记录车辆和行人的速度、路段的通过时间等各项数据的，找到可疑对象后，另有警力去逐一核实。

办案就是如此，复杂而烦琐，尤其这类没有直接怀疑目标，对嫌犯情况一无所知的案件，主办警官智力再高、能力再强也没用，最终还是要靠人海战术，把所有可能都找出来，一一排除。

虽说现今大部分警察都会查监控，但“会”和专业之间还是隔了很远。林奇他们是刑警，接触过不少凶杀大案，可在电子刑侦领域，基本是门外汉。即便在中心据说最精通技术的警察张强，比起夏明这安防公司出身的，很多方面也有着不小的差距。

夏明对安防公司的软硬件了如指掌，加上这几年一直做着电子刑侦的实际工作，他的业务能力，绝非浪得虚名。像这次案子中，嫌犯有可能进行了伪装，有可能搭乘其他交通工具，要查的监控有清晰度之分，有重点区域之分，对于要查哪里、怎么查，由他来安排才能效率最高。

夜晚早已落幕，到了晚上九点，夏明离开中心，坐上汽车，驶往回家的路。

紧绷一整天的神经一旦松懈下来，他又想起了江文灵。

至今他依然记得第一次和江文灵见面的那个下午，那是2006年9月的某个下午，夏明还是浙大计算机系大三的学生，未来的打算很简单，去家软件公司，成为一名程序员。

他父亲夏正开着一家规模尚可的外贸公司，那时候的外贸软件不像现在完善，所以夏正就叫儿子到自家公司，帮忙编个业务软件。他在没课的下午经常会带着笔记本去公司写代码。

一天黄昏，他正全神贯注地敲打着代码，突然背后响起一个女声：“你在编程吗？”这个声音吓了他一跳。

世界上所有程序员都有个共同点，最讨厌写代码的时候被人打扰。

他头也不回地应了句：“是啊。”

“这软件是干什么的？”

“业务的。”

“公司不是有这类软件吗？”

“原来的不太好。”

“你觉得你写的能更好？”

“也许吧。”夏明不想跟她废话。

“可你还是个刚入职的新人吧？”

夏明吐口气，手指在键盘上停下来，厌恶地皱眉转过头，下一秒，脸上的不悦彻底消失不见，转而变成了笑眯眯。因为这人长得还挺好看的，瘦瘦的身形，白色T恤，淡蓝色牛仔裤，长头发干练地系成一条马尾。

好看的女孩犯点错，总是很容易得到原谅的。

“你怎么看得出我是新人呀？”夏明抬头笑望着她，刚好窗外的夕阳照到江文灵的脸上，白皙的脸上泛着一层金红色、暖洋洋的光芒，煞是好看。

“因为你占了我的桌子。”

两人那一刻都不约而同地笑起来，江文灵每次笑的时候，眼角总会往上翘。

夏明相信那天看到江文灵脸上光芒的瞬间，就喜欢上了她。后来聊天中知道，江文灵比他还小一岁，是浙财大国贸系大二的学生，来公司勤工俭学，因为外贸公司客户时差的关系，很多工作要晚上进行，所以她每天傍晚来公司上班，很晚才回学校。

从此，夏明也晚上来写代码，两人越发熟络，很快彼此吸引并成了恋人关系。只是之后发生的一件事，让他们不得不分手，直到三年前才再次相遇。

这时，汽车音响里传出手机铃音，中控台显示屏上亮起江文灵的名字，夏明迫不及待地接了起来。

“夏明，你在家吗？”

“刚下班，还在路上，怎么了？”

江文灵顿了顿，显得有点儿犹豫：“我不知道你今天这么忙，如果可以的话，你现在能不能抽空来一趟我家？”

“哦……”夏明拖着尾音，思索着出了什么事，为什么现在叫他去家里，先试探性地问了个问题，“东东呢？”

“他去你家打游戏了，今晚大概又要住你家，不回来了……”

“我马上过去！”没等她说完，夏明就大声答应了。

挂了电话，他对一切都了然于胸，东东不在家，这个时间点，江文灵轻声软语地叫他过去，孤男寡女，还能有什么事！

看来大家都是有需要的嘛，他猥琐一笑，猛一脚油门加速，汽车飞驰而去。

结果满心欢喜地奔到她家，一进门整颗心都凉了。家中除了江文灵，桌边还坐着朱灵芝。朱灵芝是江文灵多年的闺密，身形比她小巧些，平日里是个活泼开朗的姑娘，此刻脸上却挂着泪，手里攥着纸巾，轻声啜泣。

怎么回事，多个哭泣的朱灵芝是什么意思！

夏明真恨不得给朱灵芝一百块钱，让她赶紧打车回家。

"嗯……出了什么事？"事到如今，也没办法，他只好一瓢冷水将心头的热情浇灭，一本正经地问她们。

朱灵芝见着他，赶忙起身，焦急地胡乱说着："小明哥，我男朋友被警察抓走了，你能不能想想办法，把他……"

没等她把话说完，江文灵就打断她，问夏明："你回过家了吗？"

"没啊，刚才接到你的电话，我不就过来了嘛！"

"东东今天游戏打太久了，得把他叫回来。"

夏明正要抱怨之前电话里怎么不说，突见江文灵眼神古怪，马上心意相通，也说："是啊，是啊，你跟我一块儿去叫他，他可不听我的话。"

随便安慰了一番朱灵芝，两人到了外面马路上，离得远了，夏明才问："出了什么事？你为什么把我单独叫出来？"

"她男朋友被警察抓走了。"

"嫖娼吗？"夏明本能地想到这个理由。

江文灵一愣："呃……不是。"

“那是什么？对了，她什么时候谈了个男朋友？”

“我也不太清楚，听她说是几个月前。她男朋友是个演员，同时还兼职给什么理财公司拉客户赚提成，结果今天被管经济诈骗的警察，叫什么队……”

“经侦队。”

“经侦队抓走了，说是诈骗了好几十万，他也问朱灵芝借了足足十万，我觉得这人就是个骗子。朱灵芝还想把他救出来，待会儿回去你可别急着答应她救人，先弄清楚这人是不是骗子。如果真是骗子，你可要帮帮她，至少得把她的十万要回来。”

“你找我就为了这事？”夏明不禁失望。

“是啊。”

“哦，我不认识经侦队的人，明天找朋友了解一下吧。”

“谢谢你。”

听到这声“谢谢你”，夏明苦涩地摇摇头，停顿几秒，叹息说：“从什么时候开始，你跟我变得这么客套了？”

江文灵低下头，脚步慢慢往前挪动，回头笑起来：“三年了，我们这样是没结果的，你有你的生活，我也想有我的生活。”

“我一直在努力解决问题。”

江文灵淡淡笑了笑：“如果能解决的话，三年了，也早就解决了，我们都知道，这问题解决不了。”

一时间，彼此都陷入了沉默。

就这样两人相对无言地走过了两个路口，夏明换了个话题，重新开口：“那男的最近在追你？”

“嗯。”

“怎么认识的？”

“一个找我买保险的客户。”

“你喜欢他吗？”

“怎么说呢……”

“那就是不喜欢，无论哪个角度，他都比我差远了。”

江文灵笑笑。

“那么，”夏明纠结地慢慢开口，“他和你是否……是否已经……”

“是不是发生过关系？”江文灵瞥他一眼，“这就是你今天最想问的吧？”

“也不是啊，我就随口一提啦。”夏明哈哈大笑，内心紧急加盖起可以抵御原子弹的防御工事。

江文灵洞穿了他的心思：“没有，我还不喜欢他。”

夏明轻拍胸口，把心装了回去，又问：“如果再过一段时间，你会不会……”

“你说呢？”江文灵转过头，似乎漫不经心地说了句，“你和我不能一直这样吧。”

夏明慢慢点点头，他知道，时间不多了，必须尽快想出办法解决问题。

第九章

两人掉头回到江文灵的住所，佯称江东东已经睡了。夏明遵照江文灵的吩咐，向朱灵芝详细了解事情经过。

灵芝的男朋友不叫人参，而叫任远，两人已经谈了半年恋爱。

灵芝是个勤快聪敏的姑娘，主要收入靠无证“行医”，她在租来的单身公寓帮人文眉，打玻尿酸、水光针，依仗一些爱美且穷又胆大的女孩照顾生意。虽然生意一般，好在微整这行利润惊人，她也算温饱有余。

任远是个演员，外形还不错，混上了特约演员。所谓特约演员，比群众演员高一级，片酬按天算，大概几百到上千不等，女特约偶尔能接到裸替，一次赚五千以上，男的就没这种福利了。他平日主要通过选角色的App向各种剧组投简历接戏。演员这份工作不太固定，他出道时间短，接戏朝不保夕，所以他还有另外一份兼职，帮一家理财公司拉客户赚提成。

两人相识很简单，任远身为演员，少不了在脸上花钱，于是他找到朱灵芝打玻尿酸填额头，结果填高了，看着很长寿。任远要赔偿，朱灵芝坚称没问题，个人审美眼光差异，两人争执来争执去，决定先吃个饭，再看场电影，继而没多久就成了男女朋友。

听到这种方式也能成为男女朋友，夏明摇摇头，问朱灵芝：“经侦队为什么抓他？”

“警察说是诈骗。”

“你也把钱借他了？”

“我借了十万。”

江文灵在一旁愤怒地补充：“这是灵芝的大部分积蓄，真下得了手！”

朱灵芝马上否认这说法：“他不是骗子，他花钱很节省，比我省得多，这里一定有误会。”

“是吗？”夏明不屑地摇头，“他是以什么理由问你借钱？”

“帮我买理财做投资。”

“你见到理财的凭据了吗？”

“这些我不懂，他会来操作的。”

夏明冷哼一声，心中已经了然，决定直接把残酷的事实告诉对方：“据我所知，经侦队很少抓人，所以，基本也不会抓错人。”

江文灵也说：“他真是个好演员，你和他相处半年了都被他骗，说不定他在外面还有好多个你这样的女朋友。夏明，你一定要帮灵芝把十万块拿回来。”

“这个啊……”他刚想说他又不是警察，具体案件的事，他做不了主，可扭头一望见江文灵殷切的眼神，便马上化身为经侦队队长，“放心，这种骗子我们一定严厉惩处，灵芝的损失一定拿得回来！”

朱灵芝看着他们俩，鼓起嘴纠结了好一阵，为难地看向夏明：“我不是要钱，你……你明天能想办法把他保释出来吗？”

“什么！你还想着保释！”两人都吃惊她的死不回头。

夏明吐口气：“我知道你很难接受他是个骗子，你已经付出了感情和金钱，如果他是骗子，前面所有付出都白费了，所以你心里拒绝承认这个事实。这种受害心理很常见，就像男人住进宾馆，看到门下有小卡片，打了卡片电话，对方说找小姐要先转几百订金，他看钱少便转了，过了一会儿对方说小姐已经到酒店外了，要交笔押金，他又交了，再过一会儿又说要交服务费，这时他心里已经有了怀疑，可前面已经交了两次钱，他不愿相信对方是骗子，于是再次交钱。归根结底，当局者迷，旁观者一清二楚。”

江文灵幽幽地看着他：“这个例子倒也栩栩如生。”

“啊……最近刚抓了个诈骗团伙，我听刑警们瞎说的啦。”

可是朱灵芝对他们的劝导完全无动于衷，无论他们俩怎么说，她始终觉得这半年相处的点滴细节看得出，任远不是骗子，恳求夏明把他弄出来。到最后，谁也说服不了她，夏明只得敷衍地答应明天先去了解情况。

第十章

第二天早上，夏明去了姐夫沈研的公司，调查四年前黄金盗窃案的内情。至于保释任远，他早就抛之脑后，对待骗子，他可没有丝毫同情心。

说到沈研，几年前他的岳父夏正一语道破他的命运，他不适合做生意。

沈研在创业前，也在大康公司上班，和夏明是同事，也正因此机缘认识了他姐姐夏梦飞，同事变成姐夫。

不得不承认，沈研是个很优秀的研发工程师，他对产品极具工匠精神，有时为解决一个技术问题会连续工作几十个小时。

以前他还在上班时，发明了一种鱼眼探头的图像处理技术，不过公司不看好这项技术的前景，他便自己申请了专利，后来辞职创业，专门做这个产品。

现在他的公司位于一个租金优惠的创业产业园里，规模不大，三十多个人，经过几年的发展，产品已经可以成熟应用了，可因为这技术太新，没有其他大公司涉猎，政府的安防招标可不敢把这小公司的独门产品纳入进去，所以至今拿不到订单。

虽然事业不行，在家庭上，沈研是个公认的好男人，对夏明的姐姐夏梦飞一心一意，两人育有一个儿子，夫妻俩表里如一地恩爱。

夏明跟沈研的关系要比跟他姐好得多，因为夏梦飞强烈反对夏明和江文灵结婚，甚至还老爱出谋划策，让他跟江文灵彻底不要往来，姐弟俩已许久不说话。倒是他跟沈研碰面时，两人都热衷于技术话题，彼此还算熟络。

今天夏明刚到公司的时候，沈研正在一个程序员旁商量技术方案，见到夏明，他没问来意，就热情地邀他一起看产品："最新的大口径全景监控摄像头，有效覆盖直径五百米，远距离的图像通过软件调整，完全符合警方办案要求，你觉得怎么样？"一谈到产品话题，沈研这工程师就能立地成佛，脸上发出光亮。

夏明知道这是他们公司的拳头产品，全景监控，沈研几年的精力都花在了这上面。

目前市面上的监控探头，都存在一个缺陷，拍摄角度小，有盲区。经常爆出的扶老人反被冤枉，双方各执一词，有时明明就发生在监控底下，可偏因为处在盲区没拍到。

全景监控模仿了鱼的眼睛，可以拍摄到三百六十度的画面，探头底下无盲区，这是革命性的优点。缺点在于画面会变形，而且离镜头中心越远的地方，扭曲变形越厉害，就像用放大镜看东西的效果。

沈研想到了一个解决办法，他根据探头的高度、角度、覆盖区域，用软件手段，把扭曲的全景画面重新转化成平面，就像把鸡蛋壳展开成平面。这样一来，他的全景监控既没有盲区，同时也保证了画面质量。

坦白说，这确实是一项极大的进步。

产品好不好，最终还是要用的人说了算。

因为夏明工作的关系，如果能得到他的肯定，那就说明切实符合警方的实际办案需要，所以沈研每次的产品改进都会征求他的意见。

夏明大致看了下画面效果，产品已经很成熟了，所以每次的改进变化不大，他今天的重点也不在此，便敷衍地夸奖了一番，免得沈研啰唆，接着便直截了当地问起黄金盗窃案的事。

一听这个话题，沈研脸色不由得一变，把工作抛在一旁，起身领他进到办公室，关起门，一边给他倒茶，一边意味深长地看着他："怎么突然问起了这件事？"

夏明瞧他的举动，就知道黄金盗窃案背后一定还有隐情，便如实跟他说了昨天的情况。

沈研把茶递给他，皱眉回到办公桌，手指交叉着，缓缓开口："四年前，我参与到这起案子的追踪工作，纯属偶然。你知道，我一直做的是产品研发，后来公司领导说研发工作要贴近实际，所以我们一些重点研发人员也都轮岗去信息中心接触了几个月追踪工作，我和同事肖国栋都被分到应文博的小组，这才有了后来的事情。李忠厚昨天跟你说的基本是事实，追踪工作做不下去，确实是因为最后一片区域的监控都出了问题，但不是坏了，是图像丢失了。"

"是因为软件问题，图像恢复不了吗？"

"不是，"沈研严肃地摇摇头，"有人删除了数据，再关闭了探头。"

"人为的？数据删除了大部分情况下也可以恢复。"

"有人故意在后台用了强制命令把数据全部格式化，彻底删除了，没办法恢复。"

夏明狐疑地问："谁做的，事后调查过吗？"

沈研抬起头，露出回忆的神色："一开始，大家以为是软件出了问题。后来万峥查了后台日志，发现竟然是人为篡改，而且是强制格式化，这就不可能是误操作了。这么大的事故，当时闹出了很大动静。作为杭州历史上最大的一起盗窃案，公安局特别重视，第二天就成立了调查组。因为当时信息中心的账号是公用的，查不出是谁干的。调查组就对这次追踪的所有人，包括我们大康公司和警方的技术警，都进行了约谈，没人承认是自己干的。结果正在调查期间，肖国栋失踪了。他当时跟我是搭档，一起负责歹徒的路径分析。警方查了很久，至今也不确定他为什么失踪，又去了哪里。”

夏明思索片刻，道：“难道是肖国栋和歹徒内外勾结，删除监控数据，协助歹徒潜逃？”

“调查组也是这么怀疑的，可也有不同意见，如果肖国栋和歹徒内外勾结，那么之前就该设计好路线，让歹徒避开监控就行了，根本不需要做出在信息中心删数据这种大动作。可他要和歹徒无关，数据是被谁删的，为什么删，他失踪去哪儿了？总之，真相谁都不知道。肖国栋失踪后，调查也无疾而终，不过整个追踪组都很惨，都被处分了。公安向大康公司提出了严厉交涉，取消了当年几个重大采购项目；李忠厚被调离岗位；应文博作为技术主管被停职，他一气之下跳槽去了海华公司；我还好，本来就是轮岗，回去继续做产品研发。至于警方人员，大都也被追责，张强处长被调岗降级，现在的副局长万峥当时是他的下属，因为及时发现问题，举报有功，接了他的位子，后来升副局长后，才把张强调回来。”

夏明明白了难怪张强昨天谈起这事就像个打火机，一点就着，也难怪他对万峥的态度总透着古怪。

可他想不明白，为什么当年有人要删掉监控，让歹徒逃了呢？如果信息中心有人跟歹徒勾结，肯定是犯罪前做好计划，而不是犯罪后在信息中心删数据。肖国栋的失踪和整件事是否也有关联？

他摇摇头，放弃了追寻真相的打算，四年过去了，当年亲历的这些人都不知道答案，他就更想不出所以然了。

情况了解完毕，夏明起身告辞，沈研又说：“你接手的这起连环入室抢劫案，我前几天去中心也有所耳闻，据说监控里从没见过嫌疑人？”

夏明点点头：“是啊，还没找到，我也觉得很古怪。”

“看来这两人的反侦查能力很强，”沈研托着下巴思索着，“但归根结底，还是现有安防设备的局限性。”

“什么局限性？”夏明刚问出口就后悔不已，因为他已经知道沈研接下去要说什么了。

果然，沈研立刻站起身，高屋建瓴地对比现有的传统监控和他全景监控的优缺点，传统监控都有盲区，你们办案时经常要为此头痛——当然，他不会管小舅子现在正为他的啰唆头痛。而他的全景监控就不一样啦，解决了盲区这个致命缺点，至于造价高昂，为老百姓谋安全的事，能用金钱来衡量吗？至于安装调试复杂，也能随着技术不断改进的嘛。现在万事俱备，就差政府的订单啦。

这番话夏明早已倒背如流，凡是谈到查案中出现的问题，沈研总能把原因九九归一成“现有设备的局限性”，夏明只好表达一番深有同感，沈研才罢休。

第十一章

夏明离开沈研公司后，便赶去了信息中心，林奇看见他犹如刑释人员见了亲人般，急切地把他拉进办公室，告诉他一个意料之外的消息。

经过彻夜查监控，案发小区西面围墙外的小径两头，始终没有见到嫌疑人出入。

小径一侧是河，一侧是围墙，之间别无出路，两头都有监控，而且这条路人流量本就少，嫌疑人身高体形一清二楚，无论怎么乔装打扮，都不会被工作人员忽略过去。当然，他们按夏明的要求，也调查了出入这条路的车辆，每辆车的经过时间，是否在路上停留等，同样一无所获。起先他们查的是案发时间点的前后三小时，后来甚至扩大到全天。

对于这个结果，夏明也觉得匪夷所思。

有刑警提出一种可能，嫌犯并非从西面小径出入，而是从其他方向的围墙爬进来，故意在西面围墙爬进爬出一次，留下脚印，来误导警方的追踪方向。这种可能马上被林奇否决，因为警方发现围墙下的脚印也纯属巧合，运气成分居多，并没有受到歹徒的误导。

夏明仔细地看了一遍调查记录，决定再去现场看看，毕竟坐在电脑前看监控，某种意义上是纸上谈兵，真实环境中还有很多变数。

事不宜迟，他和林奇上了车，直接驶往现场。到了西面小径，夏明将车停在一旁，打开笔记本电脑，点开了一个软件。

这是一个安防软件，上面布满了眼花缭乱的各色线条和符号，林奇见这软件和信息中心工作人员用的有很大不同，好奇地问："这是什么？"

"昨天说的第三代智能安防系统，已经在最后的测试阶段，如果没有问题，六月底前会正式投入使用。"夏明一边说着，一边熟练地在上面操作。这里没有网络，他只是用此查附件地图数据，这些都已储存在软件中。

林奇托着下巴，看他切换着不同的画面，装作很懂的样子，嘴里还调侃着："这软件看着也就那么回事儿吧，应文博老针对它干什么？"

夏明狡黠一笑："岂止是他，恐怕大部分安防企业都不想看到这软件上线。"

"为什么？"

"信息中心现在的监控系统里，能查的都是公安的探头，很多社区、商店、银行、加油站、停车场的监控都没联网，查案时，如果系统里找不到线索，你们怎么办？"

"上街去找哪里还有监控可以调取。"

"所以工作量大，对接手续麻烦，效率很低。三代系统里把所有探头位置都纳入进来了，包括大部分探头的型号参数和覆盖区域，而且设计了人工智能化查案，能根据要求，提示警察需要查看哪几个监控，哪些是监控盲区，哪些是重点调查区域，都一目了然。"

林奇不解地问："大部分民用监控都没联到公安网，你们怎么知道这些数据的？"

"百度地图上那么多商店和建筑，地图公司是怎么知道的？"

林奇摇摇头，他可不懂这些。

夏明解释说："百度派了很多人上街把一座座房子标出来。我们这也一样，是专门找人去每条街、每个重点建筑中采集出来的。光杭州一个城市，就花了上亿成本。不过这是一次性投入，以后警察只需要坐在办公室里看电脑，就知道需要查哪些监控了。"

"这么大投入的东西，卖给公安局肯定不便宜，还有每年的维护费。其他公司是怕公安局在这块投入太多，缩减其他安防项目的预算，所以才反对的吧？"

"不，"夏明神秘一笑，"系统免费，每年维护费也由我们公司自己解决。"

"免费！"林奇惊讶了，"你们公司用得着下这血本讨好政府吗？"

"这是互联网思维，系统免费，但接入系统的设备都会以大康公司的为标准，所以一旦上线这套系统，整个城市的天网将来都会有统一的接口参数，其他公司的设备虽然可以修改参数，但每次系统升级，别人的设备就可能出现不兼容的情况，所以政府以后招标，肯定要倾向用大康的设备。"

林奇恍然大悟地瞪大了眼睛："你们这是要一统江湖啊，先免费把系统提供给公安局，等警方习惯了用你们的系统办案，到时招标就是你们说了算，你们这是对行业的赶尽杀绝啊。"

"也不能说赶尽杀绝，名义上不能搞垄断，只不过以后招标，政府为了软件可靠性，肯定倾向于我们公司。这道理跟支付宝、微信一样，先免费提供平台，等大家都用上了，自然就有赚钱的门路了。"

林奇瞥了他一眼："你们的目标不止杭州吧？"

"我们计划6月份投入使用，9月借G20峰会的招牌，用这套系统提供安保服务，那么接下去推广到其他城市也不在话下。"

林奇只是警察，可不管他们安防企业间的竞争，对他而言，破案最重要。夏明轻而易举地把这商业模式告诉他，自然也不是机密，难道公安局的领导都看不出大康公司背后的野心？

夏明解释说：“这道理公安局的领导和其他厂商都知道，不过在公安局看来，现有的系统每年要耗费数千万的运营维护费，既然有免费又更智能的系统，当然愿意。对于你们警察来说，只要破案就好，管他破案的探头是哪家公司生产的，对吧？”

“那也是。”林奇点着头，突然瞪着前方，“他们来干什么？”

夏明抬起头，透过车窗，看到小径北边的十字路口处，应文博和张强站在街角，抬头四顾。

林奇不由分说，招呼他下车，两人径直走上前去。

张强看到他们俩前来，一点儿也没表现出意外，只是平淡地说了句：“你们来啦。”

“张处，你怎么在这儿？”林奇笑着打招呼，看向了应文博，“他怎么……”

张强冷眼瞥了眼夏明，说：“我看大康公司的人查不出结果，就叫海华的一起来查，也是帮专案组提高一些效率。”

这个理由很正面，谁也没法说他不是。

应文博冷笑着看向夏明，道：“据说这条路两头的监控，都没见过嫌犯出入，凭借大康公司三代安防系统的强大功能，想必你应该查出原因所在了吧？”

夏明见对方来者不善，可他确实还没查出原因，只好坦白说：“暂时还不知道。”

张强冷漠地说了句：“你应该知道的。”

夏明尴尬地问：“是什么？”

“电脑上看起来，这条路两头都被监控探头全覆盖了，其实不是，南面的覆盖了，北面的路口有盲区。”他指着旁边的小区围墙，围墙外是一排绿化树，“这里的监控视野只拍到绿化树，如果嫌犯是从树后走出去的，刚好是监控盲区，拍不到。你们三代系统地图做得这么细，理应早就发现了这点。”

应文博哼了声：“所以三代系统也不见得有用。”

说完，张强跟林奇简单道别，便跟应文博上了路边的一辆车走了。

夏明打开三代系统的地图，确实如张强所说，路口距围墙不到一米的区域，是监控盲区，电脑上忽略了，实地查看一目了然。

夏明站在原地，静静地看着墙脚，想象中仿佛出现了两名嫌犯一前一后，从绿化树后贴着围墙绕出了路口，这是唯一能解释小径两头监控都没拍到他们的理由。只是，他们俩以这样的方式走出路口，只是运气好吗？还是他们知道这里刚好是监控盲区？他摇摇头，心想应该只是运气好，如果歹徒知道监控盲区的位置，那事情就闹大了。

他重新看地图，如果嫌犯按此绕过监控，后面行动方向的变数很大，也许在路边直接上了某辆车，追查下去会极其麻烦。

林奇见他脸色不好看，猜到遇上难题了，只是他对电子刑侦这块束手无策，只好手叉腰，朝着西面路口的交通杆骂起来：“这是哪个白痴装的探头，偏偏留下绿化带后一点点的盲区，方向往这边移一米就破案了，真是白痴啊！”

夏明瞥了他一眼，冷冷地说：“探头在东面，你骂错了，西面只是个信号灯。”

林奇哼一声，大为不满：“那这个大圆球又是什么东西？”

“大圆球？”夏明转过身，看到西面交通杆上挂着的一个漆黑的大圆球，好像一只巨大的眼睛垂直注视着下方的人来车往，过了几秒，顿时眼睛亮了起来，“全景监控！”

“什么全景监控？”

真是踏怕铁鞋无觅处，得来全不费功夫！这下歹徒的秘密再也隐藏不住了。

夏明没工夫回答他，立刻掏出电话，拨给沈研：“钱塘公馆西北面的路口，是不是装了你的全景监控？”

“是啊，你怎么知道？”沈研停顿一秒，语气中透出了害怕，“该不会掉下来砸到人了吧？”

“呃……那倒没有，这个探头是开着的吗？”

“对啊，我找了好多次万局长，他才让我先试点装几个路段用用，结果我设备放上去了，公安局一分钱都不肯掏，还说免费提供场地让我试验已经不错了。”沈研抱怨起公安局对他们小公司的残忍。

夏明无心听他啰唆，便问：“数据连到哪儿？”

“都在信息中心。”

“你赶快过来一趟，”夏明神秘一笑，“说不定万局这下愿意买单了。”

第十二章

信息中心的指挥室里，大家众星拱月地把沈研围在中间，这让他倍感压力。

他身后不光有专案组的人，还坐着万峥和张强，他们听闻沈研试点安装的全景监控很可能拍到了嫌疑人，自然要过来看看。应文博受张强指派，现在成了追踪二组的组长，这时也在旁观摩。

坐在电脑前的沈研显得颇为紧张，作为向来不受重视的小型安防企业负责人，平日里都是追着中心的领导才能说上几句话，第一次有机会当着领导的面，演示全景监控的实际应用，这机会可难得。

如果这次他的产品能不负众望，那么全景监控自然会受到公安局的重视，以后的政府招标多一项全景监控也添了几分希望。当然，如果一无所获，那么作为小公司的这项全新的非主流科技，自然又要石沉大海了。

全景监控之所以会出现在案发现场，说来也是巧合。

沈研去信息中心多次，希望能试点安装全景监控，只是公安领导并不认为这小公司的新产品能对办案提供多少帮助，最后勉强同意装五台。沈研希望安装在人员流动复杂、犯罪率高的区域，以便能体现无盲区的优势，可公安领导知道了全景监控安装和调试至少需要两天，觉得在人流密集路段安装会严重影响交通，小公司完全没有话语权，最后万峥批了这块人流较少的高端住宅区，而且只拨了一半的经费。其中两台监控刚好位于钱塘公馆北面的这条道上。

整整两个小时过去，沈研紧张的神色逐渐舒展开，一抹轻松浮现在脸上。

连续的两台全景监控清晰地拍到了两名歹徒来去的全过程。

他们离开的时候，沿着西面小径向北，快到路口之际，果然穿入了绿化带的树后，然后从探头的盲区右拐进入北面的马路，行走一段后，横穿马路到了对面，又经过了一个路口，最后拦下一辆出租车离去。与来时的路线一模一样。

之所以此前调查都没发现嫌犯，因为他们几次经过路口，都走在探头的拍摄盲区中。

沈研将几段全景监控拍到的录像拼接起来，就成了嫌犯来去的全过程。

夏明静静地盯着电脑里嫌犯来去的全程，慢慢皱起了眉，他隐约感觉这案子很不简单。这时，他感到有道目光望向自己，抬头一看，却见张强面无表情地盯着他，冷漠的背后，似乎欲言又止，过了几秒，张强转身离去。

一旁的应文博瞳孔微微收缩了一下，也跟着离开。

万峥瞥了两人背影一眼，回头笑道："两个歹徒来去都是打车，走路的部分刚好又是监控盲区，难怪查不到啊。此前我们还设想他们中途做了伪装，或是其他障眼法躲避调查，高估他们了，无非运气好罢了。林队，接下去你们查一下来去的两辆出租车，估计很快就能把人找到了。说起这次的收获，还真亏了这全景监控。嗯……三百六十度无死角，有点意思。沈研，你来下我办公室，详细说说你们这东西。"

沈研就等着这句话，连忙起身，迫不及待地跟着他出门。

接下来林奇自然是吩咐手下去查出租车信息。来去两次的出租车在画面中都距离较远，牌照看不清楚，不过这些都是小问题，查车远比查人容易，只要查沿路几个交通探头，很快就能找出车辆。

布置完工作，他回头去看夏明，却见他坐到了沈研刚刚的位子上，托着下巴，依然盯着几段重复播放的画面。

“你现在还有什么问题？”林奇扬着声问，一脸得意，仿佛发现歹徒行踪不是靠全景监控，而是他匠心独具查出来的。

“嗯……我在想，他们来回两次经过两个路口，一共四次经过路口，为什么都刚好走在了监控的拍摄盲区。”

“运气好。”林奇不以为意地打发一句，他心情很好，查到出租车后，意味着案子基本上就破了。

警方破过无数这样的案子，盗窃的、抢劫的、拐卖儿童的，很多这类歹徒也懂得乔装打扮，躲避追查。不过一旦查到他们上了哪辆车，哪怕他们后面再用假身份证件坐大巴、坐火车，逃出千里之外，警方也能把人抓回来。

目标不确定的时候，破案很难。目标一旦确定，在当今这个到处布满电子眼的天网时代，除非犯罪嫌疑人逃进深山老林，否则混迹任何一个城市都插翅难飞。

夏明谨慎地问了句：“那么之前三起案子呢？”

“当然也是大同小异，他们直接打车来去，我们不知道他们上了哪辆车，当然监控里查不到人。”

“可是下车后总有一段步行的路程，此前小区内外的监控同样没有发现嫌疑人。”

“跟这次一样，运气好而已。”林奇拍拍他肩膀。

“连续四次犯罪运气都能这么好？”

林奇笑笑：“你知道幸存者偏差吗？”

夏明不解：“什么意思？”

林奇语重心长地解释：“大部分入室抢劫的第一次就被抓了，少数人运气好，一次、两次，第三次也被抓了，你自然不会关注到他们。只有这伙人连着四次运气好，所以案子性质才升级，引来了这么大规模的专案组。按概率来说，犯罪的基数大了，自然有运气好的，只有运气好的，才会遇到我们市级专案组。这就叫幸存者偏差。”

他停顿一下，又劝说：“好了，你不是警察，案情逻辑上的事你不懂，你的工作就是找人，现在赶紧把车找出来吧。”

“我——”夏明还想开口反驳，但几秒后，他最终悻悻闭上嘴，没有把他的怀疑说出口。

歹徒每次都能走在监控盲区中，不被拍到，如果不是运气呢？

那就意味着他们知道哪片区域是监控拍不到的盲区。

这问题就大了！

因为无论怎么踩点，怎么观察探头，歹徒只能知道探头朝哪个方向拍摄，无法知道拍摄区域。就像你看到有人拿摄像机朝着你的方向，没看到画面前，没法知道你有没有被拍进去。

歹徒能知道监控盲区的方法只有一个，那就是信息中心有他们的同伙。也就是说，信息中心里的某个警察或者安防公司的人，才是这起案件的幕后主谋。

可这样的怀疑是不能随便说的，夏明没有任何实质性的证据，如果怀疑错了，那么不光专案组，甚至他们大康公司，以后在中心都会面临很尴尬的处境，这是他无法承担的责任。

第十三章

“在我九岁那年，小学三年级，一次，我们县组织小学生科技比赛，我做了一个生态瓶。说来也简单，一个玻璃瓶，里面装满水，放上适量的水藻和小虾米，用蜡密封起来，水藻在光合作用下，吸收水里的二氧化碳，产生氧气和有机物，虾米吃了有机物代谢出二氧化碳，循环往复，这原理你知道的吧？生态瓶很漂亮，在比赛前，我只把它拿给我最要好的同学看，他特别喜欢，想用他做的飞机模型跟我换，我拒绝了。后来，他拿出了一个变形金刚玩具，我抵抗不住诱惑，就跟他做了交换。最后，我没了生态瓶，自然放弃比赛，他却因此得了全县第一。拿到第一名后，学校奖给他很多生物科学的图书，他对生物方面产生了浓厚兴趣。后来他大学也报了生物系，毕业后他开始创业，做的是细胞检测的试剂，现在他已经是身家几千万的富豪了。归根结底啊，一个变形金刚，交换了两个人的命运。多年后，我们在同学会上再次见面，现在的他有很多钱，我呢，有很多投资机会，所以我们俩一拍即合，他拿出三十万让我去帮忙投资。小明哥，这就是整件事的经过。”

“我管你什么生态瓶！现在的问题是你把他的三十万弄哪儿去了？”一家餐厅的角落里，夏明怒气冲冲地瞪着这个叫任远的白痴。

坦白说，他压根儿就没想保释任远，可从今早开始，朱灵芝就像诈骗分子一样，不遗余力地打他电话，他一直推说工作太忙抽不开身，到后面就不接了。到了下午，朱灵芝问出他今天在公安局的信息中心，径直跑到了单位门口等他。

他避无可避，只得央求林奇帮忙，本以为林奇又要开骂，这么大案子还没破，哪有心思帮他保释诈骗犯。谁知林奇因为查到出租车，破案在即，心情大好，刚好他和经侦队的一名领导关系要好，便爽快地帮他打了经侦队的电话。他只好带着朱灵芝去了趟经侦队，因为林奇的面子，领导早有交代，没有为难，他垫付了五万的保释金就把任远带了出来。

从经侦队口中得知，任远被抓是因为谎称代买理财实施诈骗，收了朋友三十万。结果一个月过去，他迟迟没提供购买凭据，朋友打电话给理财公司，公司称从没收到钱，朋友又打电话质问他，他先是各种理由推托，后来干脆不接了，最后朋友和理财公司一同报了警。因为任远给公司提供的住址就是朱灵芝租的单身公寓，所以被警察上门逮个正着。

今天经侦队放他出来也附加了条件，如果他一个月内把钱还了，对方就会撤案，这也就成了私人经济纠纷，够不上诈骗。如果还不回去，警方就要报检察院正式批捕了。一旦批捕文书下来，那就撤不了了。

保释出来后，夏明看在朱灵芝的面子上，没有当场发作，找了家餐厅点了几样小菜。夏明支开朱灵芝叫她去外面逛逛，她也心领神会，于是便开始了这场谈话。

任远被他质问，做贼心虚地低下头，不敢对视。

“你到底把钱弄哪儿去了！还有朱灵芝的十万！”

“我……我用到其他地方了。”

“赌博？”夏明冷哼一声，厌恶地盯着他，这社会上的渣滓多半和赌博有关。

“没有，我不赌的。”任远小声辩解。

“那干吗了？”

“我……”任远交叉着手指，半晌，抬起头，警惕性地看看左右，确认朱灵芝还没回来，这才诚惶诚恐地向夏明坦白，“我姐生病了，是尿毒症，以前一直靠透析，每个月都是一笔不小的开支，两个月前，好不容易等到了肾源，换肾是治本的办法，可是手术费要近三十万，捐献肾源的家属另外要十五万，我这几年因为我姐的病，没有攒下钱，我就跟灵芝借了十万，又想到朋友之前跟我说，有好的理财产品他会买，所以就骗他……”

“你把这么多钱都给了你姐做手术？”夏明怀疑地哼了声。

“她现在还在老家调理，医院所有的收据都在，我没有乱花一分钱。”

“我就当你说的是真话吧，那么钱怎么办啊？你当时拿的时候，就没想过到时怎么还？还真当你朋友有钱，就不计较你骗他三十万了？”

“我没的选啊，”任远再次低下头，小声说，“等肾源排队排了很久，如果不能及时拿出钱，就要给别人了。我当时想着先把手术做了，再找小额贷款公司把钱借出来补上，后来才知道我没有银行的工资流水，贷款公司给我的额度很小，我找了好几家，只借到了五万。他们利息很高，如果下个月我不能及时还上，违约金还要翻倍。”

“你都敢碰高利贷啊！”夏明摇头冷笑，“我不管你外面还欠了多少钱，我问你，朱灵芝是不是你女朋友？”

“是。”

“你在外有几个女朋友？”

任远连忙说：“没有，只有她一个。”

“那你姐生病的事，为什么要瞒她，还把她的十万积蓄也给骗走了？”

任远轻声说："我不想她知道我有个生病的姐姐要照顾，本来我就什么都没有，如果她知道我还有其他负担，她应该会跟我分手吧。"

"你也真是够自私的，骗她钱，还瞒着她，就是怕她跟你分手？"

任远慢慢点着头："你说得对，是我太自私了，应该直接告诉她的。"

"那很好，你的事我没兴趣管，待会儿你自己把实情一五一十告诉她，你欠的钱，包括你朋友的三十万和她的十万，不管用什么方法，一个月内还上，这点警察已经跟你说得很清楚了。还有，你知道我是干什么的吧？"

"灵芝说过。"

"那更好了，你也别想逃了，除非你这辈子逃到深山老林躲着不见人，否则不管逃到哪儿，我都能找到。"说完，夏明扬长而去。

第十四章

夏明赶回信息中心后，得知嫌犯来去两次搭乘的出租车都查出了号牌，警方已经派人去了出租车公司进行核实。指挥室里原本凝重紧张的氛围一扫而空，大部分人都相信查到了出租车，后续的调查就轻松多了，很快就会查明歹徒的落脚点，追踪工作也即将告一段落，剩下的就交给刑警队布置抓捕了。经过连续多天的奋战，大家早已疲惫不堪，今夜只留了少量人员继续跟进，大部分人都回去养精蓄锐，等待明天的进一步情报。

不过夏明对此并不乐观，如果真像他怀疑的那样，歹徒幕后的主谋是信息中心的人，那么即便他们搭乘了出租车，后面肯定会有其他隐藏行踪的善后手段。信息中心的某位专业人士设计的犯罪，必然有针对电子刑侦的种种反侦查。

不过此刻，一切都是猜测，他也无计可施，只待明天出租车的调查结果。

不多久，他接到了李忠厚的电话，电话中，李忠厚语气颇有几分古怪，先问他在哪儿，得知还在中心后，神秘兮兮地约他到一楼大厅见面，有事相商。

几分钟后，夏明来到一楼大厅，李忠厚将他叫到大厅外的一个偏僻角落，谨慎地张望一眼，问：“小夏，你是不是在什么地方得罪张强了？”

“得罪张强？”夏明回忆了一下，“你指的是昨天我问黄金盗窃的内情？”

“你已经找过沈研了吗？那个没事，你也是不知者无罪。”

“那就没有了。”他再三回忆，这两天和张强总共也没说上几句话，哪来的得罪之说。

“这就奇怪了，”李忠厚微微眯起眼，“张强下午突然来找我，跟我提了一些我根本做不了主的要求。”

“他说了什么？”

“他要我提供我们公司参与三代安防系统的所有设计、开发和测试人员名单，这项目涉及这么多人，又不是我管，我怎么知道？”李忠厚嗤笑一声，“就算我有这份名单，这是公司的商业机密，我怎么可能提供给他？”

“那你怎么说？”

“我就照实说，我只是对接公安硬件设备的，三代系统的事不归我管，名单我当然没有。不光如此，他还提了个可笑的要求，让我们暂停三代系统的工作，临时封存所有数据库。”

夏明也惊讶了：“这怎么可能？”

“是啊，这怎么可能，简直天方夜谭！”连李忠厚这样的老实人语气都充满了不屑和不满，“我直接跟他说，公司派到中心的人里，我管硬件，夏明管软件，一般的事我们俩能做主，可关系到三代系统，我们俩说了都不算。要暂停系统，封存数据库，全公司只有我们大老板才能拍这个板。张强听我这么一说，也没什么好说的了。”

李忠厚的言外之意很明显，对于大康公司，张强只能指挥得动派遣在中心的这些人，至于大康公司的大老板，张强这级别是压根儿没资格提要求的。这并非夸大其词，作为中国最大的安防企业，A股市值几千亿的庞然大物，主要业务都是跟各级政府打交道，总书记都视察过公司，张强区区一个小处长，去大康公司也只能是个部门经理级别的接待，高层领导都不会出面，更别提大老板了。

夏明皱了皱眉，想不明白张强也算见多识广，性格亦谨慎，怎么突然会提出这种不可能的要求。

李忠厚拍拍他肩膀，意味深长地说："小夏，这事我也只是随便问问，你不用太在意。众所周知，张强跟海华走得近，对我们大康一向不待见。人在屋檐下，有时不得不低头，我们做好自己本职工作就行，如果他刻意刁难，做得实在过分，我们也不需要太委曲求全，直接找万局告状，万局是一定会帮我们的。"

这时，应文博从不远处经过，他们俩都停止了对话，应文博看了眼他们，然后漠然离去。

第十五章

指挥室进门的不远处是夏明的座位，此时已是晚上八点，指挥室里只剩寥寥数人还在加班，趁着四下无人，夏明悄悄打开电脑，输入了他的账号，登录到中心的安防系统中。

他熟练地找出几个编号的监控，设置好时间段的参数，调出监控文件，随后快速地拖动进度条找寻他需要的信息。

他不是在查案，而是借此机会观察江文灵的生活。当然，用公安网络监控私人，谁都知道这是严重违规行为，轻则开除，重则拘留，所以他总是很小心。

信息中心对待监控文件的调看有着严格规定。自从四年前黄金盗窃案中心有人擅自删除最关键文件，导致案件查不下去后，中心就不再使用公共账号，而是每人一个账号，并对所有账号都设置了权限。以派出所为单位，派出所可自由调看自己辖区的监控，超出范围，由区公安分局以及中心安排。就像这次专案组查案，也不是每个人都能调看各种监控的。

夏明是例外，他经常要协助不同的专案组查案，他的账号和万峥、张强一样，是少数几个拥有全部权限的账号，不光是监控系统，还包括手机系统、车牌系统、网关搜索等各种安防权限。

此刻，电脑里的画面正对向一栋办公楼门口，伴随着黄昏的落幕，上班族纷纷离开公司。或三五成群鱼贯而出；或有了对象，携手约会；也或是孤苦伶仃的单身男女，默默离开大楼，投入繁华热闹的都市夜幕中。

无声的探头里，每天都记录着上班族来去匆匆的身影。

不多时，办公楼里走出一个穿着职业装的女人，尽管这探头不是高清数字制式，加之夜晚光线不佳，角度是上方拍的，看不清正脸，但无论如何，就算那人化成灰，夏明还是一眼就认出了江文灵。他的目光被她的身影锁住，跟随移动，原本预期她会像往常一样，很快地走出画面，却突然发现她在画面边缘停下了脚步。路边停着那个男人的轿车，江文灵坐上副驾驶位离去。

夏明愤怒地咬住牙齿，急切去找接下来的沿路监控。

车子行驶在马路上，晚高峰总是会拥堵，在一个红绿灯前，男人大概讲了个肯定不好笑的笑话，江文灵却笑得花枝乱颤。车子继续向北行驶，进入了崇贤镇，在小学门口接了江东东上车，江东东坐上后排，随后车子又掉头驶向市区的一家商业综合体。

一路上，男人有说有笑，甚至江东东这嘴里支持夏明的同盟也不时把头伸到前排座位中间，跟着开心大笑。

他们看着可真像是一家人啊！

夏明向后躺去，仰望着天花板，思绪回到了十年前。

正当他和江文灵恋爱进行得如火如荼，夏正的外贸公司却出了事。

那时是做外贸最好的几年，夏正从银行贷了不少款，在仓库中储备了大量货物，可是在短短一个多星期的时间里，他的许多客户突然终止了合作，一时间，仓库的货出不去，资金收不回来，银行的贷款有期限，公司资金链面临断裂的困境。雪上加霜的是，这时候税务部门找上门，说夏正的公司漏税瞒报，需要补交税款和罚款，总计高达上千万。如果限期内不能把税款补上，税务部门就要对公司和夏正采取强制措施。

那是他们家压力最大的一段日子，所有人都压力巨大。夏正把所有财物都抵押了出去，又找人各种借钱，先把税务的钱补上去。

后来他在处理公司业务时，得知原本合作的客户都去了另外一家公司，而公司一名业务经理刚好两个月前跳槽去了那家公司，当了总经理。他怀疑是业务经理带走了客户资料和他的内部账本，也是业务经理向税务部门举报的。

可是公司一向重视保密，一个经理不可能掌握这么多客户资料，所有资料和内部账目均存在保险箱的一个U盘里，保险箱密码只有他和儿子夏明两人知道。

夏正以盗窃公司资料的名义报案，很快查出来了，原来是和儿子谈恋爱的江文灵拷贝了U盘数据，将此以十万元的价格卖给了那个经理。

这件事发生后，夏明和江文灵从此分手，直到三年前才再次相遇，方知当时另有隐情。可是这件事确实发生了，江文灵差点儿害得他们家破产，所以无论如何，夏正夫妇和女儿都坚决反对夏明同江文灵交往。

夏明叹息一声，他知道有些问题可以用语言沟通，有些却是不可能的。

正在此时，身后天花板上的白炽灯将一道淡淡的人影投射到他桌子上，他倒着头一看，顿时吓得跳起来，林奇正瞪着一双灯笼大眼盯着他的电脑屏幕。

下一秒，夏明一把按掉了电脑机箱上的电源键。

“我去！”隔了几秒，林奇的目光才从熄灭的显示器上挪开，张了张嘴，“你这是不想干了？我还是头一次见有人在指挥室用公安网干私事！”

“呃……是这样，我……”夏明开口又编不下去，人赃并获，什么辩解都是徒劳的。

“你给我出来！”林奇冷喝一声，板着脸离开房间。

夏明低着头，小心翼翼地跟着他的脚步，到了外面走廊大厅的一角。

林奇站在窗沿边，点起烟，警惕地扫视一眼周围，低声问："那女人是谁？"

"江文灵。"

"就是你跟我提过的那个老娘儿们？"

"呃……我没说她是老娘儿们。"

"她不是只比你小一岁？"

"是啊。"

"那不就是老娘儿们！"

"你要非这么说也对。"夏明不敢还嘴，他说什么就是什么吧。

"你盯她干什么？"

"最近有个男的追她，我觉得那男人有点古怪……"

"好了，"林奇无心听他的情路故事，径直问，"你用公安网干这事，干了几次？"

"今天刚好第一次就被你发现了。"

"说实话！"林奇根本不信。

夏明很为难，这问题就像相亲问对方谈了几次恋爱，只好郑重地回答："一共就三次。"他斜瞧着林奇怒瞪的眼神，过几秒改口，"四五次……嗯，真的就六次而已。"

"都干了六次了！"林奇惊怒交加地摇起头来。

夏明感到一阵侥幸，若被他知道自己三天两头这么干，他不会疯了吧？

林奇重重吐了口烟，道："有没有其他人知道你这么干？"

"没有啊，我经常办案，需要调查不同监控，一般人即便看见也不会知道。"夏明看到林奇这态度，是把自己当朋友，自然不会爆出来，强自压着心里的笑意。

"以后千万别干了，出了事我可保不了你。"他是刑警，对这与他本职工作不相关的违纪行为，倒也不放在心上，只是本着对朋友的态度，意味深长地劝一句，“这个信息中心的环境啊，复杂得很。”他灭掉了香烟，掉头离开。

夏明松了口气，这时，手机响起，他掏出一看，居然是张强。

他犹豫后，接起电话，里面传来张强一贯冷漠的声音：“你在哪儿？”

“还在中心。”

“现在说话方便吗？”

夏明微觉奇怪，看了一下周围，回答：“我一个人。”

“好。”张强没有绕弯子，径直问，“今天的事你怎么看？”

“什么事？”

“全景监控查出来的结果。”

“我……我不是很懂你的意思。”

“不用跟我装傻，我知道你很聪明，我也注意到了当时你的表情，你的怀疑应该还没跟林队说吧？”

夏明犹豫了一下，慢慢道：“没有。”

听到张强冷笑一声：“你是准备明天再来一趟钱塘公馆吗？”

夏明一愣，他确实准备再去一次钱塘公馆查看现场环境，不料这主意竟被张强猜中，他不知张强的真实目的，只好半真半假地应付：“如果明天出租车这条线能把歹徒查到，就不需要去了。”

“难道你真觉得靠查出租车就能把人抓到？”

“可能吧。”

“你不必试探我，这事我相信今天下午只要是专业的人都看得出来，只是没有一个人把那个怀疑说出来。明天上午十点，钱塘公馆老地方，我等你。”

夏明思索了一秒，应道：“好。”

第十六章

夜深人静，杭州东面一条高速公路的中央，出现了两个行人——当然，他们不是在高速上碰瓷，这是条还没竣工的高速。

不知是政府改了规划，还是什么问题，这段高速已经停工了大半年，施工的人员、设备早已撤离，看样子短时间内也不会复工了。

一个个粗壮的桥墩将公路架起在地面之上，高达二三十米，周围都是农田荒地，零星的灯光也在遥远的几公里之外，目力所及，一片漆黑。

黑暗中，隐隐有一个忽明忽暗的红色光点显现，周兵嘴里叼着烟，走在这高架桥上，一边借助夜空微弱的星光打量着四周，一边对跟在他身侧的刘齐说道："小齐，你知道为什么老板每次约我们，都挑这种黑不溜秋的地方吗？"

刘齐摇摇头，他手里拿着一个编织包，目光中带着警惕，一丝不苟。

"他是为了隐藏身份！"周兵弹了下烟灰，说，"老板对我们的一切都了如指掌，可我们对他呢，几乎一无所知。虽然每一次行动，都是他设计他指挥，可真正动手的是我们，警察通缉的也是我们。对于老板来说，我们被抓了，他依然是安全的，我们连他长什么样子都不知道。不过嘛，我大约也能猜到他的身份。"

他的话就此停住，回头瞥了眼刘齐，看到刘齐似乎无动于衷，微微不悦地皱起眉。刘齐只好夸张地睁大眼睛表示对这个问题很好奇，快点儿告诉我吧。他这才满意地笑笑，继续说："为什么老板对我们的经历一清二楚，为什么他对警察的行动了如指掌，为什么他知道每个监控盲区，告诉我们怎么走才不会被摄像头拍到，因为——他就是警察！"

刘齐瞪大眼睛，露出了一脸惊讶，这回是真实的。

"以他对我们的了解，我相信他是当年查到我们却没有抓我们的警察。可我百思不得其解的一点是，如果他四年前查到了我们，为什么当时不抓我们，一直等到现在，突然来找我们合作？"

周兵抬起头，目光投向遥远而黑暗的夜空，记忆不由得回到老板第一次找他的那天。

那是去年十二月底的一个下午，他正在棋牌室跟人进行着不对称信息下的"囚徒博弈"，也就是打麻将，突然接到一个陌生电话，那人开口就叫出了他的名字，然后问他一句："想不想重操旧业，合伙干几票？"周兵佯装听不懂什么意思。那人却直接说："四年前有两人接连盗窃，甚至还开枪打伤警察的新闻，不知道你有没有看过？"周兵顿时警惕地问他是谁，对方却避而不答，约了当天晚上到一条未竣工的高架桥上碰面。

对于昔日的黄金盗窃案，周兵一向守口如瓶，刘齐作为哑巴也不用担心他酒后吐真言，他俩也从不跟江湖上的人接触，甚至他们家人也不知道他俩犯下过重案，可对方却对他们犯下的案子了如指掌，这让周兵不由得紧张。

到了晚上，周兵如约来到一条未竣工的高架桥上，顺着对方的指示一路向前走，一直走到了高架桥的尽头。那里桥面还没合龙，隔空五六米的对面，老板戴着一副木质的笑脸面具出现在那里。

在来之前，周兵设想过很多情况，他在腰间藏了枪，作为敢直接朝警察开枪的亡命之徒，他是不会接受别人威胁的。不管对方是怎么知道他们的事，只要敢以此威胁他，他会在问出对方底牌后，直接杀人灭口。

谁知老板的态度和他预想中的剑拔弩张完全不一样。

老板用温和的、不经意的语气说出了他们当年的经历，包括三次盗窃黄金店，知道他们身手很好，知道刘齐很擅长开锁，尤其开保险箱的速度更是一绝，甚至知道他们俩跟警察发生过枪战，差点儿被抓。谈完过去，又聊现在，老板知道他俩目前没有固定工作，经济有点儿紧张，问是否愿意合伙干几票，他有几单很好的生意，以他们俩的能力，配合他的计划，绝对不会被警方查到。

对此，周兵有些心动，这几年的经济压力日渐增大，他早就想重操旧业，只是那次与警方的枪战记忆犹新，他怕被抓，一旦进去就再也出不来了。

老板大略地说了他的计划，更声称他知道全市监控探头的位置和拍摄盲区，只要按他的计划来，绕着探头走，就不会被电子眼拍到。以他俩的能力，只要不被当场抓到，老板能保证事后警方查不到他们。

老板的态度很诚恳，说这是合作，需要双方真实的意向，他不是拿案底来威胁他们，因为威胁促成的合作，时刻隐藏着不可预知的风险。如果不愿意干，他不会强求，也不会跟别人提起黄金案的事，他们依然可以过着现在的生活。至于他是谁，为何会知道这些，也让周兵不要过问，适当保持距离对双方都有好处。

周兵当天就被对方说服了，至于刘齐，他毫不担心，刘齐一个哑巴，找过几份体力活的工作，都不了了之。刘齐早就找过他多次，商量着重操旧业。他顾忌当年黄金案闹得满城风雨，才迟迟不点头。如今老板找上门拉他们入伙，他再也没有理由拒绝了。

此后，他带上刘齐，又和老板碰面商量细节。老板每次见面地点都选在这种未合龙的高架桥或者小河两岸等此类可望而不可即的地方，彼此能说话，却不能实质性接触，而且永远戴着面具出现，所以他们从没见过老板的真面目。

思绪回到当下，周兵扔掉烟头，抬手看了眼夜光手表，刚刚九点，这是约定的时间。

他从口袋里掏出一个黑色手机，按住开关，手机慢慢启动，过了会儿，他打开里面的视频聊天软件。

刚响了几秒钟，对方就接了起来，和过去一样，视频那头一片漆黑。

“我们在桥上了。”

“小齐在你身边吗？”老板的声音一如既往地温和。

周兵把手机的摄像头对着刘齐照了一下。

对方“嗯”了声，又问：“这手机是什么时候开机的？”

“刚打开。”

“你们俩自己的手机带了吗？”

“没带。”

“你们是怎么过来的？”

“骑电瓶车。”

“路上有发生什么吗？”

“没有。”

每次的开场白都是这几个重复的问答，不过周兵并不抱怨，在躲避警方追查这方面，老板很专业。他自己虽然是亡命之徒，但也爱惜生命，不在乎麻烦一点儿。

老板沉默了几秒，说：“你们继续往前走，遇到路中间有一排蓝色的防撞桶时，停下。”

两人按照他的吩咐，没多久，果然看到了一排蓝色防撞桶拦在马路中间。

此时，老板又传来指示：“到你们的左边，往高架桥下看。”

周兵到了公路的左侧护栏处，向下张望，这里距离地面很高，下方黑漆漆一片，在光线反射中，隐约能见到堆着一些建筑垃圾。

“下面什么也没有啊。”

“让小齐把包扔下来。”

周兵没多问，转头示意刘齐，刘齐把包扔了下去，包里装的是上一票的全部所得。

过了一会儿，桥下的阴影里走出了一个拿着手机的男人，那人捡起包，转头又走进了阴影中。

“你们去右边，离你们大概五百米，有条河。”手机里再次传来指示。

他们又跑到路的右侧，向远处眺望，五百米外有条窄窄的农田灌溉河，在夜光下隐约泛着光泽。

“看见了。”

“河边有棵很高的树，最高的那一棵。”

河边是一些农田，本就没几棵树，最高的那棵树很是显眼。

“是的。”周兵回答。

“上一次的分成和下一次的计划，都在树旁边的河里，这几天好好熟悉计划。”

“在河里，我们怎么拿？”

“过去就知道。好了，再见。”

“等等——”周兵连忙叫道。

老板的语气闪出一丝警惕：“怎么了？”

周兵看了看刘齐，迟疑地开口：“老板，我们想……我们觉得最近连续做了四票，是不是……是不是该停一下了？”

“停一下？这几票下来，赚得也不是很多，你们就那么容易满足了吗？不想做点儿更大的？”

“啊，更大的……”周兵犹豫着，自从合作以来，每次都很顺利，直到现在都没遇到过警察，这比他们俩单干安全多了。四次下来，他们俩每人都轻松分到了近两百万，这么容易赚的钱如果放弃了，实在可惜。可是继续干下去，难保某天运气不好失手，便说：“我们想暂时金盆洗手，主要最近太频繁了，我怕……”

“不用怕，警察至今连你们长什么样都不知道。”

“可这么频繁，是不是有点……”

“以前你们自己干可比现在风险高多了。”

“我们以前是干一票休息几个月，不像现在一星期一次，嗯……”周兵打个哈哈，不想被嘲笑胆子小，故作幽默地来一句，“男人嘛，太频繁了，总会透支的嘛。”

老板不动声色地沉默了几秒，说：“这样吧，下一票做完，暂时收手，怎么样？下一票是个大户，你们每人至少能拿到一百万。”

一百万！周兵顿时睁大贪婪的眼睛，回望一眼刘齐，刘齐不假思索地直接点头，周兵当即道：“没问题！”过了片刻，他又问，“每次你都把所有收益全给我们，你是为了什么……”

“这个问题以前达成过共识，你们不要问。我对抢劫所得不感兴趣，我有我的利益，适当保持距离对我们合作有好处。”

周兵闭上嘴，没再多问。他第一次行动前就问过老板，为什么不直接入室盗窃，非要把人质绑起来抢劫，还要当着人质的面，念上几句挑衅警方的台词，故意搞成大案。当时老板也是如此答复，双方是合作关系，各取所需，他们帮他实施犯罪，他保证他们的安全，至于他目的是什么，与合作无关。

关上手机，两人转身往回走，下了高速，来到不远处的河边树下，周兵拿出手电筒朝河里照了一阵，正琢磨老板把东西放河里了该怎么拿，看到一块砖头上绑了条绳子，绳子一端伸入河中。周兵拉起绳子，从水里拖上一个塑料袋，打开湿漉漉的袋子，里面是用保鲜膜包裹的很多沓百元现金和一个文件袋。

现金是上一票他们的所得，按照约定，每次所得都装进袋子，用今天扔到桥下这种方法交给老板，老板处理干净后折算成现金，全部还给他们。一开始他不相信，第一次犯罪后，老板真的把全部所得都给了他们，这让他颇为意外，从此更是对老板言听计从。

他拆开文件袋，里面有下一次的行动计划，借着夜光，看清了目的地，滨江区的一个小区，彩虹花园。

“这……”周兵带着疑惑，他在杭州生活多年，曾在滨江区待过一段日子，知道彩虹花园，这是个规模挺大的九十年代老小区，破旧杂乱，大多以出租为主，难道这种破小区里住了大户？

第十七章

第二天上午十点，夏明如约来到钱塘公馆北面的马路，刚下车，便见张强从不远处的一辆小轿车里走出来，今天他没带应文博，是一个人。

张强依然是那副不易亲近的表情，夏明看着他的脸，不由得想到这样的人平时在家又是怎么一副模样？对老婆会嬉皮笑脸吗？实在没法想象。那么在床上呢？

“你在笑什么？”张强冷冰冰地问。

夏明这才意识到他心中的笑意已经不自觉跳到了脸上，不敢再看张强的脸，连忙说：“我们实际演练一遍路线吧。”

张强点点头，跟着他一同回到钱塘公馆西面的小径，那是全景监控拍到歹徒的最远位置。

他们俩不约而同地从手提包里拿出一张纸，居然都是简笔画出的嫌犯步行路线图，上面每一段都标记了精确到秒的时间，张强看到夏明手中的纸，总算露出了一丝淡淡的笑容，算是英雄所见略同的欣慰吧，只不过他笑起来也是冷笑，仿佛嘲讽一般。

张强看了眼手表，向夏明点头示意开始，两人精确地按着路线图上的标记，模拟嫌犯当时的速度向前走，经过转弯口时，两人步调一致地钻进了绿化带，从树后走出，来到北面的马路上，行了一段，横穿马路，来到对面，又向前经过红绿灯，一直走到歹徒打车离开的位置，接着又原路返回起点。

“你觉得怎么样？”张强停下脚步，盯着夏明的眼睛。

夏明挠挠头，模棱两可地回答：“如果是运气的话，好像……好像他们运气有点儿太好了。”

张强哼一声，似是很不满意他的回答，正色道：“犯罪嫌疑人就在我们信息中心！”

夏明愣了一下，虽然他早知张强也是如此怀疑，可这话从信息中心主管技术的处长口中直接说出来，还是有些意外。不过张强是信息中心领导，他可以说自己单位有犯罪嫌疑人，夏明是厂商的人，直接说这话就唐突了，只好道：“有这个可能性，但是也不排除确实是他们运气好，就像林队说的幸存者偏差……”

“林奇，”张强不屑地冷笑，“他就是个白痴。”

夏明听得呆了，不敢发表意见，只是心想，两人一个骂对方是没摸过枪的文职警察，一个骂对方是白痴，平日他们见面却其乐融融，也真是难为彼此了。

张强伸出三根手指立到面前，道：“三个疑点。一是他们钻进绿化带绕出路口，这里恰是监控盲区。二是他们中间横穿马路，到了对面，刚好避开下个路口的第二个监控点。三是他们来去的行走路线完全一致，连横穿马路的位置也一致。第一点可能是运气，第二点可能是运气，第三点也可能是运气，可三点都是运气，我不相信！”

他看了夏明一会儿，对方还是一副踟蹰的样子，他哼了一声，又说：“为什么前三次案子里，监控也没拍到嫌犯？因为他们用同样的方法，从盲区里走。当然了，前几次周围没有全景监控，真实情况如何，我也只能猜测，但这是最靠谱的猜测。”

夏明依然没法确定张强今天专门约自己来此，是不是挖坑，故意引诱他说一些厂商不该说的结论，毕竟信息中心暗地里渗透了各大厂商的力量，商业竞争的有些手段脏得很，要不然，他为何单独找自己，何不跟应文博商量？夏明是聪明人，很懂得保护自己，便继续佯装谨慎的态度：“也许他们前期踩点工作做得好，所以避开探头了，你知道，如果对方踩点时谨慎一些，我们反向调查中，也很难发现可疑人员。”

张强反问他一句：“他是有透视眼，靠踩点能看出探头的拍摄盲区？”

“嗯……”夏明迟疑着，“你刚才的结论，你的态度……是认真的？”

张强瞪他一眼：“你觉得呢！我这么有空专程来给你讲个笑话？”

“呃……不不，”夏明连忙说，“我是感觉，如果犯罪嫌疑人就在信息中心，这两个歹徒身手都这么好，你们信息中心的警察都是……”

“都是文职，当然没这么好的身手。”张强替他说了出来，文职警察常被刑警瞧不起，他自然知道，对此不屑一顾，“你不是跟林奇他们说过，这两人背后还有人全程指挥整场犯罪，幕后主谋就在我们信息中心？”

“对，没错，可这里还有点疑问。四次犯罪合起来，歹徒抢了几百万财物，几百万说起来也不少，可得三个人分，你们中心的警察都是技术岗，收入不低，为了这点钱策划连续犯罪，挑战整个杭州公安局，犯罪动机不充分啊？”

张强直接道：“我又不是刑警，你也不是警察，你管他什么犯罪动机！”他的话和林奇如出一辙。

夏明只好放弃刑警的角色扮演，说：“话说回来，若主谋真的就在信息中心，好像能做到这种程度的也不多。”

张强点点头，又摇摇头：“如果这些案子发生在过去，能办到的确实不多。首先要有设计犯罪路线的能力，能力是内在的，外表看不出，我不能看着某个中心里年轻的技术员，就说他经验浅，没有犯罪能力。谁有设计路线的能力，这点抛去不说，关键得有权限。既然主谋能知道案发地周边探头的拍摄范围和盲区，那他肯定要先在电脑上看过这些探头的画面，再去实地验证。你很清楚中心的规定，警察只能调看自己辖区的监控，遇到跨区，要申请账号开通相应权限，即便是这次市级的专案组，也是我给临时开通了案发区域的调看权限。四起案子都在不同区，令人意外的是此人的账号拥有全部的权限，这样的账号也没几个。”

“呃……我就是。”

“没说你，谅你有贼心也没贼胆。”张强轻蔑地瞥他一眼，“这些开通全部权限的账号，只有我们中心的几个领导，还有几家重点厂商，比如你这样经常协助不同专案组查案的，合计不到十个。这是在以前，现在不需要这些账号了，很多人都能查全市的监控。”

夏明不解地问：“为什么？”

“数据泄露。”

“不可能啊，公安网络和外界是物理隔绝，没有黑客能够入侵。”夏明直言。

张强叹息一声：“你们公司的三代系统。”

听到又是三代系统的事，夏明立场所在，不能发表看法，便只笑笑应付着。

张强继续说：“你们这三代系统，不光采集了公安网的数据，还派人把每条街道、每座重点建筑的社会监控数据都采集了，实事求是地讲，功能比现在中心的办案系统强大很多。只不过，为了你们的系统开发，你们公司高层跟省市两级公安达成了协议，信息中心拉了一条专门线路到你们公司的指定服务器上。以前信息中心网络和外面是物理隔绝，外面不可能看到公安的监控。现在，不管在哪儿，只要登录你们公司的那台服务器，就能查到全市所有的监控探头。据我所知，你们公司的开发和测试人员，有几百个账号都有此权限。”

“这个……”夏明替公司辩解，“线路是单向的，我们只能查数据，不能改动。”

张强怒道：“如果中心的数据能让你们公司改动，那还了得！”

“我们能查的只是探头某个时间点的静态画面，看不了录像。”

“废话，我做了限制，你们在外面查监控，只能看到当天零点拍到的那个画面，如果能让你们看完整录像早出事了，谁知道你们会不会偷偷监视什么人，违法干私人的勾当！”

夏明在想如果张强知道他就在信息中心监视一个女人的生活，不知会有什么表情，想到张强的反应，夏明不禁又笑了起来。

“你又笑什么，你该不会就是其中一个吧！”

“不是不是，我哪能监守自盗啊！”夏明连忙否认。

“没什么好笑的，”张强一本正经地说，“通过三代系统，即便只能看到探头在零点拍到的画面，对犯罪嫌疑人也够了，这样他就能看出该探头的拍摄范围和盲区，再结合你们三代系统里极其详细的城市地图，他完全能设计出不被监控拍到的犯罪路线。”

“我们公司用到这些账号的，都是技术人员，不可能的。”

“从办案的角度来说，每个人都是潜在的怀疑对象，这么多账号有权限，指不定其中有些账号泄露给他人。我并不是针对你们公司，但是，现在这套系统的确存在着很大风险。”

夏明渐渐明白了他的意图，试探地问：“那你觉得应该怎么办？”

“你要把情况的严重性清楚地告诉你们公司高层，让他们暂时封存数据，切断和中心的线路。我再向上级申请，全市范围内的重点监控重新做一次规划，调整探头的拍摄方向和角度。”

城市道路上的探头，有些是固定死的，有些可以通过中心的电脑，遥控转动方向，但这些在安装时，也已经调试到了一个清晰度和拍摄范围都可接受的合适位置，一般情况下，较少动它。所以张强所说的调整全市的监控，这是一项很大、涉及很多工作的大工程。

夏明为难地表示：“三代系统是公司今年最重点的项目，大老板亲自定的，我一个小小技术员也无能为力。”

“你是协助警方办案的技术主管，你知道严重性，你对这件事最有发言权。”

“可这么一来，三代系统的研发工作就要彻底停下来了。”

张强咬了下牙，忍住脾气：“半年后就是G20，如果到时出问题你负责？”

夏明很清楚，如果G20出问题，当然不用他负责，不过张强的责任是跑不掉的。张强的立场当然是杜绝一切隐患，所以他才如此坚决要关闭系统吧。只是他是大康公司的人，不说立场问题，对于断了三代系统，他确实没有发言权，他想起了李忠厚的话，便表示：“这件事超出我的权力范围了，如果你先向市公安局汇报，公安局同意切断线路，那公司肯定会配合的。”

“你！”张强生气地冷哼一声，狠狠瞪了他几秒，冷声道，“你这番说辞是李忠厚教你的吧？”

“呃……没有啊。”

张强咬住牙，算是放弃说服夏明了，只意味深长地说了句：“你不要以为李忠厚是个老实人，他在外面有自己的公司。”

夏明对此也不意外，科技公司的高级技术人员在外入股其他公司，本就常见，何况李忠厚做的是硬件的运维工作，这块产业链很长，随便一个环节都是大量的油水。

见他反应平淡，张强也无可奈何，正准备离去，却接到单位电话，挂毕，他脸色一变：“出事了。”

第十八章

“我对他们印象很深，两个都戴口罩，坐在后排，高个儿一上车就开始闭眼睡觉，矮个儿一直在跟我聊天。”

刑侦支队的一间办公室里，专案组刑警正在给出租车司机做笔录。

“他都跟你聊了什么？”

“什么都聊，那家伙可太能侃了，我都差点儿插不上话。一会儿跟我说股票，我说我不炒股，他又跟我聊房子，说房地产去库存政策不行呀，简直是剥了年轻人的皮，还说大领导们都不食人间烟火，做事也是东一榔头西一锤子。我说这是国家层面的战略布局，领导人高瞻远瞩的决定，肯定正确。为这事，他跟我吵起来，还骂我懂个屁。哼，我天天接触社会各个层面的人物，懂的还能比他少？后来我知道他是干吗的了，也就不跟他一般见识了。”司机不屑地冷哼一声。

刑警马上握紧笔，留心关键信息：“他是做什么的？”

“他说是哲学家，难怪脑子不正常。”

刑警笔尖在本子上停留了片刻，回望陪审领导一眼，很不情愿地写下“自称哲学家”。

“其他还聊到什么？”刑警想要抓住一切细节，来勾勒嫌犯的画像。

司机抬眼思索片刻，又想起了一些事儿：“我问他当哲学家怎么赚钱，他说他不靠哲学赚钱，他收入来源是帮有钱人搬家，这份工作很赚钱。我去，帮人搬家，不就一搬家公司的苦力嘛，说得真是潇洒，还能比我开出租赚钱？我这出租车可是自己买来挂在公司的，我家拆迁拿了五套房，我高兴开就开，不高兴开就不开，谁也不能命令我干什么！”

“我叫你说他就行，不要扯七扯八！”刑警命令道。

“明白，警官！”司机干脆答应。

“他们最后在哪儿下的车？”

“城北老钢铁厂背后的山下。”

“在那儿下车干什么？”

“他说去爬山锻炼，可钢铁厂早就拆掉了，旁边都是荒地，等他们下山，方圆几公里都叫不到车，真不知道他们怎么回去。”

林奇今天很不开心，昨天还以为抓住了出租车这条线索就能很快破案，谁知一晚上过去，希望直接破灭。

歹徒来去搭乘的两趟出租车都已查清，来的时候在城西一偏僻路段打车，去的时候在城北老钢铁厂后山下车，两处地方周围都是大面积空地，没有监控。一西一北，也无法确定他们的真实窝点位置。

至于司机的笔录，也没有太多价值。来的这趟司机对他们印象模糊，只记得两人都戴口罩，这季节戴口罩也稀松平常。回去的那趟，矮个男聊天很积极，司机印象深刻，可谈话内容也找不出有价值的线索。

如此一来，司机的人证和监控的物证，都没用处，线索再次中断。

更要命的是，歹徒就在今早，干了件更大的事。

中午，信息中心召开了一个特别会议。

会议桌主座上，市公安局主管刑侦的赵副局长亲自坐镇，省会城市的第一刑侦副局长主持专案组会议，足见今天事件的严重性。旁边一侧是信息中心的领导，包括一把手刘局长、二把手万峥以及张强等骨干；另一侧是刑侦支队，为首的是支队长，后面是林奇等专案组的主要成员。下方还有一圈安防厂商的人马，主要是大康和海华这两家公司。

万峥一脸严肃地向大家讲述了几个小时前发生的事。

今天早上，杭州会展中心有一个大型的安防技术展览，全市大大小小安防企业都设了展台，展示最新产品。全国很多城市的政府部门都派人过来参观，作为东道主，市公安局和信息中心的领导集体出席站台。在他们出来时，中心一把手刘局长的座驾挡风玻璃上，塞了一张纸片，刘局正纳闷车子什么时候违章贴了罚单，定睛一看，不是罚单，而是歹徒每次使用的纸条，上面写着："NO.5，滨江区即将发生入室抢劫。"

这起连环入室抢劫案，尽管市局很重视，但媒体从未报道内情，警方非刑侦系统的大部分人都不知道，结果这一次，在场所有人包括很多其他城市的公安同行都知道了。

歹徒竟然把纸条贴到了刘局的座驾上，这简直是对领导人身安全的威胁，而且是针对此次案件最重要的办案力量——信息中心的一把手，这张纸条的性质远比之前通知警方救人更恶劣，这是赤裸裸的一脚踢在了杭州公安局的大门上。

此后几个小时里，大量刑侦人员介入调查，纸条物质鉴定，周边监控调取，现场走访，可疑人员排查等，但几无所获。停车位置没有监控，今早会展中心人流庞大，纸条和过去一样，上面找不到指纹。

待万峥把经过讲完，下面的刑警们纷纷破口大骂。

之前的案子看起来，只当是两个自以为是的歹徒屡屡入室抢劫，留下纸条似乎是傲慢地挑衅警方。如今把纸条贴到中心一把手座驾上，针对性太强了，这是挑战国家机器！这俩王八蛋，不要命了吗？

待骂上一阵，赵局问在座警察对如何破案有什么想法，大家都变得沉默了。

该案一无明确动机，抢钱无须闹这么大动静，也不像报复社会，因为没有伤人，若说歹徒只想表现存在感，这种犯罪心理罕见得很；二是没有明确怀疑对象，这不像谋杀命案，可以从人际关系中突破，四起案件业主素不相识，唯一的关联是都曾做过安防代理商，可这实在说明不了什么；三是没有明确线索，歹徒DNA、指纹都没有，查监控也断了，人证口供也无用处。

这种三无案件在历史上大部分都成了尘封的卷宗，除非运气好，歹徒后来因其他事被抓，才会供出来陈年旧事。

万峥看了一圈，把目光投向夏明："你怎么看？"

"呃……"夏明只擅长电子刑侦，目前这块还几无进展，他也没办法，只好说了句废话，"必须尽快查清嫌犯身份，把人抓到。"

"你打算怎么做？"所有人都充满期待地看着他。

他当然不知道怎么做，只能把皮球踢给林奇："我不是警察，不懂案件分析，我这边会全力配合林队指挥。"

应文博脸上闪过一丝冷笑，若在以往，他自然会借此嘲讽一番，此刻在座领导级别颇高，他不敢造次，转过头去，却发现李忠厚正看着他，目光一接触，李忠厚就把头转开了。

林奇心中在骂娘，不情愿地接过皮球，态度倒很积极："我们马上去查！"

赵副局长关切地问："打算怎么查？现在有什么进展吗？你估计还要多久破案？"

三个问题都颇为棘手，林奇一个都没法回答，他火速思考几秒，想到出租车这条线断了的事领导还不知道，先应付过今天再说："我们已经查到了嫌犯搭乘的车辆，准备继续沿这条线索找下去。”

“查到车了，那破案就快了，”赵副局长欣喜地道，他刑侦出身，虽然当上市局大领导，对破案常识性的东西仍旧了如指掌，准备再给林奇加把劲，“我限你三天破案怎么样？到时市里给你们办庆功宴。”

此话一出，林奇差点儿跳到会议桌上，他压根儿没想庆功宴，此刻只想压压领导的欲火，这三天破案的军令状一立下，他短暂的刑侦生涯怕要宣告终结了，急忙冷静地道：“呃……现在虽然查到了车，但歹徒非常狡猾，还做了不少反侦查措施，目前我们要摸清对方真正的身份，难度还是有一点儿。”

赵副局长见他这副没底气的回答，便知查车定是出了问题，不过他也理解专案组接手没几天，今早贴纸条的事也怪不到林奇头上，便不再提限期破案，只是有一个要求：“不管你们需要哪些资源、哪些部门配合，尽管提，但绝不能应了纸条上的话，闹出第五起案件！”

第十九章

这场临时案情通报会结束，送几位领导下楼后，张强来到脑袋巨大的林奇身边，耳语几句，伸手向夏明招招，三人来到一间独立的小办公室，张强关上门，郑重地说：“我也没想到事情会突然闹这么大，有个猜测，我想应该让林队知道。”

林奇惊疑地望着他俩：“什么猜测？”

“我和夏明都怀疑，两名歹徒背后，那个全程指挥的人才是主谋，而且此人很可能就躲在这里。”

“躲在这里？你是说我啊！”林奇环顾四周，办公室里只有他们三人。

“呃……我是说躲在信息中心。”

“信息中心？”林奇吃惊地先看看张强，又望着夏明，夏明犹豫片刻，也点点头。

张强继续说：“准确地说，有可能是信息中心的人，也有可能是大康公司的人。”

他将两人根据全景监控看出的疑点，实地循着歹徒路线的测试以及推断的理由讲述了一遍。

林奇不久就陷入沉思，他虽然不懂电子刑侦，但听了他们两个专业人士的介绍，从概率上讲，这样的怀疑是成立的，他看着夏明，过了片刻，顿时大怒：“你昨天就这么想了？”

“是的。”

“你怎么不早跟我说？”

夏明心里大叫冤枉，昨天他明明暗示了这种可能，林奇自己说什么幸存者偏差把他打发了，如今又怪他头上，但想来跟他没什么好争辩的，只好说：“我觉得这个怀疑太耸人听闻，我是安防公司的，又没有证据，这些话不能讲。”

“算你还有点儿常识，若果真如此，你这大嘴巴乱讲一通，打草惊蛇，主谋把一切证据直接销毁干净，这案子就没法破了。”

夏明心道我什么时候又成大嘴巴啦，还不是你查出一点儿小进展，就当破了案一样。

林奇回味着刚才张强的一番解释，慢慢点头：“你们刚才的话倒是启发了我，我认为，凶手要么是信息中心的人，要么就是你们大康用三代系统的员工！”

两人顿时惊愕，这不是他们的结论嘛，怎么瞬间变成他们俩给的启发，他下的结论了？

只听林奇继续道：“把所有已知线索都串联起来，案子就清晰了。歹徒四次的下手目标，都是安防公司的代理商。他们几次三番躲避监控，知道盲区，不是运气。从出租车的调查看，他们的起点和终点都是成片没有监控的区域，他们对我市的电子安防布局十分了解。第五点……”

夏明纠正道：“好像还是第四点。”

林奇暗数一下，还真只说了三条，他厌恶地瞪了眼夏明，谁在乎这种细节，倔强地继续说：“第五点，早上对方把纸条放在刘局的车上，刘局是中心一把手，谁认识他？要么信息中心的人，要么安防厂商的人。总而言之，这次对方的针对性太强了。”

两人都点头认同，心里都在说，林奇好像也不是白痴。

林奇见他们欣然点头，也很高兴，继续给他们科普：“我们刑侦队办的这许多案子中，反侦查能力强的，遇到过不少，但过去的反侦查能力，主要是一些破坏现场痕迹等手段。电子刑侦是新兴产物，这是第一次遇到专业反电子刑侦的对手。”他话锋一转，“夏明，遇到这种专业对手，正是体现你水平的时候，我给你三天时间，你能不能把人找出来？”

夏明尴尬地说：“目前监控这部分工作，我觉得很难有新的进展。”

“怎么？”林奇不高兴了。

“我这边主要是从监控里找人，歹徒既然知道盲区，没被拍进去，似乎也束手无策。”

林奇烦闷地吐口气。

张强也说：“电子刑侦跟其他刑侦技术本质的道理一样，首先要找出电子痕迹，现在歹徒没留下电子痕迹，这方面的调查很难进行下去了。当然，查自然要接着查，但我同夏明看法一样，预期结果不乐观。我倒是觉得，案子固然是要破，当务之急，还是同赵局说的那样，不能出现第五起案件。”

这话一下子惊醒了林奇，他和张强都是系统里的人，深知轻重缓急。这案子单纯性质上不算严重，没有死人，只是财产损失，歹徒嚣张了点儿，也不至于惊动省厅。

正因为之前省市两级担心安防体系有问题，半年后的G20迫在眉睫，这可是不能出半分差错的大事。如今全景监控拍到了歹徒是从盲区绕过去的，他们是怎么知道盲区位置的，虽然还只是猜测，但好歹是一个解释。

如果最终抓不到人，林奇相信自己吃个处分，在支队里很没面子，也就罢了。可赵局今天已经开口，要什么资源都给你们，但绝不能如歹徒所言，滨江区出现第五起，这要是破了戒，林奇真当难以立足了。

林奇当即焦躁起来：“纸条上说在滨江区动手，不知是真是假，也许是故作疑兵，在其他区下手。”

在这件事上，张强和林奇是站在同个船头的，此案领导们都知，要靠电子刑侦来破，专案组才设在信息中心，张强是中心电子刑侦的负责人，若出了事，责任当然不是几个局长担，林奇好不了，他也跑不了。

他语重心长地说：“不管是真是假，我们都要当真的准备。若在其他区出了第五起案子，那也没什么大不了。如果真在滨江区出事，那问题就严重了。”

林奇点点头：“我觉得我们要安排大量警力和便衣，二十四小时巡逻，但是滨江区这么大，该如何划分重点片区，如何布防，需要你们这边研究。”

对于这件事，林奇并无经验，也没有刑警有经验，刑警只干过围捕歹徒的计划，可从没接触过这种整个区的布防，这都相当于防止恐怖分子袭击的行动了。

“那当然，”张强爽快答应，说，“我跟夏明划出重点区域，你们刑警给出通常抓捕的周围警力配备、调度时间等数据，我们再按照安防地图，整体计划。”

商量已定，三人均觉案情重大，都不敢怠慢。

第二十章

夏明刚回岗位不久，又接到了李忠厚的电话，对方还是把他约到一楼大厅外的角落，一见面，就一脸严肃地告诉他："我觉得这几次案子，是有人专门针对我们大康公司。"

夏明皱了皱眉，奇怪地看他一眼，没有表态。

"你看，四起案子的受害人，我核实过名字，都在我们大康公司的客户名单里。歹徒只绑架抢劫，没有伤害人质，事后刻意留下纸条，显然是为了扩大案件影响力。四次案子歹徒都躲过了监控，他们很有可能知道监控的拍摄盲区。再加上今天的事……"

夏明直接打断了他，怀疑地看着对方："等等，这些事你怎么知道的？"

照理说，李忠厚虽然大部分时候也在信息中心，但他毕竟不是专案组的人，这些犯罪细节是不应该知道的。刚刚开会之所以他也在，因为他也是大康公司的领导，只是会上没有提到案子的这些细节。

李忠厚理所当然地说："张强告诉我的，他让我关掉三代系统，自然把这些都跟我说了。"

夏明不动声色地思考他这话的可信度，因为主谋很可能就在信息中心，每个人都有嫌疑，只是李忠厚嘛，他做了这么多年高级工程师，肯定很有钱，夏明也想不出他能有什么犯罪动机，暗笑一声自己太过敏感了。

李忠厚见他的表情，愣了一下，随即笑笑："还有些情况是早上看到纸条后听万局说的。"

"早上你在会展中心？"

"是啊，我们是最大厂商，我的工作肯定得陪着中心的领导。正是早上的纸条，让我产生怀疑，歹徒为什么要把纸条贴到刘局的车上，难道他们知道信息中心在查案，刻意挑衅？还有，歹徒怎么知道刘局是信息中心的一把手？"

夏明相信这个问题很多人都会起疑，但今天会上没人说主谋或在信息中心，诸如此类的推测，毕竟这话可不能乱说。夏明故作不知："那你觉得呢？"

李忠厚斩钉截铁道："我认为这些案子是其他厂商找人干的！"

"为什么这么做？"

"针对我们的三代系统啊，你瞧，所有案发地区都是我们三代系统的布控区，附近大多数设备也是我们家的。到时破不了案，别人就有借口说三代系统没用，还会说安防数据掌握在民营公司手里，很不安全。张强就是以这些理由要我们停止研发的。三代系统一旦借着G20东风，全面推广开，安防市场的份额就要被我们一家通吃了，其他厂商有足够的理由为此铤而走险。"

夏明摇着头："商业归商业，大家都是给公司打工的，谁会冒险为了争取公司的利益，自己去干犯罪的事？"

"站在员工个人角度来说当然不会这样干了，如果是公司层面找人干的呢？公司一旦做大后，就不是老板个人的了，尤其我们安防这种特别靠关系的行业，哪家背后没人？几个大股东的股份也不全是他们自

追踪师
ZHUI ZONG SH

己的，没有足够利益关系，安防的招标可不好拿。背后的交易我们这级别的是不会知道的，有时候，别人只是需要一个理由来否定三代系统罢了。依我看，海华是最有动机这么干的。”

“你是说应文博？”

李忠厚淡淡地说：“这我就不知道了，不过四年前黄金盗窃案实际追踪工作是他做的，今天早上他也在会展中心。对了，张强已经在向上级反映，我们三代系统记录了所有安防数据，这种操作不安全。按道理讲，以前数据只有公安能查，现在我们公司也能查，确实有点儿不安全。不过你得站在自己公司立场上，可不能被他当枪使。”他停顿片刻，意有所指地说，“有困难找万局，他会帮我们的。”

李忠厚走后，夏明陷入了思索，这次的案子似乎不单纯只是案子了，信息中心也不再单纯是查案的地方，在各种利益纠葛中，平静的水面下波涛汹涌。

张强和李忠厚，更该信谁的话？

至于李忠厚几次提到的万峥，他和公司之间有什么关系，为何李忠厚断言他会帮大康？夏明想了想，这种问题还是别揣测了。

今天在会展中心，又是谁有能力、有胆量在光天化日之下，把纸条贴到了刘局长的座驾上？

接下去案子会走向何方，夏明也没有答案，他对继续通过监控找到两名歹徒并不抱多少希望。

第二十一章

今天是周末，下午姐夫沈研打来电话，说如果有空的话，爸妈想让夏明回家吃顿饭。

原本这样的电话总是他妈或他姐打，自从过年后，夏明就没再和家人说过一句话，信息、电话通通不回，唯有沈研还能和他聊上几句。

夏明自从三年前和江文灵重新相遇，知道了当年的事另有隐情后，两人重新走到了一起。可是三年来，无论夏明用什么办法，都无法说服家人接受江文灵，他们怎么都忘不了江文灵曾给他们带来的危机，无法原谅她。

一个多月前，正值春节，夏明破釜沉舟，趁此机会硬把江文灵带进家门，想着春节期间不宜动怒，家人虽不情愿，但已僵持了三年，想来总归还是会接受江文灵的。谁知一向待人客气的夏正勃然大怒，全家人都指责夏明被这个满腹心机的女人欺骗，当场把她轰走了。

此后，夏明一直用断绝家庭关系这种看着幼稚，但世人还是屡试不爽的招数，逼迫家人同意，但他父母在这件事上，心结难解，态度反而更加坚决。

他父母居住在城西的一个别墅小区里，夏明来时，父母和姐姐一家正在吃饭，见到他时，大家都露出了惊喜的神情。

沈研打电话给他时，他称正在加班查案，原本大家以为这又是他不愿回家的借口。突然见到长久未曾碰面的儿子，夏正也不由得露出了笑容，母亲舒珮珺更是高兴，连忙招呼他坐下吃饭，还有那五岁的小外甥也亲切地跑过来嚷着要舅舅陪他玩。

夏明心中不由得感到一阵愧疚，他知道家人都善良且很关心他，只是江文灵的事，立场不同，心结难解，始终是条鸿沟。

他一坐下，大家都热情地问起他的工作、生活，久违的其乐融融重新萦绕在家中，谈笑间，夏明突然想到现在这个时候，也许江文灵正和那个男人共进晚餐，一种苦涩的情绪又不禁涌上心头、跃上眉头。

夏正看出儿子有心事，小心地试探道："你和那个江……怎么样？"

夏明放下筷子，认真地看着他爸："我今天来，就是想再找你好好谈一谈这件事。"

夏正严肃道："我们的态度不会变，我无法接受你和这样的女人结婚。"

"如果我一定要呢？"

"你是成年人，你要结婚，谁也拦不住，但她走不进这个家门。"

夏明眼神松动，过了片刻，恳求道："结婚不是两个人的事。"

"你知道这点很好。"夏正寸步不让。

夏明盯着他爸看了几秒，重重地吐出口气，起身就要离开。

舒珮珺连忙叫住儿子，转移话题打圆场："小明，家里原来的保姆偷首饰，我们报警，派出所抓了，可她不承认，又给放了，你有什么办法吗？"

夏明随口道："不是现场抓到的，她又不承认，我有什么办法？"

"你不是认识很多警察，能不能找他们……"

夏正不满地打断道："就几万块的事，当买个教训好了，这房子就我们两个人住了，以后也用不着请保姆。”

这话是冲着夏明说的，原本夏明与父母同住，即便他后来买了房子，平日加班晚了也会就近回来住，自从过年后，他再也没回过家。

夏明看了眼父母，心有不忍，想着争吵不是解决问题的办法，他们只会把这笔账继续算到江文灵头上，只好坐回位子上，重拾碗筷，顿时大家再次陷入了尴尬的氛围中。

姐姐夏梦飞偷偷碰了下沈研，让他说点儿什么，沈研对感情问题没有发言权，只好把话题转到工作上：“小明，今天早上在刘局长车上贴纸条的犯罪嫌疑人抓到了吗？”

夏正好奇地问：“什么贴纸条？”

沈研大略把早上的经过说了一遍，他的公司虽小，但也是厂商，早上自然也在会展中心，这件事早在业内广为人知了。

管安防的局长在全是安防厂商的会展中心，被人贴了威胁纸条，结果还查不出是谁干的，这事普通人听了都觉得不可思议。

夏明摇摇头：“暂时还没有结果。”

“你觉得歹徒接下来真会在滨江下手吗？”

“不好说，也许是声东击西，也许就是挑衅。”

沈研点点头，叹息一声：“说到底，还是现有安防设备的局限性。你想啊，如果当时刘局长的车在监控的拍摄范围内，那么……”

夏明赶紧打断他，以免他爸妈或是谁多问一句什么是局限性，沈研又要做一场安防产业的科普演讲了。

“前几天你的全景监控拍到了人，中心有给你们公司拨款吗？”

“有啊，”沈研兴高采烈起来，“中心这次破例提前拨了全款，跟我们公司搞合作试验，一次性批了二十多台设备。”

舒珮珺关心地问：“二十多台设备值多少钱？”

沈研摇晃着脑袋伸出两根手指："二十多万，还不算软件系统的钱。"

夏正问："软件系统多少钱？"

"这次软件我们免费提供。"

"哦。"大家失望至极，刚看他谈笑间的气势，像是谈了场两千万的买卖，原来才二十几万，心理落差不免有点儿大。

沈研认真地寻求夏明的意见："你觉得我这次试点的探头，全部放在滨江区如何？"

"你指望再靠全景监控破案？"夏明干笑。

"对啊。"沈研的表情没在开玩笑，"如果歹徒真在滨江区下手，靠全景监控把人抓了，下次政府招标，肯定会加上全景监控，而这一项，只有我们公司能生产！"

"呃……"夏明停顿一下，想尽量不打击他，"二十个探头能覆盖几个街区？更别说是整个滨江区了。即便运气好，又拍到了他们，也没多大用处，他们都做了伪装，面对面都辨认不出真实面貌，你的全景监控只拍到了他们在现场的动向，不知道他们最后的行踪，照样抓不到人。这两人对反电子刑侦这块很专业，至今我们对他们的一切，还是一无所知呢。"

"一无所知？不应该啊，你不是说过，电子刑侦和犯罪现场的痕迹勘查本质上是同样的道理，你是找数据的痕迹，一个人在城市生活，不管是从摄像头下经过，还是使用手机，上网，所有的痕迹最终都会在你们的数据库里存下来。监控没拍到人，那他们是否用手机，有没有上网……"

还没等他把话说完，夏明霍然站起身，转头就往外奔去。

"小明……"

"我加班。"

第二十二章

指挥室里，林奇和张强、李振威还在讨论滨江区的巡逻布防，见到匆匆赶来的夏明，忙招呼他一起商量。

夏明来不及坐下，径直说："我想试试另一种追踪办法。"

张强疑惑地看着他："监控这条路走不通，还有什么办法？"

"当时歹徒身上带了手机，我想……"

"等等！"张强警惕地站起身，将他们都带到旁边的办公室，关上门，问，"你想通过手机查人？"

"对。"

"可是不知道对方手机号，怎么查？"

"也许可以试一下电子栅栏。"

林奇不解地问："这是什么？"

张强没回答他，凝神思索了片刻，点点头："理论上可行，实际没这么用过，而且案发地周围有电子栅栏吗？"

"我们三代系统上标注着有。"

张强点下头，事不宜迟，马上跟着夏明回到指挥室，让他现在就查。他则跟另两人解释电子栅栏。

手机电子栅栏是近年才投入使用的设备，这是一个类似移动基站模样的装置，覆盖范围大约一千米，如果有建筑物遮挡，有效距离会相应缩减。手机进入覆盖区域后，电子栅栏会识别出手机号，并记录下来。

这设备主要用在反恐上，大多安装在广场、车站这类地方，比如某些已备案人员的手机号码，或是一些刑释人员登记的手机号，一旦被电子栅栏记录，说明此人来到现场，电脑就会马上把消息发送给辖区的警察，警察自会特意留心这些人的出现。

坦白说，这东西在反恐方面的象征意义大于实际价值，真要干坏事的不会用真实手机号，而且电子栅栏体积庞大，安装和维护都很麻烦。杭市作为安防之都，自然也会象征性地安装一批，平时很少用到，它只是监视危险的手机号进入，信息中心从来没用它来查过手机号。

中心现有的安防地图只标注监控探头的信息，没有电子栅栏，大康的三代系统上则集成了全部安防设备，所以夏明才记得距案发地不远处的一个广场上，标注着一台。如果设备正常运行，很可能会将歹徒的手机号码记录下来。

张强三人站在夏明身后，看着他打开电脑，找到对应编号的电子栅栏数据库，开始查找。

对于能否真用电子栅栏查出结果，夏明也是第一次干，没有把握。

这台电子栅栏的位置距离钱塘公馆北面道路直线距离有七八百米，快到极限距离了，而且中间有建筑阻隔，影响信号。手机进入区域后，至少需要十五秒才能被识别并记录下来。

电子栅栏的最大覆盖面积是方圆一公里，也就是三个多平方公里，这在城市里都够几万人居住了，在这样一片区域中，每分钟都有几十上百个手机号出入该范围。

尽管全景监控记录了歹徒来去的时间点，但由于案发地正处于电子栅栏识别的极限区域，不知道手机号是否被记录下来，也不知道具体是哪一分钟进入了电子栅栏识别区，也可能中间脱离了识别区，所以这项追查理论可行，但实际操作极其困难。

夏明手指不时在键盘上飞快跳动，不时又停下来，静静观察着每分钟数据库的记录变化，思考可能的情况。

三人在一旁焦灼等待，谁也帮不上忙，即便是中心里技术和经验最厉害的张强，面对数百上千个都可疑的手机号，用各种筛选和排除手段，找出最终的那一个，他也办不到。

足足过去五个小时，林奇跑进跑出抽掉了半包烟，另外两人也都去了隔壁办公室休息，到了第二天的凌晨，夏明把三人都叫过来，他从记录的数千个可疑号码中，最后锁定了一个170开头的手机号。

张强盯着这串数字，将信将疑地问："你能确定歹徒用的是这个号码？"

夏明疲惫地点头："我已经查过，这个号码平时大部分时候都关机，而四次犯罪时都恰好开机。"

张强兴奋地叫了声好，那这结果就确定无疑了。信息中心和几家手机运营商都建立了绿色办案通道，可以直接查询手机号的相关数据，他们马上查了手机号的主人，结果是用意外去世的人的身份证办的，很多涉案手机卡都是如此。

虽然凭手机号没法锁定歹徒身份，但现在有一大收获，歹徒四次犯罪都用这个号码，不出意外，下一次犯罪也会用这个号码。

夏明长长吐了口气："明天就安排人24小时监控这个号码，一旦开机，直接定位抓人。"

"不行，"林奇一口否决，"监控这个号码的事，必须你亲自做。另外查出手机号的事，我们四人都要保密，不能让第五个人知道。"

张强轻轻皱眉："你是担心主谋如果知道手机号被查出来了，下一次犯罪会换号码？”

“是啊，他还能这么傻继续用这号码吗？”

“这项保密工作有点儿难。”张强看了眼夏明。

夏明向林奇解释：“我如果在监测系统中设置了这个号码，其他技术人员也会看到，有心人自然就知道了。”

“那怎么办？”

张强沉吟道：“既然做不到完全保密，我倒觉得索性不用保密了。如果歹徒下次用同一个号码犯罪，他们一开机我们就知道，马上派巡逻队过去抓人。如果歹徒下一次换了手机号，我们至少可以肯定一点，主谋就在信息中心，而且就是参与这次调查的相关人员，可以从内部查起。”

第二十三章

波光粼粼的江面倒映着岸上的霓虹灯，绮丽漂荡，空气中弥漫着暧昧的乐声。

每个晴朗的夜晚，这条沿河的酒吧街都被酒色财气所包裹，男男女女挥霍着时间、体力和激情，沉醉在虚幻和现实接壤的世界里，这个世界充满了荷尔蒙的味道。

此刻，卸下所有伪装的周兵独自坐在江边的一张小圆桌旁，手里捧着一大杯啤酒，享受这难得的悠闲时光。

遥远的江面上，夜航的船只徐徐划过，隔江的对岸是一片片望不到头的江景房，间或亮着灯，江上飘来的风里充满了清凉的味道。身后，酒吧街上的嘈杂和五光十色，仿佛又成了另一个世界。两个世界交错在一起，让他沉溺其中，感受到了一种虚幻的惬意。

他很想就这么一直坐着，忘记他的身份，忘记警察的抓捕，忘记这不知何时才能真正金盆洗手，做个普通人——当然，最好是普通的有钱人。

直到眼前出现的一样事物将他拉回了现实。

这是一个紧致短裙包裹的臀部，上半截是一段优美的曲线加一个姣好的面容，下半截是一双笔直结实的妙腿。

他的目光跟着臀部移动，臀部经过了他的桌前，他忍不住开口喊了声："美女！"

美女回头，好奇地打量着他。

他微微举起酒杯，捋了下头发，笑起来："要不要一起喝一杯？"

"喝你妈啊！"回答他的是一个粗鲁的男声，当然，不是这位美女的声音，声音来自相隔不远的一张桌子。

周兵转头看，那张桌子围了七八个混混儿模样的小青年，一个头发翘起、穿着短款夹克背心的小伙子瞪着他叫骂，美女朝周兵歉意地笑笑，便转身回到小伙子身旁，款款坐下。显然，这是人家的女朋友。

周兵无趣地撇撇嘴，轻声骂了句，别过头举起杯，继续喝他的酒。

"你骂谁呢？"谁知对方听力很好，这句轻骂落入耳朵，那人霍然站起身，拎起一个啤酒瓶，径直朝他走来。

周兵瞳孔收缩，瞄了对方一眼，手指微微用力抓牢杯子，但马上又卸了力气。他身上背了一堆案子，可不想在外面惹事，便又低下头继续喝酒。

可他这种息事宁人的态度却被对方视为再度挑衅，举起啤酒瓶指着他额头："你再给老子拽一下试试？"

周兵被人用啤酒瓶指住头，马上站起身，尽管他身手很好，可毕竟不是什么武林高手，对方要居高临下当头砸来，他怎么也躲不过去。

小伙子的女朋友和同桌伙伴见冲突一触即发，纷纷赶了过来，合着挡在两人中间，把小伙子往回推，劝他算啦算啦。又有人到了周兵面前，满不在乎地拍拍周兵肩膀劝说，我朋友喝醉啦，你也别跟着犟啊，他脾气不太好。

周兵厌恶地瞪着这群人，过几秒，强自忍住脾气，往后退了一步。

小伙子被众人隔着，依旧握着啤酒瓶，遥遥指着周兵："坐下，听到没有，坐下！你还敢站起来！老子今天要你跪下！"

周兵见他得寸进尺，忍不住回骂一句，若换成往常，早冲上去把他扔进江里了，一般人遇着这种小流氓自然不敢惹，周兵可是伤过警察的刑事重犯，岂能怕他？可话出口的下一秒他又后悔了，老板反复提醒过，犯罪期间千万别在外惹事。

周兵不想惹事，可这句回骂彻底激怒了对方，小伙子直接把手里的啤酒瓶隔空朝他砸来，大吼：“你找死啊！”

“砰”的一声，周兵本能地向后躲避，啤酒瓶没有砸到他，却把桌上的啤酒桶砸破了，啤酒和碟里的零食溅了他一身。周兵瞬间脸色变得铁青，狠狠瞪着对方，眼睛里只剩下了一层冰冷，瞬间起了杀心。

见到要打架，附近桌子的客人们瞬间以他们为圆心，潮水般散出一个大圈。酒吧街的保安听到动静，急忙奔过来喊：“喂，不许打架！”

这一桌的年轻混混儿都是整天混迹夜场的纨绔子弟，打架见得多了，其中一又高又壮的文身男子仗着他们人多，知道周兵单枪匹马不敢动手，便故作姿态地走上前，拍拍他的肩：“兄弟，我朋友喝多了，不好意思了，你去跟他道个歉，就走吧。”

周兵目光移到高个男拍他肩膀的手上，真想当场把这只猪蹄给掰断。又一想到酒吧街是治安队巡逻的重点，经常有警车在外面晃荡，他不能冲动。可是要他道歉，那也是不可能的。

他思索几秒，一言不发地转过头离去。

高壮男笑着呼了句：“嘿，还有点儿脾气。”不过他见对方离开，已是露怯服输，倒也没有追上去为难。

可挑事的小伙子见他就这么走了，心里头怒极，一把挣脱开旁边朋友的拉扯，猛冲上去，照着周兵屁股就是一脚，踢得他一个踉跄撞翻了一张桌子。

周兵扶着椅子站起身，转身就要反击，但见那小子已经被伙伴们拉住，他咬牙站在原地，陷入犹豫。

坦白说，他不怕打架，即便对手是一帮人。只是单挑一群人，下手必须又快又狠，迅速把其中几个打到爬不起来，结束战斗。否则这么多人一起围殴他，若有人再掏出匕首之类的凶器，他也是吃不消的。可他下手一重，就是下死手了。他和刘齐都是特种兵出身，而且专业素质极强，退役时差点儿被招进国安局。他怕真动起手来，就把这群王八蛋打死或打残了，那就不是治安案件，而是刑事案件，警察再看到他一人能打趴下一群人，联系到他的体形，很可能当年的黄金盗窃案和现在的连环入室抢劫案，最后都因这场打架暴露了。

今晚他没有任何伪装，如果警察因此查他，他是一百个跑不掉了。

几秒的间隙里，冷静权衡轻重后，周兵深吸了一口气，放弃了反击的想法，正要再次转身离去，突然旁边冲出一条人影，在所有人毫无防备的情况下，飞起一脚踹上挑事小伙子的胸口，这一脚用力太大，竟直接把对方在朋友拉扯中踢到双脚离地飞出去，“砰”的一声砸在塑料桌子上。

小伙子被踹飞，同桌伙伴瞬间反应过来，纷纷拿起酒瓶、桌椅当武器，朝那人胡乱砸去。

周兵一见来人是刘齐，就顿感头痛，这小子做事特别极端，不知轻重，平日只有自己能压住他，这小子上场肯定直接把这群人往死里弄了，他赶忙随手抓起一张椅子，猛向这帮人抡去，一把抓住刘齐，气急败坏吼道：“别惹事，走！”揪着他就朝酒吧旁的一片小树林逃进去。

他拉着刘齐一路狂奔，片刻不敢停留，左突右拐，跑了不少路，最后从一处没人的地方钻出来，穿过马路，来到一条偏僻的小街上才停下来喘气。

休息了几秒，周兵顿时破口大骂：“你脑子有病啊！你知不知道酒吧街外面每天停着警车、机动巡逻队啊！把他们引来怎么办？你打得过？你逃得了？那兔崽子踹的是我，你急什么！我忍着不动手，你倒好啊，一脚把人踹飞，无影腿啊！你自己说，那人肋骨有没有被你踹断？”

刘齐被他训得毫无脾气，紧张不安地摇摆着手。

“你也不知道？你自己踹的你都不知道？我看这一脚绝对把他踢伤了！”周兵焦急地来回踱步，过了片刻，半是安慰自己，“那王八蛋还年轻，你这一脚踢不死他。要是对方来个老头，你也这么来一脚，踢死了怎么办？那就有趣咯，这么多起案子下来，警察不知道我们是谁，结果你一脚把人踢死，警察顺带把从前的案子破了。”

刘齐满脸委屈，做着各种手势解释，表示他一时冲动，没考虑这么多。

周兵看他这副样子，摆摆手道：“算了，酒吧街三天两头都有打架闹事的，好在你就伤了一个，我最后那会儿见到这伙人从身上拔出刀了，怕这些混混儿也不敢主动报警。就算警察听到动静过来，旁人也是说那蠢货先动手，而且他们掏刀子了，警察应该不会费力找我们。”

刘齐慌张地点着头，接受教训。

周兵嘘了口气，想起刚刚的经过，一阵后怕。

好在那一刻反应快，他马上拉起刘齐拔腿就逃，穿过了那么多条林荫小道，事后警方如果要查他们的踪迹，也不是那么容易的事。毕竟只是打架嘛，小流氓先动的手，又不是命案，警察顶多看一下旁边的监控，不会劳师动众的。

周兵细细分析一番，总算放下心来，这才拍拍刘齐肩膀，调侃道：“对了，你怎么这么快就回来了？我还以为你至少玩到后半夜呢，看来是高估了你。嗯……那么你今天做了几次？”

刘齐略显失望地摇着头，掏出手机，在记事本里打出三个字：“大姨妈。”

周兵顿时脸色一变，抽出一支烟，冷声问：“你今天又给她钱了？”

刘齐点头。

“给了多少？”

刘齐伸出五根手指。

“五千啊？”

刘齐摇摇头。

“五万？”周兵脸拉得很长，“昨天给你的钱，你全给她了？”

刘齐默认。

周兵倚靠在人行道的栏杆上，沉默地抽着烟，过了半晌，重又开口：“如果我没记错，她上个月跟你约会，也是大姨妈。你有没有想过，她为什么总挑大姨妈的时候跟你约会？”

刘齐打出几个字：“平时上班忙。”

“上班忙，她不就一会所小姐，平时忙着接客赚钱，只有大姨妈休息了才来招呼你。”

刘齐脸上透出一分不悦。

“我总是说啊，黄赌毒，赌和毒是绝对不能碰的，沾这两个都会家破人亡，只有黄没关系，从来没有男人是嫖破产的。可得加个前提条件，你嫖的时候不能动感情。你这人啊太单纯，社会套路接触少，那女人我一看就知道是逢场作戏的货色，你怎么被她三言两语就给骗了，还以为她是真心对你，喜欢你。我们赚这点钱冒了多大风险，你一有钱就给她了。”

刘齐急匆匆地打字：“不是她主动跟我要的，是我要给她的，她不会问我要钱，她说攒够了钱就转行。”

“这不明摆着套路吗，你懂不懂？她看上你什么，看上你帅，看上你有钱，还是看上你是个哑巴？你什么都不是，她凭什么喜欢上你！

你自以为对她好，对她好的男人排长队了！她什么样男人没见过，婊子无情，你真是太傻了！”周兵拉住他的手臂，指着很远处的一栋建筑，问，“她就住那栋楼对吧？走，我帮你把钱要回来，她也只能骗你这白痴，惹急了我……”

刘齐一把甩开他的手，恼怒地瞪着他，过了几秒，在手机上写下：“你不要骂她。”

“我……”周兵抿抿嘴，仿佛泄了口气，重新倚靠着栏杆，慢慢抽烟，他知道有些话，即便做兄弟，也是不能说的。刘齐没谈过恋爱，这一回陷进去了，一时半会儿难以出来。

这时，周兵的手机响了一下，点开后，是老板发来的信息，只有一个字：“来。”

周兵招呼刘齐：“先回去，老板找我们。”

他们回到了深藏于一片城乡接合部待拆区的出租房里，打开电脑上的一个虚拟语音软件，掏出手机给老板回了个信息：“在了。”

很快，语音软件响起了铃声，周兵按下通话。

“你们去哪儿了？”老板的声音总是不疾不徐。

“喝酒。”周兵如实回答。

“你们不应该出门，后天就行动了，你们要好好把计划印在脑子里。”

周兵也很后悔今天这场冲突，诚恳地说：“我们明天不出门，会好好准备的。”

“很好，后天是最后一次，务必和过去一样小心谨慎。”

“放心吧，我们是专业的，你也知道这点。”

电脑里沉默了片刻，慢悠悠地说：“对于这次的计划，我需要做一点儿调整。”

第二十四章

自从歹徒下战书后，警方进入了24小时战备状态。

专案组根据前四起案件的特征，在滨江区划分了若干个重点区域，跟上级申请增加了全区的警力排班，PTU警车全天不间断巡逻，几个重点小区周围都安排了三班倒的便衣埋伏。

这样的布置在林奇看来依旧是风险重重。

如今距离九月份召开的G20不到半年，这几个月来大量的基层警力都投入到统计流动人口的事上，此外，警方还要做安全宣传，各种整治，一个人当两个人用，警力非常紧张。

若是案子发生再晚几个月倒也好了，从六七月份开始，全省其他地方的警力都将抽调百分之二十入杭，协助G20的安防，八月份后，流动人口统计也接近尾声，市区几乎每个路口都会安排警察值守，若歹徒在那时犯事，不管他们如何狡猾也插翅难飞，路口随机抽查身份证都能把人逮下来。

可现在外地警力还没来，本地警力本就紧张，全区部署抓捕工作更是力不从心。滨江区面积不下于普通地级市整个市区，匆忙布置之下，能否阻止第五起案发，谁都没把握。

一连多日过去，调查陷入绝境，歹徒犯罪时所用的手机也未曾打开过。大量警力为了这案子在滨江区不间断巡逻，终非长久之计。

一个星期后，市公安局意识到这么下去不是办法，宣布解除戒备状态，临时抽调的警力也回各自单位。可就在第二天，对方动手了。

“今天的行动，我们要格外小心。”周兵又穿上了那件黄色夹克，站在镜子前，最后打量了一眼戴好假发和眼镜的造型，转身来到笔记本电脑前，按下电源开关，转头看着刘齐，说，“这几年我在投资上是失败的，但也不能说完全没收获，至少教会了我——人体本能逆向思维。你知道什么叫‘人体本能逆向思维’吗？”

刘齐摇摇头，心想只听过逆向思维，可没听过“人体本能逆向思维”，这么长的专业词汇，该不会又是你自己瞎造的吧。

周兵得意地笑起来：“所谓人体本能逆向思维，是少数人身上具备的一种特质——比如我。在前几票行动前，我都强烈预感到了危险，结果什么也没发生。我买股票，只要强烈感觉到会涨，结果总是跌得一塌糊涂。今天这最后一票，我直觉感到行动会很顺利，可按照我的人体本能逆向思维判断，既然我直觉很顺利，那么今天的行动怕是要出大问题了。”

听他这么一说，刘齐面色顿时变得凝重，他可不想最后一票出差错，匆忙拿过一张纸，在上面写下：“会出什么问题？”

“如果我知道会出什么问题，就用不着人体本能逆向思维了。”

笔记本进入了开机画面，周兵输入密码，打开某个聊天软件，看了眼电脑上的时间，现在是七点五十九分，按照约定，老板会在八点整和他们联系。

等了一会儿，果然，软件上的一个头像闪烁起来，周兵点开头像，出现了和过去一样的漆黑画面，看不到老板身在何处，只听到他的声音：“准备好了吗？”

周兵点了下头："没问题，我对计划倒背如流。"

老板"嗯"了声，语气中带着满意和放心，经过四次合作，双方都已形成了默契，不过他还是不忘谨慎地补充一句："记住，你们自己的手机都关掉放家里，只带工作手机，到了目的地再开机和我联系。"

"放心吧，不会出错。"

"那就好。"老板停顿一秒，似是意味深长地说了句，"这票做完，你们就可以如愿带上全部收获，金盆洗手了。"

滨江区位于杭州钱塘江的南岸，与主城区的拥堵相比，这里人口密度小很多，道路宽敞干净。沿江一带，坐落着很多小区，大部分都是近年新建的住宅，美观漂亮，价格昂贵。

相较之下，彩虹花园就显得黯然失色了，这名字一听就是早期商品房的风格，小区规模中等，外墙陈旧斑驳，各式颜色的保笼和空调外机显得杂乱无章，里面的住户大半是在附近上班的出租人群，和周围一些新建的高端小区差距甚远。

和过去一样装扮的周兵和刘齐拐过一个路口，来到了彩虹花园北面围墙外的马路上，他扶了下墨镜，两边张望一眼，疑惑地嘀咕一句："这小区怎么看也不像住着大肉票啊。"

他站在原地，慢慢转动了大半个身体，让衣领口袋里的手机摄像头能看清周围环境，悄悄将握着无线话筒的拳头伸到嘴边："老板，我们真要从这里爬进小区？"

他们所在的位置离十字路口有几十米，这条路虽不是主干道，但也不是偏僻小径，遥遥还能看到远处的几爿小商店，这地方直接翻墙进去未免太惹眼了吧？

耳机里传来老板的声音："这里是避开监控最好的地点。"

“可一直有车有人经过啊。”周兵打量着周围，刚好就有一辆电瓶车从他们身边骑过。

“嗯……那先等等，我再考虑一下，你们盯着路口的摄像头。”

“盯着摄像头干吗？”周兵转过身去，“摄像头背对着我们，拍不到啊。”

“嗯……再等一下，”老板声音有些犹豫，“我感觉有点儿问题。”

“什么问题啊……”听到这么说，周兵也有点儿忐忑不安起来，茫然地环顾四周，“没有异常——呃？”

突然这时，他注意到刘齐目光聚焦，露出十二分的警惕，紧紧瞪着路口的摄像头。

十点刚过，信息中心的指挥室里就忙成了一团。

刚刚几分钟前，手机监控系统发出预警，歹徒的170手机号重现江湖。

“数据同步指挥台。”夏明快步跑到指挥台前，指挥他的下属操作，“果然在滨江！”

“目标在移动，速度判断是步行。”一名工作人员说。

“监控没发现目标。”另一人道。

与此同时，夏明马上安排各个人员的分工盯梢，一条条消息很快汇集而来，目标从钱塘江南岸的沿江大道闻涛路开始转弯，向南而行，行经途中的沿路监控都没拍到目标。

这时，林奇冲进指挥中心，大声问：“目标出现了？”

“对，就在滨江。”夏明指着电脑屏幕里移动的光点。

“昨天刚把人撤了，今天就动手！”他怀疑地扫视一眼四周，跟着盯紧屏幕。

“你把周围能支援的警力全部调上。”夏明快速说着，林奇刚拿起电话机，夏明又拉住他，嘱咐一句，“待会儿所有警力位置数据同步过来，统一指挥。歹徒有枪，尽量围捕，不能留突破口，旁边有闹市区，风险很大。另外，所有警察都要带上武器和防护装备。”

林奇用力点点头，他是刑警，自然知道如果持枪的亡命之徒逃窜进闹市区会有什么后果，必须协调好所有警力的抓捕方向，实施围剿。

几分钟后，林奇已经调度好就近警力前往目的地，最近的辖区派出所几乎是倾巢而出，所在的滨江区分局也马上安排人手去围堵，路面上就近联络到两辆PTU机动巡逻警车，急速赶往目的地。几组人马的警车定位数据同步到主机电脑上，夏明根据敌我双方的移动方向和速度，快速计算着追上歹徒的时间节点，同步指挥各组警车的路线和速度，准备在统一的时间点各方警力同时到达，将歹徒逼入偏僻道路进行围捕。

很快，各组警力都在奔赴目标的路上，夏明让人把所有警车的数据都同步起来，电脑上实时计算行程时间，每辆警车都接入单独的通信线路，保证随时掌握警匪双方的全部信息，一旦歹徒的位置出现变化，那么警方也要跟着调整路线和速度。

大致估算，预计只消十分钟，警方大部队就将和歹徒碰面。所有人手心都捏了把汗，能否成功，尽在今天一役！

这时，一名技术员突然喊道：“目标停止移动。”

旁边一名技术警跟着说：“奇怪，目标明明就在彩虹花园的北面，可刚刚十字路口的探头没见人过来。”

夏明靠近电脑，切了几组画面，分析着目标的行动路径，慢慢道：“他们绕过了探头，现在……他们应该就站在探头的背后。”

林奇马上指挥警员操纵摄像头：“转过去看看。”

夏明微微觉得不对，几秒后，他脱口而出：“不要转！”可已经来不及了，探头转到了背面，赫然发现衣着一红一黄、戴着口罩，和过去一样装扮的两名歹徒正抬头直直地对着探头，五目相对！

周兵顺着刘齐的目光望过去，路口交通杆下挂着的白色探头，原本背对着他们，此刻，骤然朝他们转过来，调整一下上下角度，最后，刚好正对着他们俩。

周兵站在原地，拳头伸到嘴边，嘴巴紧张地动着："老板，路口探头转过来了。"

"对着你们了吗？"老板是通过手机摄像头观察现场，视野有限。

周兵微微昂起胸，让手机的拍摄角度更高一些："正面对着我们。"

"果然出问题了，"老板轻声嘀咕一句，连忙说，"这票放弃，按计划撤退。"

话音一落，两人便横穿马路，奔到了对面，对面是一排矮围墙，此时，也顾不得会被经过的路人看到，从背包里掏出翻墙钩，往上一挂，轻而易举地攀了过去。

墙后是片未开工的建设用地，两人一路向北飞速奔走，几百米后，跑到了一处公园性质的公共绿地，绿地狭长平行于主干道，这里没有监控能拍到，周兵依照计划，打开手机上的一个软件，然后和刘齐一道，故作镇定地沿绿地向东而行，以免引起经过路人的注意。走出几百米后，旁边出现了一个水塘，周兵将手机关闭，扔进塘中。

两人又继续向东跑了一段路，来到一片杂草丛生，堆着诸多垃圾和渣土的地方，这里也是一处未开工的建设用地，前方不远处是片无人看管的临时停车场，常年停放着各种施工车辆，在停车场一侧，远远能瞧见一辆破旧的白色面包车。

按照计划，这一次老板让他们不要搭出租车离去，而是坐上这辆面包车，车钥匙就贴在门把手后面，上车后，自行开出城，前往另一处目的地。

刘齐正要往面包车跑去，周兵一把拉住他，迟疑地停在原地。

因为这处临时停车场上，此刻正停着一辆城管执法车，城管队员和几个货车司机在一旁争执着，大约是处罚倾倒渣土之类的事务。

周兵观察了几秒，远处这帮人看起来短时间内不会走，此时手机已扔，也没法和老板取得联系，他咬住嘴唇，思索片刻，只好自作主张："不行，面包车不能去，还是按着老办法，搭出租离开。"

两人不动声色地掉头，快步离去，向北走到闻涛路，等待出租车。

当探头转过去发现两名戴口罩的歹徒也正抬头看过来时，所有人瞬间明白，对方也发现他们了。

果不其然，信息中心的众人隔着探头与歹徒对视几秒后，那两人骤然变成了迅捷的豹子，飞速穿到了马路对面。

既然监视已被对方发现，那也不再忌讳了，探头迅速跟着转过去，看到他们一骨碌翻墙而过。

"嫌犯翻墙，墙后无视角。"

"手机定位跟住了。"夏明马上转头对林奇说，"没办法组织合围了，所有警力都以最快速度赶赴目标。"

林奇不假思索地传令，工作人员根据手机定位，将歹徒位置变化不断发送给赶赴现场的警察。

"目标向北快速移动。"

"目标转向西。"

"所有行动组更新目标位置。"林奇下令追捕人员调整方向。

夏明收着各条消息，全神贯注操作着指挥主机，切换不同画面。

这时，闻讯赶来的万峥、张强、李振威等人，还有海华公司追踪组的应文博一席人也来到了指挥室。

“西面监控中没拍到嫌疑人。”一名技术员汇报。

林奇马上说：“转动摄像头位置。”

“还是没人，可能已经跑过去了。”

“等等——”夏明说了句，停顿了几秒，抬起头，盯着众人，“他们不是向西跑的。”

“可是手机定位就是这样啊。”一名技术警说道。

“手机定位错了。”

“定位怎么可能出错？”一名信息中心小领导模样的技术警不屑地呛声。

“他们用了虚拟定位。”

众人微微皱眉，在场的技术人员都知道虚拟定位，就是用软件模拟出手机的位置，譬如交友软件上很多附近的人压根儿不在附近，都是一些男人用软件将美女头像的账号设在附近，等着好色又白痴的人去加好友，随后进行仙人跳、诈骗等违法活动。

那名技术警反驳道：“不可能是虚拟定位，刚刚探头也拍到了他们。”

“一开始是真实定位，他们翻过围墙后，开启了虚拟定位。他们现在没有往西逃，他们是……”

万峥打断道：“你怎么知道？”

“如果他们往西，西面路上的两个摄像头早该拍到他们了。”

万峥道：“可能又是运气好，从摄像头背后跑过去了。”

“这次不可能了！”夏明冷声说，“我一见他们翻墙，就把附近所有摄像头全部调转了180度！”

林奇和张强一听这话，瞬间明白过来，无论主谋是否潜伏在信息中心，夏明刚刚把摄像头全部反转180度的事，除了他自己，没有第二个人知道，歹徒自然也不可能调整路线。

夏明接着说："根据地形判断，我认为，他们实际的行动路线和手机定位正好相反！"他用力敲了下键盘，地图上歹徒定位向西而行的路线瞬间倒翻过来，变成了向东而行。

万峥眯起眼，问："你能肯定吗？这是方向性问题，如果你猜错了，人就抓不到了。"

应文博淡淡地说："你说歹徒往东去，这谁也没看见，怕是你自己猜的吧？"

夏明无法直接反驳，他只是根据地图上的交通地理结构猜测，如果他是主谋，应该会设计往东的路线，这条路最容易逃脱。

这时，警员又报告："嫌犯手机关闭了。"

李振威忐忑地看着林奇："那我们到底是往西，还是往东追？"

林奇轻轻倒吸口气，这是南辕北辙的事，一旦命令下错了，可就失之交臂，再难找到人了，一时间犹豫不决，可奔赴现场的警车还在等他决断，间不容发，晚一秒就少一秒抓获歹徒的机会。

万峥给了个建议："这样吧，让最快的几组去西面，慢的几组去东面好了，两头兼顾嘛。"

"不行，"张强断然开口，"这样警力严重不够！"

林奇点点头，明白张强的意思，他作为有很多次抓捕经验的刑警，很清楚不同情况下需要配备的警力。

目前歹徒关闭了手机，又不清楚具体行踪，尤其歹徒是步行，这更是一大难点。抓车容易抓人难，如果歹徒已经上了车，警方目标是车，城市中追一辆车不怕追丢。而歹徒是行人，目标太小了，方向变化可能性太多，如果窜入人群中，不提他们带枪，抓捕容易出事故，光在人群中把人找出来，没有足够的警力就是完全拼运气。

这次本就事发突然，准备不足，如果再把仅有的警力分散成两边，在偌大的区域中找寻两个行动灵活的人，难度太大了。

“东面，我相信在东面。”夏明又说了一句。

“你敢肯定？”万峥肃然追问一句。

“我……”夏明犹豫片刻，这是他的推测，既然是推测，都是概率问题，这让他怎么敢肯定，尤其这么大的阵仗，如果因他推测错误没抓到人，所有人都会怪罪于他。

见夏明不敢开口，应文博阴阳怪气地跟了一句：“如果说错了，可就相当于把人放跑了。”

万峥转向林奇，劝说：“我建议还是分散开来，这样多一分保证。”

张强固执道：“不能分散，这点警力分出去找出两个行人太难了。”

万峥恼怒道：“手机定位显示向西，说用了虚拟定位实际向东，全是夏明的一人猜测。”

张强突然强硬回敬：“我相信夏明的判断，我认为向东！”

“你！”万峥咬咬牙，瞪着他，“如果判断错了，这责任你来负吗？”

不知今天张强哪儿来的勇气，或许是想起四年前正是这两个歹徒，最终导致自己被调岗，改变了他整个经历，多年来一直内心充斥着愤懑，他当面放言：“如果不是向东，我直接辞职！”

这话一说，万峥也不再争辩，哼了声，不再言语。

现在，所有人都在等待林奇，留给他的时间不多了，线路那头的几辆警车也都在等他的最后决定。他沉吟几秒，紧紧握着拳头，下令：“所有警力往东！”

命令发出后，夏明又说：“以东面为中心，周围各条路所有监控全部转向人行道，尤其闻涛路。”

各个追踪小组迅速分工，把路面的监控全部转向了人行道方向。

几分钟后，消息传来，监控拍到，两名疑似歹徒模样的人果然在闻涛路上了一辆出租车。

周兵和刘齐坐在出租车的后排位子上，沉默不语，两人都警惕地观察着外面马路上的情况。

以往周兵每次犯罪后，因为收获丰厚，他总会兴致高昂地跟司机聊天，今天突遭变故，他再也没有心思扯淡了。

探头为什么会朝他们转来？他们是怎么暴露的？为何老板开始便说情况不对？他隐隐觉得今天整件事从开始便不对劲，至于哪里不对，又说不上来。

老板说他们前几次犯罪全程都很安全，警方对他们一无所知，这点他相信，否则警察早就找上门了，何必等到今天动手时才发现他们？

今天刚到达彩虹花园，警方就发现了他们。想来想去，身上唯一可能暴露的就是手机了，手机被警方监视了，所以开机没多久就被发现了。这手机是老板提供的，据说是无法追溯来源的手机号，那么警察又是怎么知道这手机的？他对警察的技术不懂，也许有高科技。

脑中胡思乱想着，各种怀疑和困惑以及对危险的预感笼罩全身，周兵想起了四年前和警察对峙，开枪的往事，那样的场面他这辈子都不想再来一次了。

他们上了出租车后，司机问清了他们的目的地，要到城北老钢铁厂后山附近，一开始，司机觉得接了个远程生意，心里挺开心，可没多久就感到了一丝恐慌。两人都戴着口罩，上车后一句话都不说，虽然故作镇定，但司机透过后视镜看他们时刻盯着窗外。他开了多年出租，也算见识过三教九流，小流氓、社会大哥、小偷小摸、吸毒的等，这些乘客都见过，可唯独今天这两位的感觉是生平所未见，尤其是穿红夹克的高个子，司机在后视镜偷看，突然被对方发现，对方眼神居然让他感受到“杀气腾腾”这四个字，他赶紧躲避目光，再也不敢看后视镜了，只想尽快把人拉到目的地了事。大白天的，相信他们也不至于绑架出租车吧。

几分钟后，司机明白今天是真的遇上事了。隔着绿化带，迎面开来一辆警车，后座的两人瞬时坐直了身体，那辆警车过了绿化带路口后一把快速掉头，就朝他们追来。

司机不由得一阵警觉，悄悄放轻了油门，把车速降下来。

“快点儿开。”周兵冷声地冒出一句。

司机故作轻松笑着：“你们有急事吗？我已经开挺快了。”

此时的车速正与旁边一辆送外卖的电瓶车并驾齐驱。

“快开！”周兵一字一顿。

司机还想继续敷衍他们，猛然发现他身侧出现了一个黑漆漆的物体，下一秒看清时，他吓得方向盘一滑，差点儿撞向路中间的隔离带。

周兵左手握着枪，通过驾驶室的保笼，对着司机的脑袋。

“如果你甩不掉警车，我就拉你陪葬。”周兵沉着的声音显示他不是开玩笑。

司机惊恐之中，一边求饶，一边照他吩咐，猛踩油门往前冲，后面的警车也当即全速前进。

这时，周兵瞧见前方另一辆PTU机动巡逻车拉起了警报，在同侧马路朝他们逆向行驶而来，直对他们的车头。

前无退路，后有追兵，难道今天就要认栽了吗？

周兵盯着眼前路况，前面路口左侧穿出去是个公园模样的地方，也只有这一个转弯口了，再无其他选择，他当机立断让司机直接左转冲出去。

信息中心，最新收到的消息很是棘手。

歹徒挟持出租车司机驶入钱塘江边上一个公共性质的儿童公园，更要命的是，今天是周末，里面有不少大人小孩。各组支援的警车先后赶到了现场，守在门口等待上级指示。

没过多久，一辆出租车从公园里开了出来，惊魂未定的司机被警察接下车，告诉他们，歹徒在公园里下车后，就往里面人多的地方跑去了。

现在，警方已经封锁了公园外围的长片区域，人员只出不进，顾虑到对方手里有枪，里面有这么多大人小孩，警察不敢直接进去搜捕，以免闹出重大安全事件。

歹徒确实是朝东面逃跑的，也追上了，这让林奇等人稍稍松了口气，只是持枪歹徒进入儿童公园，接下去怎么办，林奇无权决定，他只好打电话给支队队长，队长也做不了主，打到了市局，市局紧急征求省公安厅和市政府意见，上级领导态度空前一致，所有行动的前提是确保人民群众的生命安全。犯罪嫌疑人这次抓不到，可以下次抓，如果他们在儿童公园行凶造成重大后果，不光这次行动的警察，连市公安局的领导都要走人了。

很快，杭州公安局长亲自打电话到指挥室，告诉所有人，目前儿童公园内的情况不清楚，为了避免刺激里面的歹徒，立刻把公园外的警车全部撤离，只安排便衣在附近蹲点，待警车撤离后，再让两名便衣进公园摸查情况，在没有市公安局的直接命令下，任何人都不得在公园内对歹徒进行强制抓捕。

十多分钟后，所有人员都按最新指示就位，现场派了两名警察伪装成便衣进入公园查探，结果短短几分钟后，便衣就跑回来说，公园里有多人见到两名男子抢了一艘停靠在江边的垃圾清理小船，顺着下游开走了。

这消息让大家都始料未及，众人担心的是两人进了儿童公园怎么抓，谁也没想到他们会从钱塘江开船逃走。

不少人松了口气的同时，不由得痛骂江区管委会的垃圾船乱停在公园，讲不讲道理。

林奇只好安排各组人员沿江部署找人，同时也申请安排水警支援。吩咐妥当，他也带上刑警队的人马，匆匆赶赴现场。

第二十五章

沿江搜捕还在进行着。

夏明和张强两人来到了彩虹花园的北面路口，这里是监控最早发现歹徒的地方，从此处开始，他们要把歹徒的逃跑路线重新模拟一遍。

两人走到马路对面，这是一堵简陋的矮墙，监控拍到歹徒从这里直接翻过去。墙不高，不过要他们翻过去也是为难，两人只好沿着围墙绕了一大圈，来到围墙背面，这是一整片未开工的建设用地，春天过了一半，杂草和油菜花已经蔓延开来，除此之外，只有满目的垃圾和渣土堆砌着。

他们观察了一下地面，泥地上留下了歹徒的脚印，两人沿着脚印往前追踪。

一路上，张强的态度再也不是冷冰冰的刻薄模样，两人有说有笑，倒似成了朋友一般。刚刚在中心的那场战斗，两人也算是患难之交。夏明判断歹徒用了虚拟监控，全场没人信他，甚至公司的下属都不敢站出来支持他的判断，唯独张强在他孤掌难鸣的时候，顶住重重压力，站在他这一边。如今想起那一幕，反倒一阵后怕，如果他判断错了，警方因此追错了方向，那他和张强两人都要吃不了兜着走，还会连累林奇。

现在嘛，抓捕是刑警的事，他们俩已经顺利完成了本职工作。

走了没多远，出现了一条与闻涛路平行的绿地。到了此处，地面变得坚硬，平日里经过的人也多了，到处都是脚印，他们不是痕迹专家，再也分辨不出歹徒的足迹。

夏明朝东面望去，说道："歹徒应该就是从这里开始转向，往东去的。"

张强点点头，走上前，感慨道："不知今天能否把人抓住，如果不是你发现了他们用虚拟定位，警车都往西面追去，就全部扑空咯。"

"希望能尽快把人抓到吧，背后的主谋，只有抓到那两个才知道是谁。"

张强笑起来："好在主谋不是信息中心的人，我也感觉松了口气。"

"为什么不是？"

张强理所当然地回答道："这不是那天就定下的策略嘛，查到歹徒手机号的事，中心的这些人都知道了，如果主谋在其中，那么下一次犯罪必然会换手机号。这次没有换，说明不是中心的人。"

夏明摇头："恰恰相反，我反而相信，主谋肯定就是这次查案中的某一个。"

张强停下脚步，问："为什么？"

"我那时之所以判断对方用了虚拟定位，一个原因已经说过的，我把附近探头全部掉转角度，西面的监控还是没拍到嫌疑人。另一个原因，当时探头转过去对向歹徒时，我看到了他们正盯着探头。不是探头转动，引起了他们的注意，而是一开始，探头没动时，他们就在盯着探头了。"

"他们知道警方已经盯上他们了？"

"没错。"

张强皱眉说："那么就是他们一打开手机，你开始定位跟踪期间，有人向歹徒通风报信了。"

"不可能，前后只有短短几分钟，而且现场追踪期间，工作人员是不能出指挥室的。"

这是信息中心的办案规定，凡在抓捕犯罪嫌疑人的过程中，指挥室只许进，不许出，也不许使用手机，以免有人泄露案情。外面的走廊上装有监控，谁要是这个时候出去，事后调查将一清二楚。

张强问："这次案子的调查人员都知道歹徒的手机号被监视了，如果主谋在其中，他为何还要使用这个手机号？"

"主谋知道我们怀疑到了内部人员，如果这个手机从此不开机，我们肯定要从内部查起，所以他故意让手机暴露一次，来洗脱嫌疑。你想，若他不知道我们盯上了手机号，何必要事先做好虚拟定位的路线？"

歹徒手机里编好了虚拟定位的路线，证明主谋是知道手机被警方监视了，而他依然用这个手机，显然是想洗脱内部人员的怀疑。

夏明又说："探头刚对向歹徒时，我看到歹徒伸出拳头靠向嘴巴说话，他是在和主谋通话，所以可以确定一点，当时在指挥室的人都是清白的，之后进入指挥室的人，每一个都有嫌疑。"夏明看了眼张强，连忙补充，"除了你。"

当时事发突然，大部分调查人员，包括张强、万峥、应文博、李振威等人都是后来陆续赶来的，还有李忠厚等人，不算调查人员，但也对案子知情，这些人没来。所以真正能排除犯罪嫌疑的，只有林奇和夏明以及指挥室里的一些技术员。

两人沿着绿地继续向前走着，经过了一块池塘，他们不是神仙，自然不知歹徒将手机投入了池塘中。

又走了几百米，他们看到前面有一个临时停车场，聚集了很多人，遥遥可见停车场南侧有一辆面包车被火烧成了空壳，连带旁边一辆水泥车也遭了殃，明火已经扑灭，一名消防员正拿水枪朝车子周围浇灌以降低温度，旁边还有警察忙活着，连城市新闻频道的采访车也过来了。

“那动静太大啦，‘轰隆’一声，这烟雾至少有三十米高……对对，爆炸时我就在旁边，我一看爆炸，拔腿就跑，幸亏跑得快，不然命都没了。”一名建筑工人正在接受记者采访，他拍着胸脯，一副劫后余生的模样。其实爆炸发生时，真正在现场的就六七个人，他尚在离此几百米的工地上，这距离普通导弹都没法伤他分毫，不过电视台的一来，每个人都变成了现场目击者，搞得记者心中也纳了闷，当时上百号人围着这个破停车场是要干吗？

从人群的交头接耳中，夏明大约听明白了事故的经过。

大概一个多小时前，也就是警方正在追出租车的时候，这里的一辆白色面包车发生自燃，短短几秒后爆炸，一旁水泥车的主人正在现场，冲过去想把车开走，结果被火烧伤，后来让救护车送医院了。

夏明和张强来到面包车旁，方圆十多米的范围内都烧成了漆黑一片，可见当时火势很大，几个警察正在现场维持秩序，空气中充斥着汽油的味道。

“夏明，张处长。”这时，一个人喊他们的名字，转头发现是李振威。

“你怎么在这儿？”夏明以为他在江边参与围捕。

李振威指指身后的警察：“刚才出警的同志打来电话，说现场汽油味很重，爆炸威力很大，他们怀疑这车不是自燃，让有经验的刑警过来看看。这不刑警全都在江边抓人嘛，林队让我带两个滨江分局的同志过来瞧瞧，顺便看看这车爆炸刚好发生在我们抓捕的时候，是否和歹徒有关。”

“江边怎么样？”张强问。

“还没消息，嫌犯抢了垃圾船，不知道开哪儿去了，下游追出几公里都没踪影，现在怀疑他们把船开到江对面去了，一半人员调到对岸去查。”

夏明脑中勾画出江对面的地理环境，对岸是西湖景区，成片都是山，道路又四通八达，游人如织，如果歹徒跑去对面了，那就麻烦了。

对此，夏明和张强两个做电子刑侦的也毫无办法，夏明抬头望着四周，毕竟车子爆炸与抓捕歹徒两件事，时间地点都如此临近，自然会怀疑其中的巧合。这时，他眼睛一亮，突然看到停车场外的路口交通杆上，挂着一个黑漆漆的圆球。

全景监控！

他估摸了一下距离，面包车的事一定能从这里找到答案！

第二十六章

深夜，城西一个破旧老小区外，周兵和刘齐穿着潮湿的衣裳，远远缩在一棵树后，警惕地朝小区门口观察。

早上两人情急之下，别无可去，临时逃进了儿童公园。

当时周兵曾想抓两个小孩当人质，可琢磨一下，即便人质到手，接下来又能如何，还能飞不成，指不定直接被狙击手一枪打死。正当走投无路之际，突然看到江边系了艘清理河道垃圾的小艇，两人便跳上去，掏出枪控制住了五十来岁的清洁员，抢下发动机钥匙，向下游驶去。

岸上的人并没注意到这两人偷偷拿枪指着清洁员的腰，目击者只看到有人坐小艇朝下游去了，谁也没当回事，后来警方进来搜查时，小艇早已不见了踪影。

开出一阵后，周兵将小艇往江中心驶去，刘齐按他吩咐，从包里掏出打包绳，束缚住清洁员，将他放倒在地，同时用胶带蒙上眼睛。

小艇在江中心又向下游驶了一段，两人跳入水中，凭借过去当特种兵的体质，一口气游到了对岸，躲入江堤上一根一米多高的排污管中。

他们跳江后，小艇继续顺江往下游开去，直到一个小时后才被水警驾着皮划艇拦截下来，获救的老头由于蒙着双眼，只记得他们跳江了，其他一无所知。钱塘江上，白天鲜少有船只经过，江面遥远宽阔，即便岸上有钓鱼的人，隔得远了，也没看到发生的这一切。

两人脱掉了湿漉漉的衣裳，拿着背包，在排污管中一直往前走，最后找到了一个窨井盖，从窨井盖的孔洞中观察，上方应该是人行道，不时有行人和机动车在头顶经过，他们不敢直接上去，强忍着污水臭气一直躲到半夜，这时衣裳也差不多干了，他们扔掉了颜色招摇的夹克，只穿着灰色的普通T恤，悄悄爬上来。两人身上都沾了污秽，散着臭气，自然不敢打车，两人分开单独走，最后一路胆战心惊，费尽辛苦，总算回到租住的破小区外会合。

他们躲在角落观察了很久，周围没有异常，大多数人家都已熄了灯，路上也无行人，那些幽暗之处，也无便衣的身影。周兵朝刘齐点下头，两人绕到小区背面的小门，故作镇定地刷了门禁卡步入小区，周兵手一直紧紧握在腰间的枪上，高度戒备，直到有惊无险地回到家中，确定家中也未有人光顾，他俩这才双双长叹一声，疲惫地瘫倒床上。

休息了一阵，逐渐平复心绪，周兵这才打开电脑，用软件给老板发去一条他们回到家的消息，原以为这个点老板早就睡了，谁知软件头像马上开始跳动，发出了视频的请求。

“你们怎么样？”老板显得很关切。

“现在没事了。”周兵长长吐口气，将他们如何死里逃生的经过大略述说一遍。

“那就好，那就好，没事就好。”老板激动得一连说了几遍，又问，“你们当时为什么没坐面包车离开？”

“面包车旁边有一群人，好像是城管，又像警察，我分不清，我当时把手机扔了，没法跟你联系，想来想去，还是按老办法，打出租回去，谁想这么快就被警察追上。”

“原来如此，不过幸好最后你们安然无恙。”

这时，周兵向后一坐，微微挺起身体，语气变得严肃：“老板，对于这一票的事，我有几点不太明白。”

老板停顿了一下：“你说。”

“你为什么在前天要更改这一票的逃跑计划，不像以前绕过探头直接打车走，要我们走到停车场，自己开面包车离开？”

老板不假思索地回答：“因为这一招用了太多次，警察已经重点盯着出租车了，所以换新的办法，我设计的路线是最好的，你们步行过程的沿路都没探头，坐上面包车离开更是神不知鬼不觉。你看，最后你们用了老办法，才惹来这么多危险。”

“可为什么你不在这次计划一开始就这么决定，而是前天突然变更？”

“我是根据警方最新的调查情况来调整计划的。”

“为什么这一次撤退时，你要我们打开手机上那个虚拟定位软件，以前从来没用过。”

“因为最近警方试图通过手机定位寻找你们，我这么做，是多一份保险。”

周兵思索一下，这几个回答都合情合理，随即又问：“为什么这次警察这么快就发现了我们，而你似乎知道警察会发现我们？”

老板沉默了几秒，说：“我不太明白你的意思。”

周兵冷声说：“当时你说情况不对劲，让我们看着摄像头，就在这时候，摄像头真的转过来了。”

老板笑了笑，道：“你这么说是在怀疑我吗？”

“不，”周兵不想直接翻脸，“我只是不太明白。”

“其实就是在怀疑我。”

周兵没有说话表示默认。

老板语气依然保持着温和："开诚布公地说，我得到消息，警察已经锁定了你们的手机号，正通过手机定位把你们找出来，所以我才让你们看看摄像头情况。至于我为什么会得到消息，我们在合作一开始就达成了共识，你们不要试探我的身份。"

周兵点点头。

老板继续说："我不可能会害你们，更不会设计让你们被警察抓，你们落在警察手里对我有什么好处？你们虽然不知道我是谁，但你们大概也能猜到我的身份，如果你们落在警察手中，你们把关于我的情况一说，我还能坐得安稳吗？你不妨站在我的角度，想一想。"

周兵思索片刻，他们如果被抓，他们把老板的情况说出来，警察知道老板对调查了如指掌，还知道监控盲区，早晚会查出老板的真实身份，这对他没有任何好处。看来今天的一切只是一次意外，犯罪次数多了，总归会出意外，不能怪老板。

他面色缓和下来，坦然承认："对不起，我刚才没想这么多，我们始终是一条船上的人。对了，接下来我们要怎么样？"

"暂时待在家里，哪都别去，等风平浪静后，我再通知你们。"

第二十七章

这栋写字楼是附近最高的建筑，站在天台上往下望，彩虹花园到闻涛路这一带全貌尽收眼底，写字楼的斜对面便是前日爆炸面包车所在的停车场，此时面包车已经不见，旁边地上还留下一片黑色灰烬。

林奇、夏明和张强三人站在天台扶手处，遥遥眺望远方，那里是钱塘江，沿江一岸的闻涛路上，依稀可见还停着一辆警车，今天是搜捕歹徒的最后一天，不过大家都已不抱希望了。

“那辆面包车果然很有问题，我强烈怀疑，它不是自燃，而是爆炸！”林奇握拳重重敲了下护栏，斩钉截铁地下结论。

一旁的夏明小声嘀咕：“这好像不用怀疑，全景监控不是都拍下来了吗？”

他前天看到停车场外的路口挂着一台全景监控，马上联系沈研，回到中心就把录像调出来。

全景监控拍得一清二楚，车子是在毫无征兆的情况下突然“轰”一下爆炸的，监控画面都被震得摇晃不已，停车场上的城管和几名司机幸好离得远，但还是有两人被当场震飞摔倒在地，受了点儿擦伤，其余的人出于本能拔腿就逃，等跑出一段回头看，便见整辆车都冒起熊熊烈火，浓烟蹿上几十米高。

瞎子在旁都能看出这是爆炸，不是自燃，不太需要一个刑警大队长来“怀疑”。

林奇轻蔑地瞥他一眼，淡淡地问：“那么前天事情刚发生时，没人看过监控录像，又是谁当机立断做下决定，认为面包车爆炸可疑，让人专门去查的呢？”

其实真实情况是前天当地辖区派出所接到车子着火的报警，民警赶到现场，从现场情况和目击者的描述中，觉得汽车自燃没这么大威力，怀疑另有隐情，于是找刑警来看。可是区里的刑警都派到江边抓人了，下面的人跟林奇汇报了这事，林奇坚决不同意派刑警去看，说抓人重要还是一台破面包重要？旁边有人随口搭了句话，说面包车爆炸发生的时间、地点和抓捕犯罪嫌疑人如此接近，该不会和案子有关吧？他这才恍然大悟，叫李振威带人过去瞧瞧。

不过事后重新谈论此事，他早已将他一开始反对调查抛之脑后，仿佛变成了大家都不同意调查，只有他力排众议，坚决要查面包车。

夏明和张强不知内情，只好敷衍地表示面包车发生爆炸的当天，就能将两件事联系到一起，确实体现了一个刑警对案件灵敏度的本能反应，专业就是专业，他们这些对着电脑搞点儿技术的，永远跨不到那种高度。

林奇心安理得地接受他们的奉承，又说：“昨天技术人员做过鉴定，发现了几点情况：第一，面包车是汽油引起的爆炸，从个别的遗留物看，面包车后排藏了一些罐装汽油，有人通过电子遥控的方式，引爆了汽油。第二，面包车比较旧，号牌是假的，发动机铭牌上的编号被人用工具磨平，这辆车无法查出来源。第三，车门两侧都装了一个东西，因为烧得变形了，无法确定，看着像一把锁，真是怪事。你们说，谁家的破车连门都关不牢，还在门外加把锁？”

夏明心神一动，问：“你有照片吗？”

林奇点开手机，翻出了几张照片，一张是拍的车门，那把锁位于车门下方位置，其中一半已经脱落，另一半的金属也严重变形扭曲，整个锁被烤得漆黑。另一张照片是刑技人员将锁拆下，一齐放在物证袋中所摄。

夏明和张强仔细看了一番，夏明道："好像是电子遥控的锁。"

"应该是。"张强也如此判断。

夏明说："那么面包车的解释就通了。"

张强点点头："杀人灭口。"

林奇不满为何结论都是他们先推断出来，微微皱眉："杀人灭口？"

夏明指向彩虹花园，虚画出歹徒逃跑的整个路径，说："歹徒原本计划走到停车场，但快到停车场时，临时改变了计划，转而向北走到闻涛路上打车。"

"你怎么又知道了？"林奇扬声问。

"全景监控的最远处拍到过两名歹徒出现，他们在原地停留了一会儿，转身离开，他们离开的原因，我想是因为当时停车场里刚好有城管。如果他们最后上了面包车，主谋会通过遥控电子锁将面包车车门彻底锁死，再引燃汽油炸毁车辆，杀人灭口。"

林奇问道："可最后歹徒没上车，主谋为什么还要炸了面包车？"

"因为主谋不在现场，他没想到两人最后没上车。面包车是在两人离开后过了十几分钟爆炸的，按主谋原本的预期，这时两名歹徒已经驾车行驶在路上，如此一来，连人带车炸个干净，怕是再也没法查出主谋的身份了。"

"这么说倒也有几分道理。"林奇想了想，又问，"遥控炸毁面包车，这会不会太有难度了？"

张强摇头道："会者不难，只是点火引爆汽油，又不是制作炸弹。像夏明这种软硬件都懂的人，给他两个手机、一只点烟器、一块蓄电池和一个小型控制器，他就能办到，无非是在手机里编个程序，到时触发控制器而已。”

夏明点头，承认这点技术含量对他来说很简单，同时又说：“可现在还有一个疑问，主谋为何要这么做。他先是留纸条预告第五次犯罪，在警方撤销全区巡逻的第二天动手，明知道歹徒一开机就会被我们发现追踪，用虚拟定位来反电子侦查，最后又设计要将两人杀人灭口。这实在无法理解。”

林奇不以为意：“分析犯罪动机的事，你一个电子工程师无法理解，也很正常。现在的关键是，人已经逃了，你还有没有办法把人再找出来？”

夏明看了眼张强，为难地摇头：“电子刑侦的线索都已经断了。”

张强吸了口气：“林队，现在最好的办法是从内部查起了。”

“怎么查？一个个隔离审问？谁保证审得出来？这些到现在依然只是怀疑，你们拿不出一个证据，程序这关就过不去。如果怀疑错了，以后我们支队跟你们中心怎么合作？”林奇知道轻重，这事他做不了主，他们支队长也做不了主，市局领导也没人会拍这个板。怀疑公安内部有人涉案，没有证据就直接查人，从来没这先例。

张强低声道：“其实也不用走程序。”

“那怎么查？”

张强转头看向夏明，不怀好意地笑起来。

夏明顿时紧张道：“你想干吗？”

张强眯起眼睛：“主谋大概率是中心的人，林队不适合参与调查。当时拍到歹徒跟主谋通话时，我不在指挥室，我有嫌疑，要回避。所以夏明是最合适的人选。”

夏明顿时想叫娘，你们中心个个都是领导，我一厂商的人，调查你们？

林奇也跟着点头，瞬间和张强站成统一战线，说：“这事我们俩都不知情，是夏明私下调查的。”

“等等，我……我怎么私下调查了？”

张强道：“你账号有中心所有系统的全部权限，包括监听和网监，对吧？”

“是啊，那又怎样？”

“就根据你判断的，当时所有不是第一时间赶到指挥室的人员，你把他们的手机、短信全部监听下来。”

“你们是让我窃听别人的手机通话？”

林奇道：“不是我们，是你自己干的。”

“我……”

林奇马上转身对张强说：“夏明曾经多次利用你们公安网的监控，监视他女朋友的一举一动。”

仿佛配合好一般，张强瞪大眼：“窃取国家机密，这是要坐牢的啊。”

林奇宽宏大量地说：“不能一棍子打死，也要宽严相济，这种事可以当没发生，也可以刑拘，就看表现了。”

夏明被这两人如此威逼，吞吐道：“我这么做，会被人发现的。”

张强摇头，给他一颗定心丸：“不会的，这两套系统检察院用得比较多，公安很少用，软件设置相当保密。别人不查你账号的操作日志就不会发现，查日志的权限在我手里。”

夏明深吸一口气，又讨价还价很久，两人以他窃取公安网数据要挟，他无奈答应。

张强又细心叮嘱：“所有人你都要查，包括不是直接调查人员但知道案情的，也包括中心里的领导。”

“你是说万峥吗？”

“我没说。”

“你很好！”

第二十八章

半个月后。

夜已深，一辆黑色奔驰车驶出了夏明父母居住的小区。驾驶座上，一名头戴假发和口罩的男子低着头，沉默地握住方向盘。

后备厢中铺了被子，夏正和舒珮珺躺在上面，手脚系着塑料打包绳，嘴上贴着胶带，神态安详，似在酣睡，对周遭发生的一切仿若不觉。

第二天一早，舒珮珺睁开惺忪睡眼，不知为何，今天醒来四肢沉重，满身疲惫。她起身下床，结果脚底刚触碰地面，一种异样的感觉便扑面而来。她睁大眼睛望向四周，惊得下巴差点儿掉下来。

她身处一个很大的房间，四周都是水泥浇筑的，不带任何装修，亦没有窗户，对面墙上亮着一盏小壁灯，光线昏暗。她慢慢站起身，让眼睛逐渐适应环境，这里似乎是一间地下室，离她十多米外的地方有个楼梯口，透出亮光。楼梯和她之间，一道不锈钢材质的铁栅栏将整个屋子一分为二，这是一间牢房！

铁牢之中，一侧是砖头砌出来的简易卫生间，卫生间外，靠墙平行地摆着两张双人床，都铺着柔软的床垫和被褥，她睡的这张床上，被子是昨夜家中所盖，尚在酣睡的人是丈夫夏正。

这是怎么回事？

昨晚明明是在家里床上入睡的，为何醒来会出现在这个陌生的牢房？短短几秒，舒珮珺浑身被惊恐所占据，她集中精神，确定这一切不是在做梦，连忙转身摇醒夏正。

夏正从好好的睡梦中被人拍醒，气得要骂人，但睁眼几秒后，他脸上也出现了同样的惊愕。

“这是哪里？怎么会在这里？”夏正从床上跳起来，瞪眼望着四周，他尽量让脑子变得清楚，以便判断是不是做梦。

片刻后，夏正也发现这不是做梦，他下了床，两人都警惕地环顾四周。这时，他们突然意识到，旁边的那张床上也躺着一个人。

舒珮珺紧紧环住丈夫手臂，两人小心翼翼向那张床走去，来到床前，他们看到一个长头发的女子正侧身朝里蜷缩在被子中，一动不动。

一具女尸！

这想法让夏正不禁吓了一大跳，尤其是身处这样幽暗的环境中，待再细看，女子隐有呼吸起伏，原来还没死啊。

两人对视一眼，小心走上前，伸出手慢慢去摇晃女子，几秒后，女子从睡梦中苏醒，慵懒地伸着懒腰坐起，边打着哈欠边睁眼，哈欠打到一半，嘴巴变成了一个浑然天成的圆：“这是什么地方，我怎么会在这里？”女子回过头，见到夏正夫妇，迟疑片刻，瞬时吃惊更甚，“你们……你们要干什么？”

“江文灵？！”夏正夫妇脱口而出，这简直比刚刚发现身处牢房更让他们吃惊。

到底怎么回事？

正当他们完全摸不着头脑之际，楼梯口传来了不疾不徐的脚步声。

三人转过头，目不转睛。

楼梯下面是一根承重柱，挡住了一半的视线，随着脚步慢慢下楼，一个男人从柱子后走了出来。

他身高将近一米八，长得相当粗壮，上衣裤子里都鼓满了肌肉，显得有些紧绷，头上套着一个舞台表演用的大头娃娃，显得颇为诡异。

三人见到他，忍不住惊慌地退到了墙边。

大头娃娃男手里拎着一个装了外卖盒的塑料袋，走到铁牢边，把塑料袋穿过铁牢放到地上，转身慢慢来到墙壁旁，那里摆着一张椅子，他双手交叉胸前，面朝三人坐下。

夏正盯着大头娃娃看了几秒，小心地问出被绑架后必说的一句对白："我们怎么会在这里？你……你是谁？"

"我先回答第一个问题，你们被我绑架了，至于第二个问题嘛，我在考虑是不是要直接告诉你们。"大头娃娃的声音不像他的造型那般稚嫩可爱，透出一股低沉，语速很慢，似乎是刻意压低声线的结果，"一般来说，一起绑架中，如果人质知道了绑匪身份，通常绑匪都会杀人灭口，以绝后患，所以我在想，到底要不要告诉你们'我是谁'这个答案。"

夏正一听这么说，连忙改口："不用……不用说了。"

"那就好，跟聪明人打交道会轻松很多。你们也看到了，"绑匪挥挥手，示意四周，"这里是地下室，外面很空旷，附近没有人，所以大喊大叫是没用的，希望你们不要在呼救上白费力气。你们两位都已经五十多了，虽然算不上老年人，不过爱惜身体总是好的。袋子里是你们三人的早餐，接下去的一日三餐我都会准时送到，如果有什么需要，就和我说，我会尽量满足你们的要求。我预计你们在这里也不会待得太久，只要配合我提的条件，我可以保证你们不会受到任何伤害。你们大可以相信我的诚意，因为我也可以用其他的方式逼迫你们就范，可我不想那么做。"

绑匪说话的语气稍微变得柔和，这让三人紧绷的神经略略松弛了一些。

夏正思索片刻，虽然不清楚为何被绑架，也不知道江文灵为何出现在这里，但显然，绑架已是既成事实。既然是绑架，无非是谈钱，便尽量保持冷静地问："朋友，你要多少钱？"

"直接进入正题，那也好，"绑匪笑笑，"你觉得给多少合适？"

"这……"夏正停顿住，这问题实在不好回答，思考了几秒，按做生意的套路说，"你说个不要太为难的数，就当交个朋友，江湖救急也在所难免，出去后我们不会报警，只当什么事都没发生过。"

"真是会说话，我喜欢你说的只当什么事都没发生过。"绑匪伸出一只手，张开五指，"那就五十万吧。"

"五十万？"夏正难以置信地重复一句，绑匪从自家别墅神不知鬼不觉地将他们掳走，多少也该看得出他们的家底，怎么着开口也得要个几百万吧？如此大费周折，只要五十万？

"我说的数字太少了吗？"绑匪反问一句。

"我……"夏正一时间不知如何应答，要五十万确实少得奇怪，若说太少了，绑匪突然改口要几千万怎么办？

绑匪似乎看出了他的窘境，发出温和的笑声："不用怀疑，我就只要五十万，人民币五十万。"

夏正迟疑着，琢磨对方这话的真实性。

对方见他不信，又补充一句："我知道你们家有钱，不过，我只需要五十万，这应该不为难吧？"

夏正这才答应："要怎么把钱给你？如果你有那种查不出来源的银行卡，我可以直接想办法转账。"

"可惜我没有。"

“那……那你想怎么拿到钱？”

绑匪悠然说：“我会通知夏明，让他把五十万现金送过来。”

夏正怀疑起来：“你认识我儿子？”

绑匪笑笑：“你想试探我身份吗？”

“不不，”夏正连忙否认，“如果你认识他，你要他送钱过来，可他的工作……”夏正话说到一半突然警醒，闭上了嘴。

“他成天和警察在一起，工作就是帮警察找人，对吧？”绑匪似乎不屑地摇摇头，“不过在这件事上，有你们三个对他最重要的人在这里，我相信他不会报警。”

说着，他从口袋里掏出一个手机，点动着。

过了一会儿，手机扬声器里传出了夏明响亮的声音：“喂？”

“是夏明吧？”

“对，你是？”

“现在说话方便吗？”

“你说。”

绑匪语调波澜不惊：“请保持镇定，不要紧张，更不要发出惊讶的声音。你的父母还有你的女朋友，现在都在我旁边。”

“你这话是什么意思？”电话那头的夏明透出警惕的语调。

“不介意的话，我让他们跟你说上几句。”绑匪将手机朝向了三人。

夏正犹豫了几秒，慢慢开口：“小明，我们……我们被绑架了。”

“你们在哪儿？”夏明语气顿时变得焦急。

夏正看着绑匪，大头娃娃微微点头：“没关系，你可以告诉他。”

夏正只好说：“我们在一个地下室，不知道在哪里。”

“江文灵也在？”

“她也在。”

“你们怎么样？”

“我们……我们没事。”

绑匪把手机拿回自己嘴边：“他们目前都很好，没有受到任何伤害。”

“你想怎么样？”

“要钱。”

“要多少？”

“不多，对你们家来说更是不多，五十万，这么点儿小要求，我想你应该不至于报警吧？”

“只要五十万吗？”

“对，这个问题你爸已经和我确认过了。”

夏明毫不犹豫地答应：“好，我不报警，你也不要伤害他们。”

“我答应你，我是信守承诺的人。”

“怎么把钱给你？”

“等早上银行开门后，你取五十万现金，然后送给我。”

“送到哪儿？”

“我想你应该有办法找到我。”

“到时也是用这个电话联系吗？”

“不，我不会再联系你，就看你能否找到我。”

第二十九章

嫌犯跳江逃走至今，已过半月。

这期间警方对两人的搜捕未有一天懈怠，全市重点区域的大面积走访和信息中心的监控排查，双管齐下，还是一无所获。

有人怀疑两人在江里淹死了，也有人说他们跳江逃跑水性肯定很好，一定是从某个地方悄悄上岸，躲过了追捕，现在嘛，怕是早已逃离了杭州。

林奇知道，那两人可能会逃跑，但主谋一定还隐身在信息中心。他也暗自揣测过主谋是谁，他们支队的警察，抑或是中心的某个技术警，或是安防厂商的人，可一个个看起来都不像，也想不出这么干到底有何动机，似乎没有人从这一连串案件中直接获益。

日子一天天过去，案子调查早已过了黄金期，如果什么都调查不出，最后该怎么结案，也是他的一块心病。他甚至心里盼望着歹徒再干上一票，好歹给他们多一次的破案希望。只是歹徒自跳江后便销声匿迹了，想来也是，再嚣张的人差点儿被警察抓了，心态上也会蛰伏很久。

如今他对破案的指望，全都押在夏明身上了。

知悉案情的大部分人，包括信息中心的领导，夏明都拦截了他们的通话和短信数据，这可是极有政治风险的举动，没有领导能接受自己的一切私生活被他人监视，今天他们监视专案组的人，明天会不会监视市局高层甚至政府领导？如果夏明此举被发现，供出他和张强，就算两人不承认，上级领导也会相信是他们主使的，仕途这条道当然走到尽头了。

在这件事上，张强这平日看起来最保守的人，此次反而最激进。夏明当然不愿干，林奇身为专案组长，案子结不了，只能半推半就地同意，这主意本就是张强想出来的，他还说如果出了事，他替林奇扛全责。林奇大约知道他这么做的动机，若不是主谋可能就在信息中心，害他四年前被处分，现在张强至少也该是这里的副局长了。

他们也知道就算冒险监控所有人，也未必查得出主谋，很少有人直接在电话或短信里谈犯罪的事。就算查出来了，也不能以此当证据抓人，否则大家便知道专案组监控所有人了。可只要找出明确的怀疑对象，林奇便能想点儿其他理由约谈，同时用各种办法彻查此人，一定会找出涉案证据。

一晃快半个月了，林奇和张强每隔几天就私下找夏明询问结果，可他总说没发现有人涉案，至于别人电话里的私生活，夏明倒还算有道德，守口如瓶，一句也不透露。这些事太过敏感，身为包打听的林奇也只得收起一肚子的好奇心。

这天早上，才八点半，林奇便来到信息中心，此时离上班时间尚早，指挥室里只有零散的两三个技术警在各自吃早餐，这时，他意外发现夏明居然坐在位子上，对着电脑。

夏明不是警察，不受中心的考勤约束，通常要查案时来得早，没案子时来得很晚甚至不来，何况他本就不是勤快的人。张强也告诫夏明，监控所有人期间，不要总出现在中心，现在不是查案期，可别表现出工作异常忙碌的样子，以免引人怀疑。夏明也遵照指示，这段日子只是每天来趟中心，晚到早退，有时下午来一下就走。林奇几次想找他，都没见人影。

今天这家伙却一大早出现在中心，而且很专注地对着电脑。该不会他找到线索了吧？

夏明位子背对着林奇，距门口不远。林奇走上前去，他浑然不觉。林奇站到他身后几米外，看到他正在看监控。

林奇和他合作过多次，知道他查案时，一般都是嘴巴上做做技术指导，很少亲力亲为，只有搜索歹徒手机号此类别人干不了的技术活，他才亲自上阵，查监控之类的体力活，他从来都是安排别人做，他只看结果。

这是什么监控，他非得自己查？

林奇注意力集中到屏幕上，画面是一个路口的监控，路口一侧的人行道上立着一块电子屏，映着“G20倒计时140天”的字样。林奇抬眼去看文件名，视频左上角的文件框上标注的编号是崇贤镇。他思索一秒，顿时醒悟过来，这家伙哪里是在查案，又是用公安网监视他女朋友了！

这时，夏明似乎意识到刚刚刷门禁卡进来的人没有继续往前去，而是站在了他背后，他回过头，赫然发现了瞪起灯笼大眼的林奇，吓了一大跳，急忙一口气关掉所有文件的窗口，转过头，睁着微微肿胀的双眼，满脸透出尴尬。

林奇见他眼睛里还布着血丝，想来一大早就到这里看监控了，更是火冒三丈：“你一大早就跑来看你女朋友了？”他将“女朋友”三个字悄悄压低，以免中心的其他人听到。

夏明干张着嘴，过了几秒，摆出天底下最诚恳的态度：“这是最后一次，以后绝对不会，就当你们要我做事的一点点报酬吧。”

“报酬！”林奇正准备把他叫出来好好做思想工作，夏明抢先一步说了句他还有点儿事要处理，便仓皇逃离。

就在夏明离开的半个小时后，林奇接到李振威电话，带来一个突发情报，歹徒再度出手，这次的对象是夏明父母，但与之前不同，这次不是把人质捆住留在家里，而是真正的绑架，他们将夏明父母劫走了。现场留下一张惯用的纸条，内容有所不同，这次是：“NO.5，人在我手里，报警即撕票。”

第三十章

接到歹徒再次出手的消息，林奇当即奔赴支队，一路上，李振威已在电话中将情况向他做了说明。

早上夏明的姐夫沈研去找岳父借钱，到别墅后发现空无一人，岳父的汽车不见了，而他的眼镜留在家中。沈研打了岳父母的电话都关机，他觉得不太正常，便上楼查看，发现卧室凌乱，又看到留在桌上的纸条，沈研当即拨打了报警电话。

警察对待绑架案的警情有专门处理流程，为防绑匪派人在别墅附近盯梢，警察先派便衣潜伏在别墅周围，确认无人盯梢后，才悄悄进去调查。便衣进屋后，一见纸条，便知案情重大，马上报告给了刑侦支队，接着，便衣又一路小心地将沈研送到支队，同时，电话联系了夏明和夏梦飞，分别派警察将两位家属包括夏梦飞的小孩都接了过来，等待后续处理。

林奇赶到单位后，那里的一间屋子已经按他吩咐，设置成指挥室。三位家属的手机征求过他们意见，都已上交给刑警，警队中挑了声音与家属相似的三人，一旦绑匪电话打入，便由刑警伪装家属代接。

三位家属都坐在指挥室的角落里，沈研夫妇的儿子由女警在其他办公室代为照料。

三人脸上都写满了焦躁不安，低声争执着什么，林奇走上前询问，夏明马上闭起嘴，咬牙不语。

沈研则连忙向林奇诉苦，夏明这是在责怪他见到绑架的纸条，不经商量就直接报警，因为不是他父母，所以才丝毫不顾忌报警可能带来的后果。夏梦飞自小家境优越，婚后老公呵护有加，从来不曾亲历大事，第一次遭遇这种事，早就吓得手足无措了，听弟弟这样一说，也不由得站在弟弟这边，责怪丈夫鲁莽，归根结底不是他爸妈才会这么草率报警。

姐弟两人一同斥责，沈研百口莫辩，只说当时见到爸妈被绑架，压根儿没想这么多，若万一有个好歹，他真不知该如何面对妻子了。说到这儿，夏梦飞也不禁哭了起来。

林奇微微皱眉，看着夏明替沈研说了句公道话："你姐夫做得很对，出了这事，你们家属着急在所难免，可你跟了警察这么久，你总该清楚，绑架案第一时间报警是最好的选择，家属胡乱跟着绑匪指示做，才是对人质的不负责任！"

夏明烦躁地转过头，一声不吭。

林奇又问："怎么样，绑匪联系过你们了吗？"

三人均是摇头，一旁的警员说三人的手机都已做好全程监控，一旦有绑匪电话或者短信，马上会发起追踪。

林奇点点头，给夏明示意个眼神，让他单独出来，到了外面走廊的无人处，林奇压低声音问："为什么歹徒会绑架你父母？"

夏明眼神一晃："我怎么知道？"

林奇盯着他的眼睛："你是不是在这段时间查到了什么线索，或是查到了谁？"

"没有。"

“真的没有？”

夏明摇摇头：“真的没有。”

林奇皱起眉，严肃道：“我敢肯定，你在骗我。”其实他什么也肯定不了，这不过是刑警问话的惯用套路。

“不能吧，以你的智慧，我怎么骗得了你。”

这倒也是，林奇冷笑一声，点点头，选择相信他吧，打发他回去坐着等消息。

夏明往里走了几步，突然停下脚步，折回来说：“我想去别墅看看。”

“看什么？”

“我是这方面的专家，出了这事，我更不能干坐着。”

林奇微微皱眉：“你有没有想过，歹徒再次出手，对象是你爸妈，这次不是把人困在屋子里，而是劫走了。哪有这么巧合，你查案，你爸妈被绑架了，我敢肯定，歹徒目标其实是你。”

“你又敢肯定了，”夏明抱怨一句，“好，就算你说对了一次，那又怎么样？”

“你更应该待在这里，不能中计。”

“能中什么计？你们现在整个支队都介入了，主谋就是内部人，他能不知道？反正我手机也上交了，他若打我电话，也是你们接，我还能怎么样？”夏明怒气冲冲道。

“那你想怎么样？”

“我要把人找出来，我要救人！”

林奇紧紧闭着眼思考，主谋是内部人，警方已经介入夏明父母被绑架的事，主谋大概也知道了，直接让夏明来找人，好像也中不了什么计。

他还没决定好，夏明又说：“现在别墅里只有你们警察，我们全家一个人都不在，这不符合程序吧？”

“什么程序？”

“我家有些贵重物品，警方调查房子时，应该有家属在场。”

“你——”林奇差点儿被噎死，你爸妈被人绑架了，警察来调查，你居然担心警察会不会偷东西？

这时，林奇瞥了眼手表，时间已经接近10点，一上午快过去了，绑匪至今都没打家属电话，这有些奇怪。绑匪虽然在现场留下纸条，不过这别墅只住着夏正夫妇，儿女平常都不在家，若不是沈研早上去找老丈人借钱，绑架的事还不知道呢。照道理，绑匪也该给家属补个电话通知一声才对。

难道主谋得知警方介入，所以不打算有后续，直接杀人灭口了？

突然，林奇脑中一闪，想起今天一大早夏明出现在信息中心调看监控，而后慌张离开的场景。夏明要监视女朋友，用得着一大早就过来吗？

林奇思索片刻，让夏明先进去等着，他考虑一下。

他马上找到李振威，悄悄嘱咐他，赶紧调夏明从昨晚开始的通话记录，几分钟后传来结果，早上八点十分，有个170的手机号给夏明打了个长达四分钟的电话，那个手机号登记的身份信息是假的，又是一张查不出来源的手机卡。

至于手机的定位，林奇不抱希望，按歹徒的作风，此时手机早就关了。可结果却出乎意料，手机至今仍然开机，位置竟然就在别墅，再通过技术手段排除，这一次手机没有用虚拟定位，这就是真实位置！

难道绑匪还留在别墅中？这可能性不大，毕竟别墅里已经安排了技侦队员勘查。难道绑匪直接把手机留在了别墅？

他又想起夏明早上出现在信息中心，此刻又非要回别墅，应该是夏明一大早接到绑匪电话后，便赶到中心调查，他当然早知道了绑匪手机就在别墅。

主谋是内部人员，夏明在监视所有内部人员，他父母被人绑架了，其中怕是必有关联吧？

想到这儿，林奇马上找来夏明，对他说：“你跟我一起去别墅，我也去现场看看。”

第三十一章

林奇又带了三名技侦队员，几人换上便装，上了一辆社会车辆。夏明则开自己的车，先一步到别墅，林奇将车在别墅附近停好，在外围暗哨的便衣掩护下，也进入了别墅。

别墅里已有五名警察值守，两人守在花园前后盯梢，三人在屋内搜查取证，包括检查绑匪是否留下窃听设备等。

待众人都进了屋，先前的刑警带他们上到三楼的主卧室，在门外换好鞋套入内，刑警向他们介绍："这次的绑架和前几次有所不同，从现场情况判断，绑匪是在这间屋子动手的，可整个别墅的所有门窗都完好无损，一楼的正门和地下车库的入户电梯都需要刷卡才能进，绑匪闯进来，似乎只剩爬窗这一条路。我们进来时，看到这里窗户大开，窗沿下面的卡槽也有踩折的痕迹，可要从此爬上来，嗯……在我看来，有点儿麻烦。"

林奇来到窗户口，探出头看了眼便知道所谓的"麻烦"是什么。

这里是三楼，一楼的大客厅层高四米五，下方还架空了半层，也就是说，这扇窗户距离地面高约十米，别墅外墙贴着光滑的石材，没有外部管道，也没有装防盗窗，根本无处落脚，绑匪又不是壁虎，怎么爬上来的？

“也可能借助了一些工具，”刑警猜测，“不过还是很难想象。”

他说的工具当然是指翻墙钩之类的东西，可如果绑匪把翻墙钩系在绳子上，徒手抛高十米，刚好挂上窗户，有这准头，他怎么不去表演百步穿杨？

当然，还有一种攀岩用的专业气枪，能将翻墙钩射出很远，可这些只在电视上看到过，杭州城的犯罪史上从未见过如此猛将。

林奇思索片刻，转向夏明：“你家的电子锁，有没有技术手段能破解？”

夏明摇摇头：“都是我们公司的最新产品，32位加密，我不觉得有人能直接破解。”

“别墅的大门呢？”他指的是别墅进来的大门，上面装着蓝牙感应器。

“同级别的加密设备。”

林奇挠挠头，照此情况推断，别墅门锁完好，绑匪要进来，要先翻过别墅的围墙，再爬上这高达十米、无处落脚的窗户。

爬围墙倒不奇怪，此前他们已经见识过歹徒的身手，至于如何爬上这窗户，一时也想不明白。

刑警又说：“从现场情况看，绑匪是两个人，都穿着鞋套，没有采集到他们的真实脚印……”

“等等，”林奇打断他，“你说他们这次犯罪都穿着鞋套？”

“对啊。”

林奇点点头，让他接着说。

“屋内没有明显翻动的痕迹，绑匪是否通过威胁人质，搜出了家里的贵重物品，我们就不得而知了，需要家属来确认。不过有一点比较奇怪，绑匪把这张床上的床单、被子都一并带走了，这样的绑架不常见。”

林奇目光转向床，那里只留下枕头，床单和被子都消失无踪。他更觉一头雾水，这是要干吗，绑架人质顺手劫走财物也正常，可怎么都没必要顺走床上几件套吧？

二十世纪八九十年代的盗窃案中，小偷常会把主人家的电视机扛走，现在也不干这事了吧，可这两人翻墙爬窗，千辛万苦进来，最后只拿走了床上两件套？

现在的入室抢劫，还有这样操作的啊？

刑警继续说：“绑匪在这间卧室控制住人质后，我们猜测是直接走入这层的电梯，下到地下二层的车库，然后开着户主的汽车离开了，户主的车上有别墅蓝牙卡和小区蓝牙卡，出去不是问题。屋内没有搏斗迹象，可疑指纹这类的定向证据，暂时也没有发现。”

林奇点点头，心中对这次的案情已大致清楚。

此次绑架与前几次案子有很多不同，之前都是捆住人质后离开，再通知警察救人，除了犯罪时戴着手套没留指纹外，从不穿鞋套，想必他们清楚警察没法通过脚印锁定目标。可这次他们却特别谨慎，连脚印也没留下，最古怪的是为何要拿走床上的两件套。

现场看过一番后，林奇将别墅里的警察都集中起来，让他们去找一个开机的手机，说话间他瞥了夏明一眼，看出他神色有异样，便打发走其他人，单独留下夏明，冷冷问：“现在，你可以说说电话的事了吧？”

“什么电话？”夏明透出几分慌张。

“早上一个170的号码打了你电话，跟你聊了足足四分钟，你朋友啊？”

夏明低头不语。

“你一大早就出现在信息中心，是不是在查那个号码？你早就知道这个号码的定位就在你家了吧？”

夏明一愣，露出大吃一惊的表情，过了会儿，慢慢点头。

“绑匪电话里跟你说了什么？”

“呃……就是要我拿钱赎人。”

“他们要多少钱？”

“五十万。”

“美金？”

“人民币。”

“人民币五十万？”林奇惊讶道，他更深信不疑，“绑架你父母只开口要了五十万？其中必有古怪！”

“我也不知道啊。”

“不要跟我装，还跟你说了什么，一五一十统统给老子说出来。”

“没有了，就这些。”

“是吗？”林奇怀疑地盯了他几秒，“你准备怎么把钱给他们？”

“还没说。”

“如果沈研早上没报警，你打算怎么样，自己取了钱找他们赎人？”

“我不知道啊。”

“狗屁不知道！你就是这么想的！”林奇一针见血戳破，“你有没有想过，绑匪找到你家，把你爸妈绑走，开口只要五十万，你不觉得很奇怪？我敢肯定，他们的目的不在于绑架，而在于你，你如果照做，不光你自己，还有你父母都会有极大的危险！”

夏明含糊一句：“也许对方会守信用。”

“守信用？”林奇冷笑一声，突然笑容凝固住，肃然道，“你是不是知道了绑匪是谁？”

夏明连忙摇头：“我不知道。”

“你已经掌握了一些我们还不知道的线索，对吗？”林奇逼问。

“没有，有的话我肯定会告诉你。”

林奇冷哼一声，一点儿也不相信他的话，接连追问好几遍，夏明坚称他什么也不知道，林奇想直接对他刑讯逼供，顾念受害人没救出来，专案组组长殴打家属未免过分了点儿，只能罢手。

另一边，刑警们正在满屋子寻找手机，虽然警方有专门探寻电子设备的仪器，但那种只适合小范围安检，对偌大一栋别墅派不上用场。警方也不敢贸然打那个电话，通过铃声来寻找，一时半会儿也寻不出结果。

两人僵持了片刻，夏明说：“我也找找手机吧，我对家里熟。”

林奇点头同意，跟在他身后，目光牢牢锁住他的身影。

夏明打开二楼一间关着门的屋子，进门是两个书架，塞满了书籍，大多是计算机的书，靠里摆着一张很大的办公桌，四周堆着数台电脑和各种电子设备，甚至还架了一台服务器，地上是几排插线板，线路像藤蔓一样攀住了桌子四角，显得杂乱不堪。

这自然是夏明的房间，在他自己买房前，一直跟父母同住，这间屋子相当于他在家的办公室，设备都是他做各种产品测试用的。

林奇走到办公桌前看了一圈，如此杂乱的摆设怕是除了夏明自己，第二个人根本分不清哪根线是哪个机器的。

夏明挡在林奇面前，环顾一周，说：“这里没有手机，都是我的东西，我们换个房间。”

林奇刚转身走到门口，就听到身后的脚步声，回头一看，见夏明冲到书桌后，从杂乱的插线板中间，捡起一个手机，朝他说：“这个手机不是我的。”

林奇愣了一下，顿时叫起来：“别乱碰，你直接把证物拿手上，你知不知道你会破坏上面的指纹！”他喝止夏明拿住手机不要动，从口袋里摸出一个透明的物证袋，小心地把手机装进去。

林奇心疼地念叨这只外观老旧的安卓手机，隔着物证袋，他点开屏幕，上面的应用没几个，看着像手机预装时自带的，底下一个简陋的图标马上引起了他的注意，这个应用的名称是“儿童床”。

“儿童床，这是什么软件？”林奇又是一头雾水，如果软件叫“水磨床”，以他的经验，十有八九是情色软件。儿童床就不知道了。

他点开软件，跳出一个写满程序代码的对话框，他装模作样地盯着他一辈子看不懂的代码。

“给我吧。”夏明伸出手，林奇哼一声，把手机交给他。夏明下拉着看了一会儿代码，说：“这是一个手机木马，对方通过网络连接木马程序，指挥这个手机给我打电话，避免他真正用的手机被查到。”

“那么通过网络反向调查，能查出他的真实手机吗？”

夏明摇摇头：“查得出的话，何必中间来这么一招？”

林奇又问：“儿童床呢？”

“就是个软件名，大概随便起的。”

林奇站在原地思考了一会儿，这一次，他是真的敢断定夏明掌握着一些他们不知道的消息，说不定知道是谁干的，看来他是因为父母受人威胁，不敢说出来。

这事还得先回支队，叫上众人一起给他做思想工作。

第三十二章

绑匪似乎并不担心地牢中的三人有办法逃离，自从和夏明通完电话后，他便上了楼，牢房中的三人不知他是暂时离开了，还是就在楼上，暂时也不敢发出声响。

等了好久，未见绑匪下来，三人慢慢起身，仔细观察这里的环境。

铁牢是用不锈钢管焊接制成的，非常坚固，每根立柱都用螺丝固定在水泥地上，两头与墙壁相接的位置，还浇筑着水泥，水泥表面透着些许湿润，看上去这个牢房搭起来并没有多久。

夏正握住钢管暗自使力，几乎纹丝不动，他用身体撞了一下，顿时发出丁零的声响，一抬头，发现铁牢立柱的顶上都挂着铃铛，若用蛮力撞击铁牢，想必很快会惊动绑匪。他连忙停下手，等待片刻，未见绑匪下楼，这才又走进厕所查看。

这间地下室整体是框架结构，本没有墙。厕所的下水道原本就有，厕所墙壁是用砖头水泥搭出来的，里面的陶瓷盥洗台和蹲坑也像临时浇筑，水泥还没干透，整个做工很粗糙，想必是绑匪自己干的活，而不是找专门的装修工人。不过也由此可见，绑匪专门布置出这个牢房安置他们，着实费了不少心思。

夏正将整个牢房都仔细检查了一遍，没有窗户，唯一出路就是这面铁牢。其上有一扇同样用不锈钢管焊接的门，安了一个厚重的防盗锁，锁下有一根电线一直连向楼梯口，通往楼上，锁上亮着红色光点，夏正把手伸到门锁上，刚一接触，楼上便响起了丁零零的警报，夏正三人慌忙退后靠墙而站，不知绑匪知道他们碰了锁，会不会怀疑他们想逃走。

绑匪没有下楼，隔着楼梯，不紧不慢地传下声音："锁上有感应器，碰到就会响，只能从外面用钥匙打开。对了，你们前面有监视器，一举一动我都看得到。"

三人抬头一看，铁牢对面的墙壁上有个东西亮着红色光点，辨认一番，果然是一个探头。

整个牢房里除了床铺和生活用品，没有任何工具，也没有窗户，铁牢坚固，立柱上有铃铛，门锁上有报警器，对面还有个探头，这一下，他们彻底放弃了自行逃出去的可能。

三人只好坐下来，江文灵和夏正夫妻对视了一眼，气氛顿时陷入了尴尬。

坦白说，夏正夫妻几年来坚决反对儿子同她在一起，江文灵并不怪他们，她若站在他们的立场，想必也会如此。

很多人长大后总会怀念自己的童年，江文灵是绝对不会的，她的童年一点儿都不愉快。

她的爸爸是个混混儿，在她上小学的时候，跟人打架把人捅死了，被判了死刑，从此家里只剩了妈妈。

物以类聚，妈妈也不是负责任的人，对她没几分关心，活得很自我，交过很多个男朋友。在她的印象里，每过几个月或者一两年，家里就会出现新的叔叔。所以她很讨厌回家，小学三年级开始就一直住校，由于父母的缘故，她总成为同学口中侮辱的对象。

这样家庭出身的女孩子，太早接触了社会和人情冷暖，很容易学坏或者受骗上当。

幸运的是，江文灵性格中自带乐观和坚韧，她硬是在艰难的处境中奋发努力。当然，个人天分和成长条件的限制，她不像夏明能轻松考进浙大计算机系，她最后考上了一所二本大学，这已十分难得。

在她读大学的时候，妈妈已经年老色衰，身边没有男朋友了，经济总是窘迫。她靠助学贷款上的大学，没有课的时候，她就会去兼职餐馆服务生、发传单、促销员等补贴生活，在其他女同学逛街购物、研究化妆品、约会的时候，她从来没有闲着，对她来说，浪费时间就是浪费钱。

大二的时候，她的堂姐来学校看望了她一次，堂姐是夏正的外贸公司的一名业务经理，听到她总是做各种兼职赚钱，便推荐她来公司当实习生。他们外贸公司因时差关系，很多工作要晚上做，正好合适，赚得也不比零碎的兼职少。

她来公司实习没多久，便遇到了夏明。

一开始夏明追求她，她是拒绝的，因为夏明是老板的儿子，他家很有钱，在他面前，她难免自卑，不敢触碰。后来接触久了，发现夏明并不像观念中的“富二代”那样，他纯粹是个酷爱计算机技术的理工男，对待感情也很单纯，也很会照顾人，懂得顾及江文灵的自尊，从不招摇消费。

夏正知道儿子追求她后，从儿子口中问了她家情况，却丝毫不介意，说很欣赏独立自强的好女孩，对她态度变得更亲切了，还找借口给加了工资。他们家的人都是待人很好的。

所以自然而然，江文灵和夏明走到了一起，相处了近一年后的某天，江文灵发现自己怀孕了。她还是个大三的学生，对这件事完全不知所措，最后她只能如实告诉夏明。

她以为夏明毕竟也是学生，也不知道该如何处理，谁知夏明找了夏正，把她怀孕的事直接说了。夏正马上把她叫到办公室，征求她的意见，是不想这么年轻生孩子，还是愿意休学一年把孩子生下来，当然，再过大半年等夏明毕业，就安排他们俩结婚。

在一个大三女生的世界里，总觉得结婚很遥远，那是一件很复杂的事。没想到夏明一家决定如此“草率”，夏正当即拍板同意，打电话给舒珮珺。舒珮珺赶到公司亲眼看了儿子时常提起的江文灵，居然也当场答应了，还从包里拿出一个准备好的玉镯给她，这让她感受到了前所未有的温暖。

夏正夫妇都叫她安心，他们过年时就去提亲，等夏明毕业后，两人就办婚礼。他们相信儿子的眼光，夏正在公司也观察了江文灵很久，对她的各种表现很满意。

这样的人生大事，她做梦都没想到，几个小时里就敲定了。

可是十天后突发的一件事，彻底改写了结局。

江文灵的妈妈由于一直咳嗽还吐血，去上海检查发现患了肺癌，唯一的希望是化疗，可前后的治疗费要十多万。妈妈长期没有工作，过去都靠各种男朋友给钱养活，如今早已积蓄无多，房子也是租的，亲戚们都因她的生活作风早断绝了往来。

虽然妈妈有各种不好，家是江文灵最不想回的地方，不过妈妈始终给她生活费，养活她长大，她还是很想救妈妈。

她找最要好的朋友朱灵芝商量，说：“这么大一笔钱，我不知道怎么向夏明一家开口借。”

朱灵芝马上打消她的念头：“不能借，你千万不能让他们知道这事，他们家刚接受你，你就跑去借钱，他们会怎么看你？你怎么面对夏明？就算他们把这笔钱借给你了，你们的感情也不会纯粹了，以后你怎么办？”

江文灵点着头：“道理我知道，我是我，他们家是他们家，可我还差十万，我不知道还能怎么办。”

朱灵芝想到一个主意：“找你堂姐，她一定有钱，她是女生，肯定能理解你现在的处境。”

江文灵联系上了堂姐。堂姐两个月前被夏正发现收供应商贿赂，报警关了几天，后来退了部分钱给公司。夏正撤销报警，她被公司开除，现在在另一家外贸公司当经理。

听到江文灵向她借钱，她很奇怪，以江文灵和夏明的关系，为什么不找老板借。江文灵讲了原因后，她也很理解，刚说了结婚，就开口要钱，夏正一家就算表面不说，心里也会有想法了。

堂姐考虑一番，表示钱可以借，只要她能帮自己一个忙。她说新去的这家公司刚做外贸不久，她手里没有资源，工作很难，夏正的办公室电子保险柜里有一个U盘，希望江文灵能把里面的供货商资料拷给自己。

江文灵马上拒绝，堂姐反复劝说，供货商不同于客户，知道了也没关系，对夏正公司不会有任何影响。她现在的公司缺少好的供货商渠道，正为此发愁呢。最后，对外贸一知半解的江文灵被她说动，尤其想到妈妈治病多拖一天就少一分希望，只能答应下来。

很快，江文灵就偷看到了保险柜的电子密码，在某个夏正和夏明都不在公司的晚上，她偷出了U盘，约堂姐到公司楼下的咖啡馆，拷贝给她。

堂姐原本只想拿到部分供货商的资料，谁知江文灵居然把整个U盘都带来了，她马上插入自己的笔记本电脑，趁江文灵不注意，把几个文件都给拷贝了。

江文灵把U盘放回后，第二天也没人发觉异常，她以为这事就这样过去了，她也从堂姐那里借到了钱。谁知U盘里不但有全公司供货商资料，还有所有客户资料，更有夏正自己内部的一份账单。

几个星期后，夏正发现很多客户陆续被撬了，雪上加霜的是，税务拿着他的内部账单，上门查账，要他补缴一千多万的税费和罚款，公司瞬时陷入困境。

夏正看到内部账单泄露，相信一定有人动过U盘。外贸公司特别讲究保密，所以公司里装了监控，他找人一查，结果发现竟然是江文灵干的。他找来江文灵，对方当场承认。

这件事发生后，夏明起初并不相信，待看了监控又听江文灵亲口承认后，只得接受事实。江文灵向他解释是给妈妈治病，夏明很生气地质问为什么这事不告诉他。正在气头上的夏明，当即选择分手。

那以后的半年，是夏家最艰难的时光，客户跑了，仓库积压着货物，银行贷款到期，夏正此前买了大江东新区的商铺和住宅，房子都没交付，变不了现，税务一千多万的罚款要交，否则得坐牢。他变卖了家里的房子、车子，又向亲朋好友借钱，终日有人来要债，直到半年后，慢慢找回客户，处理了库房的存货，才渐渐缓过来。

多年后，夏明和江文灵再次相遇，发现江东东是他们的孩子，夏明也理解了她当时的苦衷，两人再次走到了一起。但其他人，无论如何都原谅不了她当年给他们家造成的灭顶之灾。

地牢中，三人陷入一片尴尬的氛围，谁也忘不了过去的种种不愉快，但同处险境之中，每个人都成了他人希望的依靠，大家都会暂时抛下过去的成见。

最后，还是夏正先开口打破了沉默：“你怎么会在这里？”

“我不知道。”江文灵陷入回忆，她声音压得很低，以免被绑匪听到，“昨天晚上我下班回家，东东去……去夏明家了，过了会儿，我小姐妹来找我聊天，后来她走了，我就睡觉了，醒来就到了这里，就是这样。你们呢？”

夏正看了眼舒珮珺，叹口气：“我们也一样，昨晚明明睡在床上，醒来变成了这里。真是跟做梦一样。”

江文灵悄悄指了指楼上：“他怎么把我们带到这里来的，我们一点儿都不知道？”

夏正胡乱猜测：“也许给我们下了迷药，听说沾了什么乙醚的毛巾，盖在脸上很快就会没知觉。”

三人各自猜测一番，最终也不知道真实经过，渐渐都停了交谈，又陷入一片沉默之中。

在这间灯光暗淡的地下室，安静会让人变得烦躁，压力会像蛛网渐渐蔓延开，唯有开口说话，发出声音，才能让人放松。

过了会儿，夏正再次打破沉默：“绑匪有点儿奇怪。”

两个女人一同问：“什么奇怪？”

“一般来说——嗯……我当然没有这方面经验，我是听说绑架的人都会很凶地对待人质，逼我们赶快向家里要赎金，可是这个人——”他谨慎地抬头往楼梯口张望，害怕绑匪突然出现，“他一直跟我们保证不会伤害我们，态度很诚恳，不像是假的。如果他要故意骗我们，好像……好像我们困在这里，也没有这个必要。”

舒珮珺安慰自己的同时也安慰其他人：“他应该只是想拿钱，但愿他拿到钱真的会放了我们。”

夏正不无担忧地说：“可是怎么把钱给他呢？他电话里让夏明拿钱自己找过来，报警就会……呃，夏明怎么找过来，他只打了夏明这一个电话，夏明有办法吗？如果夏明没办法，报警了，会不会……”

江文灵摇摇头，很有信心地说：“不要担心了，夏明那么聪明，他一定有办法救我们的。”

夏正虽然不喜欢她和夏明有关系，不过听她夸儿子，总归不反感，突然，他眉头一皱：“不对啊！”

“怎么了？”两人都紧张地看着他。

“如果绑匪只是要钱，把我们绑架来就好了，为什么要绑架你呢？他要五十万，我们的银行卡给他，他戴上面具直接去取就行了。为什么他非要夏明找到他，把钱送过来？”

舒珮珺担忧地问：“为什么？”

“除非——”夏正彻底醒悟，“除非我们都是诱饵，他的目标是夏明！”

第三十三章

林奇和夏明离开别墅，返回支队，路上照旧是夏明独自开车在前，林奇跟在后面。

林奇驶到一个大的十字路口时，他被挡在红灯后，夏明的车子赶着黄灯的间隙穿了过去。

几秒后，林奇看到夏明的车子突然加速，短时间内左拐右突连超数辆车，在下一个小路口向南一拐消失不见。

他想了想，去支队的路应该继续向前行驶，夏明拐弯干什么？林奇掏出手机，刚准备拨夏明电话，又停下来，夏明手机已经交到了支队，他车上没有手机，联系不到他。

思索了几秒，林奇瞬间醒悟过来，情况不妙，夏明跑了！

可此时他的汽车被夹在众多车辆中间等待绿灯，这是个大路口，两个绿灯之间间隔在一分半钟，待他车子得以重新移动，夏明早就不知去哪儿了。

林奇连忙拨打张强电话，接通后，三言两语说了下情况，让他赶紧查出夏明汽车的去向，绝不能让他私下去找绑匪。同时，林奇从副驾驶座的抽屉里掏出一个警灯，直接拉响警报贴到车顶，待红灯变绿后，他急按着喇叭催促前车快行。

周围整片的汽车听到响亮的警报声和喇叭催促声，纷纷闪到一旁，让出一条道，林奇猛踩油门冲了出去，直接违章开到公交车道上一马当先，到下个小路口时，同样一把方向盘右拐，硬是把警队的吉利车开出法拉利的水准，一口气冲了五六分钟，却再也未见夏明的车子。

林奇倒也不傻，一路没见夏明的车，不禁思索起来，不能盲目往前追了，如今夏明方向不明，他若闷头一直朝南追，说不定会南辕北辙。他把车停靠在公交车站台旁，关了警报灯，毕竟他开的是警队的社会牌号车辆，以免旁人觉得他是神经病，还是等待信息中心的消息吧。

几分钟后，张强打来电话，开口便是："没查到夏明的车。"

林奇急问："怎么会查不到？你们查车牌不是有智能搜索吗？"

所谓智能搜索，就是经过专门探头的所有汽车号牌，都会被记录下来，在查车时，只需要输入车牌，就能找出这辆车最近在哪些路口出现过。这项技术当然也不是万能的，如果车牌有污垢或者光照条件不好，就无法识别，而且只有最新的智能探头才能提取出车牌信息。

张强向他解释："如果夏明故意想甩掉你，肯定料到我们会查他的车。他知道智能探头安装的习惯性位置，他一定绕开了大路口，专挑小路口走。现在只能用老办法，从他离开你的路口开始，沿路一个个探头查过去，看他的车子是否经过。"

林奇相当焦急："这需要多久？"

"尽快吧，我已经安排人手了，一有消息我就通知你。"

林奇无奈挂了电话，大白天查城市里的一辆车，当然查得出。但问题现在是现场追赶，晚一分钟就意味着他和夏明的距离越来越远。就算查出夏明经过了某个路口，查到的也是他若干分钟前经过的画面，不知道他现在的实时位置，这样被动得很。

夏明到底要去哪里？

林奇苦思冥想，突然，他的脑海中浮现出今早在信息中心见到夏明的场景。当时夏明看的监控是城北的崇贤镇，他以为夏明在监视女朋友，如今知道不是。可明明是他的父母被绑架，他要查监控，也该看城西的，为何要调城北崇贤镇?

他暂时想不出其中的缘由，但可以肯定一点，崇贤镇也必定和今天的绑架案有关。他又想起刚刚夏明过了红绿灯后，当着他的面突然加速，在第一个小路口就右拐往南逃，为何要在他眼皮底下表现出逃跑?

林奇知道夏明是极其聪明的人，如果他要逃，何不等开远了趁自己不知道再加速，在他视野外的路口拐弯?他这么做最可能的解释是，向南逃是障眼法，他的真正去向是北面的崇贤镇!

林奇顿时觉得自己的推断天衣无缝，果然是天生干刑警的料，唯一可惜的是整车就他一人，没有手下在旁见证他的目光如炬。

一想到这儿，他也等不及信息中心的结果，当即将车掉头，向城北驶去。

十分钟后，张强回电，夏明在向南拐弯后又拐过一个路口，再掉头往北去了。

“果然不出我所料!”林奇猛拍一下方向盘，他只有两只手，只能抓着方向盘，若他有四只手，另外两只此刻一定在鼓掌。

张强阴阳怪气地问一句：“你又知道啦?”

林奇冷哼一声，道：“你先查一下通往崇贤镇方向的几个路口探头，看看夏明是否已经到了。”

张强扬着声问：“你怎么知道啊?”

林奇故意说：“我就是知道!”

又过了些时间，张强再次打来电话，这次声音像是重新认识了林奇一般，因为他们确实在通往崇贤镇的一条路上查到了夏明的车子，不过那已经是二十多分钟前的事了。林奇让他不用沿路探头看过去了，直接调取崇贤镇的监控找夏明。

不多久，林奇到了崇贤镇，崇贤是杭州发展相对落后的一块区域，林奇过去办案曾来过几次，镇上的布局很简单，中心是老城区，都是老房子，老城区外面的一圈是近年新建的住宅小区。此刻，张强还没有结果传来，他只能凭记忆思索早上监控画面中的位置。

他记得画面中的道路模样是老城区的风格，路口转角处立着一块G20倒计时的电子屏，这是最显著的辨别特征。

林奇将车驶入老城区，这里的主街就一条路，两边夹裹着各式店铺，路上行人车辆胡乱穿行，拥挤不堪。他沿着主街慢慢行驶，经过每个路口，都细心寻找那块电子屏。快驶到主街尽头时，他终于看到路口立着块电子屏，“喜迎G20峰会，倒计时138天”的字样出现在面前。同时，他还看到夏明的车子就停在不远处的路边。

他停下车，急匆匆赶过去，车上空无一人，他掏出警察证件询问旁边的几家店铺，只有一人留意到这辆奔驰车是在几分钟前来的，车主下车后走到对面去了，具体去了哪里倒没留意。

林奇手叉着腰，望着对面的建筑，那里都是一些老旧的住宅楼，他目光从一个个窗户口移过，没有任何发现。

夏明停车到此仅在几分钟前，说明他很可能还在附近。

林奇思索了几秒，突然警觉自己大大咧咧地站在夏明车边，他自然不会现身。这里老城区的小巷四通八达，来往人流多而复杂，自己又是一个人，若被夏明再次逃走就难追回来了。

他马上返回自己的汽车，将车子开到远处不起眼的地方停好，准备守株待兔等待夏明回来。可等了足足十几分钟，夏明的车依然停在原地，没人来过。

这时，张强又有消息传来，夏明在半个小时前，车子开到了崇贤镇中心小学门口，杭州所有学校门口都装了监控，监控清楚地拍到他下车后到了保安亭，跟里面的保安说了几分钟的话，又重新上车离去。

林奇思索片刻，打电话给镇上派出所的朋友，让他们安排两名协警着便衣埋伏在夏明车子附近，只要有人开车门，马上上去控制住，还额外嘱咐一句，这人不是犯罪嫌疑人，也没啥反抗能力，上去拉着他的手带回派出所就行，别一把把人按倒在地，伤筋动骨的。

又过了些时间，便衣赶到，他叮嘱几句，掉头来到小学，拿出证件向保安询问情况，得知夏明自称是一个学生的哥哥，找保安打电话给班主任，说孩子的姐姐突然被公司派到外地出差，让孩子这几天放学后直接去自己家住。

林奇知道夏明的女朋友有个上小学的弟弟，他猜测这孩子就是，不过夏明为何在逃跑过程中要来趟小学，说他女朋友出差了？

难道……不光夏明父母，连他女朋友也被绑架了？

第三十四章

林奇回到支队指挥室时，看到沈研坐在电脑前忙活着，一旁李振威正和一个背对着他的人在交谈，仔细一看，这人居然是张强。

他现在不是应该在信息中心查人，怎么出现在这里，练了分身术啊？

林奇心下不悦，今天事发突然，夏明跑了，万峥听说出差去了，信息中心的工作全赖张强这号称领导中最懂技术的主持工作，他瞎跑什么？

林奇走上前，却发现李振威和张强都神色凝重，他的不满也马上变成了好奇，凑上去问："发生了什么事？"

李振威解释说："我们调了小区门口的监控，昨晚不到十二点，监控拍到业主家的奔驰车驶出去，绑匪驾车时戴了口罩和帽子，无法辨认长相。"

林奇不以为然道："歹徒每次不都辨认不出长相吗？"

李振威又说："我们刚刚跟汽车厂商调取了车辆的GPS数据，发现车子停在北面十多公里外的一处空地上，车已经找到，上面没人。"

林奇点头夸奖："效率很高啊。"

车辆GPS定位数据属于车主的隐私，如果警方需要这项数据，得向汽车厂商提交合法文件，厂商再按公司流程处理。奔驰厂商在北京，可不是杭州警察靠几个电话就能解决的。以往这样的事，最快也要一两天。这次案情重大且紧急，支队直接走了特殊案件绿色通道，找了市局领导请省厅紧急协调，联系到了北京市公安局，他们直接发传真给厂商，让汽车厂商迅速把数据提供过来。

“不过GPS数据传回来……”李振威欲言又止。

“直接说！”林奇不耐烦。

李振威咽了下唾沫，因为接下去的话连他自己都无法相信：“GPS显示，昨晚车辆离开小区后，是以接近三百迈的速度一口气奔到了目的地。”

“三百迈？高铁啊！”林奇用不容置疑的语气说，“就是再好的车，市区道路也开不到三百迈！”

李振威尴尬道：“而且车子的运动轨迹是直线。”

“那又怎么了？”他一时没反应过来。

“道路都是纵横交错的，运动轨迹是直线，意味着车子穿越了所有建筑物，直线奔到了终点。”

“这不可能，GPS数据错了。”林奇很肯定地下结论，电脑数据出错是常有的事。就像有时候手机导航，明明身在这条街，却定位到了另一条街。

“理论上，数据是不会错的。”这时，刚刚没说话的张强开口了。

“这怎么可能？”

汽车以三百迈的速度直线奔到终点，这什么高科技，绑匪是外星人啊！

张强说：“我相信是有人对GPS发射器做了手脚，”他指着坐在一旁电脑前的沈研，“我也是到了你们单位才知道这消息，汽车GPS的数据分析我不懂，本想叫安防公司的人过来查，看到沈研在这里，他很懂硬件，我想他能查出问题所在。”

林奇一听原来张强来了后才知道汽车的事，那他擅自跑出来做什么？便直截了当地问：“夏明的行踪查到了吗？”

张强很干脆地回一句：“不用查了，夏明的行踪是查不到的。”

“不用查，去……”林奇瞪大眼，硬生生把“去你妈”憋回去，他看了眼旁边，那里有把椅子，如果张强是他下属，恐怕已遭血光之灾。

张强理所当然地说：“如果夏明要逃，靠监控是找不到他的，绑匪都能绕监控盲区走，夏明在这方面只会更专业。”

林奇哼了声，心里也不得不承认，夏明随身携带的电脑里装了三代系统，虽然没连网络，地图上却标注着全市大部分的探头位置，何况他天天跟这些打交道，很清楚怎么样不被拍到。从崇贤镇回来至今，守候夏明汽车的便衣也没传回消息，看样子夏明早已逃脱，如今要找夏明，怕是比找绑匪还难。

林奇重重叹口气，问：“你到这里来，中心那边的工作怎么办？”

“你放心，今天中心一半的警力都在这案子上，海华公司也会全力协查。”张强凑上去低声道，“我们借一步说话。”

两人到了隔壁的一间空会议室，合上门，张强便开门见山：“今天的这起绑架案，我怀疑，不是之前的绑匪干的，而是另有其人。”

林奇再次愕然，问道：“你敢肯定？”

张强心里在说，我可不像你张口就可以肯定，他不紧不慢地说：“昨晚小区门口的监控拍到了奔驰车离开，我们随后调取了外面沿路的监控，但很奇怪，没有一个探头拍到车子经过，智能搜索车牌也没有发现。”

“不可能吧，这可是一辆汽车！”

“是啊，人可以绕着监控盲区走，车是做不到的。”

城市道路上的监控探头，大多对着机动车道，监控往来的车辆，所以人行道上存在很多盲区和死角，此前的歹徒就是利用盲区绕开了监控，可是对一辆车来说，绕开监控行驶是不可能的。

“你们真查仔细了？”林奇怕他误会是在质疑他的专业能力，又补充道，“我是说案发时间仓促，可能还没看全。”

张强很平静地摇摇头：“早上我一接到这案子，就安排了大量人员一起查。夏正的汽车离开小区后，行驶大概几百米，会路过一个丁字路口，这路口没有监控，但接下来不管往哪条路去，后续的路上都有探头，我们查了很久，都没发现汽车。当然，也许还有小路，我没去过现场，不敢百分之百肯定，不过地图上看是没有。那几个沿路探头里没有找到车，我又改为按区域查，至今也没发现。现在汽车已经找到了，所以我更想不通，车子开出了十多公里，却没被一个探头拍到，这是怎么做到的？”

林奇点起一支烟，思索了许久，又问：“会不会汽车离开小区后，就被装上了某辆厢式货车开走了，监控里自然就查不到了。”

“有这种可能，不过这么做是画蛇添足。案发在大晚上，路上总共也没几辆货车经过，只要给我们足够的时间，核查每一辆可疑货车，总会找得出来。夏正的奔驰车与绑匪无关，就算我们在监控里看到了车，也顶多查出车辆的行驶轨迹，看不到车里的绑匪模样。而若再牵扯出一辆货车，我们顺着货车来源查下去，这对绑匪的威胁更大。”

“你分析得很对，跟我想的一模一样。”林奇连连点头。

张强心想，这话我才刚说出口，你又什么时候想过一模一样的了？

林奇沉吟片刻，突然异想天开道：“根据GPS的行驶数据，汽车是以三百迈的速度直线奔到目的地，那么会不会是汽车被提上了直升机飞走了？飞机轨迹当然是直线，有些直升机确实能到这个速度。”

“这个嘛……”张强一顿，尽量给对方留点儿脸面，“我想夏明的爸妈不是马云，绑匪不必下这么大血本，而且杭州市区让一架直升机就这么飞过去，空管部门也该解散了。”

“我开玩笑的啦，哈哈哈。”林奇胡乱干笑一通，让对方相信自己真的只是在开玩笑。

这时，李振威来敲门，带着沈研进来。

张强抬头看向沈研：“有结果了？”

沈研摸了下额头，看着两位领导：“以我个人看法，车子的GPS数据确实被人用外接程序修改了。”

“那是什么意思？”林奇问。

“呃……简单说，就像手机定位，可以用软件来伪造。只是伪造车辆的GPS定位，相对困难一些。”

张强问：“有多困难？”

“伪造汽车的GPS定位，需要把一个外接设备连到汽车GPS发射器上，伪造的数据要事先用机器语言编译，跟电脑上的编程很不一样。”

张强道：“就是说，既要懂硬件，又要懂软件，而且这门软件是机器语言的编译，对吗？”

“对。”

林奇听不懂什么叫机器语言，只知道这事情一般人干不了。

张强看向林奇，解释说：“看来只有专业技术人员才有这水平，一般的犯罪嫌疑人是做不到的。”

待打发走两人后，张强又接回刚才的话题：“此次绑架疑点重重，和前几次有很大不同。一是此前歹徒只是把人捆起来控制在家中，这次是真的绑架。二是歹徒过去在现场留下了脚印，这次却是穿了鞋套。三是我还发现这次绑匪留的纸条，和过去留的，虽然都是打印出来的纸条，但字号大小是不一样的。”

林奇霍然起身，走出去，过了一会儿，重回到房间，点头道：“这次的字号大小确实与前四次的不一样，非常可疑。”

“此外，这一次的手段更高明，人躲过监控容易，汽车躲过监控就难了，中心只破过人用伪装躲避追踪的案子，没见过汽车怎样躲开监控的。上次是伪造手机定位，这次是伪造汽车GPS数据，更难得多。总的来说，这次案子技高一筹，所以我怀疑，今天的绑架不是原来的歹徒干的，而是另有其人。”

第三十五章

“我们是两次的生死之交！”周兵五指张开，压在账本上，瞪着刘齐。

他们俩是老乡，原本并不相识，当年应征入伍后恰好分到一起，自此以后，刘齐就把周兵当成大哥，对他言听计从。他们各方面的综合素质极佳，当兵没多久，都被分到了特种部队当侦察兵。有一次实弹演习，和他们素有嫌隙的一名战友不知是有心还是无意，将手榴弹扔到了他们跟前，周兵眼见危险袭来，当即喊一声“张嘴”来保护耳膜，转身匍匐扑倒在地。刘齐对他言听计从，听他喊“张嘴”，就站在原地张大了嘴，结果一枚碎片径直飞入他的咽喉，整个喉咙血液喷涌而出，后来抢救及时，捡回一条命，但再也发不出声音了。

这是第一次生死之交。

后来，刘齐得到了一笔抚恤金，因伤退伍回家，周兵在军中表现优异，有机会入职国安局，他却本着兄弟情深，放弃了这个机会，退伍后回到老家，准备和刘齐一起做点儿生意。

可回老家后，两人一直找不到合适的工作，就干起了盗窃。他们俩原本都是被当作特工培养的，尤其是刘齐很擅长开锁。一开始他们干普通的入室盗窃，后来嫌来钱太慢，才干起了盗窃黄金店。

第二次生死之交自然是后来对上四名警察的围堵了。

周兵继续说："这账上的钱记得清清楚楚，我分多少你就分多少，我从不占你一分钱便宜。我把钱都存在一个账户，等我们退出江湖后，就会把钱结给你，你对我还不放心吗？"

刘齐连连摇头否认，做着各种手势。

"我知道你要拿钱干什么，你是要给那个女人吧？"

刘齐掏出纸笔，快速地写下："她说存够了买房的钱，就不做了。"

"你以前合着已经给了她十几万了吧？那些钱呢！"

刘齐又写："她爸过去生病，还有弟弟妹妹要上学，家里欠了很多债。"

周兵冷笑："婊子真是会编故事，这你都信？"

刘齐瞬时抬起头，眼中冒出怒火，周兵"啪"一下猛拍桌子，转身便从包里掏出手枪，"咔嚓"一声上膛，摆在桌上，推到刘齐面前，喝道："你要是为了这婊子要杀我，你就来吧。这钱我是不可能给你的。你要是自己买房，我二话不说把钱给你。要是这钱落到那婊子手里，我百分之百杀了她！"

刘齐紧紧咬住牙关，握紧了拳。

周兵目光不动，把枪又往前推了些，沉声道："你要是杀了我，所有钱都是你的！"

"你来啊！"周兵低吼一声，刺激对方。

两人狠狠对视着。

过了几秒，刘齐神色松懈下去，又在纸上写："她不会骗我的。"

周兵不屑道："你跟她才认识几个月？相处过几天？"

刘齐抿抿嘴，大概是不想继续争吵这个话题，抬起头，露出乞求的眼神，又在纸上写下："能不能先给我五万，她真的急用钱。"

周兵毫不留情地拒绝："不行，如果她不认识你，没这五万是不是就要死啊？"

这时，周兵的手机突然响了起来，他拿起一看，竟然是老板的电话，他和刘齐对视一眼，警惕道："老板不会直接打我手机的。"

老板告诉过他们，手机通话有可能会被警方窃听，所以都是用视频。需要联系时，也是发只言片语的短信暗示他们来视频。自从上回那个查不出来源的手机号随手机扔进池塘后，老板只叫他们待在家里别惹事，没吩咐新任务，所以也没提供给他们新手机。

他踟蹰了一会儿，犹豫中接起来，先不说话，待听到老板声音喊出"周兵"，他才应了声。

"时间有限，我长话短说，你们听好了。今天发生了一起绑架案，对方是用你们的作风行事，留下了以我口吻写的纸条。"

"不可能，我们这些天很少出门，不是我们干的。"周兵连忙否认。

"我知道和你们没关系，有人假冒你们干了一票大的，明白了吗？"

周兵顿时大怒："哪个王八蛋栽赃我们，我非杀了他……不对，怎么会有人假冒我们，该不会是圈套吧？"

"一开始，我也以为是警方的圈套，目的是引出我们，但后来我发现不是，是真的有人在假冒你们。"

"那我们要怎么办？"

"暂时什么也不做，你们留在家里，等我进一步的消息。"老板冷冷地道，"我倒要看看，到底是什么人，究竟想干什么！"

第三十六章

真正的办案不像电视里拍的那样，主角神探单枪匹马抓住各种线索，一路推演下去，就能抓获真凶。真正的办案过程重复而琐碎，完全是体力活。

就像林奇虽然怀疑江文灵也被绑架了，但怀疑和最终确认之间还隔着十个李振威的劳动力。

林奇虽然知道夏明有个感情很纠结的女朋友，但对具体情况，也所知不多。

他从沈研夫妇口中问出了江文灵的信息，她在某家保险公司做销售，随后派人去保险公司询问，得知她今天没来上班，也没有请假，他又找崇贤镇派出所的便衣上家里敲门，家中没人，查了手机发现从昨天半夜开始就关机了。

种种疑点显示，江文灵也出事了。

日头西沉，案情依旧毫无进展。

夏明逃走后，再也没有消息；其他家属自始至终都没接到过绑匪的电话；别墅发现的那个手机也没再接到过其他信号，机身上只有夏明早上拿起时留下的指纹，没有绑匪的指纹；监控的调查，也没有任何发现。

夏梦飞已经带着孩子去到附近的酒店休息。沈研被要求留下来帮忙，警方正在反向调查别墅昨日全天的监控，寻找出入小区的可疑人员，沈研认识小区内的部分住户，可以帮助减少工作量。张强在林奇的催促中赶回了信息中心，没他坐镇指挥，林奇很不放心。

晚上六点，张强从中心打来电话："江文灵家楼下两边的监控都查了，只看到昨晚七点左右，她和一个男人从探头下经过，看起来像在散步，大概相处了几分钟，男人独自离开。江文灵所住的那栋楼处在监控区域之外，所以她后来发生了什么事，我们一无所知。"

林奇要来了昨晚七点的那段监控，画面正是十字路口，拐角处立着一块"喜迎G20，倒计时139天"的电子屏，后面那幢房子自然就是江文灵的住宅所在。

一个男人和江文灵并肩而行，由于是夜晚，监控画面不佳，看不清晰男人的面貌，只见两人从画面中走过，走向江文灵家的方向，不到两分钟，男人独自从里面走出来。

这男人是能查到的最后和江文灵接触的人，无论如何，他都是可疑对象。

此时指挥室只剩沈研这一位家属，想来他和江文灵也不会熟悉，但林奇别无他法，只能叫他来看看是否见过此人，谁知沈研都没细看那人的面貌，便脱口而出："这不是蒋人杰吗？"

林奇略有些意外："你认识他？"

"呃……"沈研表情有点儿尴尬，慢慢点头，"认识。"

林奇狐疑地问："这人是谁？他为什么会和江文灵走在一起？"

"这个嘛……"沈研露出一言难尽的模样。

林奇瞪了他一眼，他只好坦白。

夏正夫妇极其反对儿子和江文灵在一起，可夏明不听劝，甚至为此不和家里往来。夏正夫妇只能找来女儿、女婿商量，夏梦飞想到一个主意，他们有个朋友叫蒋人杰，这人多年前就离婚了，后来过上了风流潇洒的生活，隔几个月就换女朋友，不知谈了多少次恋爱。

此人年纪已近四十，长相说不上多好，但在这年纪的男人里还算不错，大概是他看上去温文尔雅，谈吐幽默，给人成熟稳重的感觉，特别懂得怎么抓住女人心，所以颇有女人缘。以前有两个女朋友为了他甚至打得头破血流。

于是夏梦飞和沈研就找了蒋人杰，鼓动他去追江文灵，只要追成功，让夏明死心，夏正会包二十万的大红包，至于追成功后怎么样，随便他去了。蒋人杰见江文灵长得漂亮，又有悬红赏金，便爽快地接下这个任务，后来就通过买保险制造机会邂逅，展开了追求。

据他最近说，江文灵这人特别执拗保守，颇有难度，而且很明显，她还喜欢着夏明，总是跟他保持朋友间的距离，但好歹还算有些进展，相信再过一些日子总能拿下。

林奇对他们家的破事没兴趣，他只关心一点："你觉得蒋人杰和这次的绑架会不会有关？"

沈研想都没想就摇头，说他除了追女人，其他什么本事都没有，不可能犯罪的。

听到这么干脆的回答，林奇叹口气，重新枯坐在电脑前，望着里面循环播放的视频发呆。

看着看着，他渐渐有了种异样的感觉，今天的各种点滴细节悄然浮上心头，仿佛穿梭的针线在织就一幅复杂的图案，只差最后一笔，便是最终答案了！

林奇呢喃道："你说绑匪为什么要在汽车GPS发射器上动手脚呢？"

"不知道啊，也许是为了干扰你们侦查，不容易查到车？"沈研随口应付。

林奇果然摇摇头："不对，这是多此一举的，他何不直接把GPS发射器给剪断，那样我们到现在都找不到车。"

沈研好奇地问："那是为什么？"

林奇挺起胸膛，智商瞬间拔地而起，眼珠都亮起来了："声东击西！GPS根本不是重点，我们都被骗了！"

第三十七章

地牢中，三人有一搭没一搭地瞎聊着，说话可以驱散恐惧。

起先双方的话题总是竭力避开过去的事，后来夏正夫妇忍不住问起了江东东的情况。他们早在三年前就从夏明口中得知，江文灵当时怀孕是真的，没有骗人，分手后江文灵没有去做流产。第二年，她生下了一个男孩，还因此休学一段时间，后来一直独立抚养着。

夏明给父母看过江东东的照片，不需要亲子鉴定，那眉宇间一看就是夏明的儿子。

夏正夫妇也不是铁石心肠的人，有血脉传承，终归是一种亲情，可他们就是无法接受江文灵。尽管夏明一再解释江文灵当时这么做是为了给她妈妈筹钱救命，她没预料到给他们一家造成的后果，可他们觉得那时对江文灵那么好，她却恩将仇报，着实让人心寒。

尤其夏正夫妇无法忘记被人逼债的那半年的艰辛时光，税务罚款必须得交，否则就要抓人了，突然之间一千多万出去，现金流瞬时断竭，银行得到消息赶来催账，房子汽车都抵押了出去。家中已被债主占据，他们只能住在公司里，公司里每天也有供应商上门要账，员工大半都走了，正当中年的夏正几个月时间就白了头。

后来是全球大宗商品涨价带动通货膨胀，库房里堆积的商品低价贩出去，这才转危为安。

他们心底，从来无法原谅江文灵对他们家造成的灭顶之灾。

夏明这几年找他们谈了无数次和江文灵复合的事，他们知道江东东这个孙子的存在，他们愿意给予经济上的帮助，但让儿子和她结婚，终究无法接受。

他们听江文灵说起，东东不知道身世，一直以为他是江文灵捡来的弟弟，也把夏明当大哥哥，不过他和夏明平时关系特别好，经常到夏明家住，不肯回来。夏正夫妇不禁露出笑容，心下瞬间软了，突然间好想见见东东这孩子。

他们又问起江文灵的日常工作、生活。江文灵生下江东东的开始几年，日子比较艰难。妈妈最后治疗失败还是死了，家里也没有亲戚能帮忙，她只能拖着孩子找一些简单的工作。那时主要靠信用卡反复套现维持着，待小孩两岁了，她把孩子放在便宜的私人托儿所，才去保险公司上班。她很勤奋，能说会道，收入不错，日子渐渐好转，又攒了几年，按揭买了一套便宜的小房子。其间她也相过几次亲，但旁人接受不了她还带着个小孩，所以才一直单身。

这些事夏明早就跟他们说过，不过从他嘴里说出来，显得江文灵吃尽世间所有苦，才把江东东带到现在。从江文灵口中说来，那些辛苦她都含糊带过，总把生活说得很轻松。

夏正夫妇心中也慢慢对江文灵有所改观，觉得她也没印象中的那么差。

地牢中没有钟表，时间不知过了多久，大概是下午，因为之前绑匪给他们送过一次午餐，什么话也没说就走了。

这时，楼梯口出现了一阵响动，三人停止交谈，抬头去看。

一名头上套着黑布罩的男人用手扶着墙壁，摸索着一步步走下楼梯，从身形衣着可辨是夏明。他身后，大头娃娃一手提着一个黑色塑料袋，里面装着五十万现金，一手握住枪，指着夏明后脑勺，以相同的速度跟下来。

“你很守信用，这么快就带着钱找来了。”大头娃娃的头套下发出沉闷的笑声。

“他们人呢？”夏明走到了最后两级台阶处，停下脚步。

“他们就在这里。”

牢中的三人同时喊出来：“夏明（小明）。”

“你们没事吧？他把你们……”夏明故意拖长音节，在话说到一半时，突然脑袋一缩，反手去抓身后的枪，却因他被套在黑布罩中看不见，手离枪只差几公分的地方抓了个空，下一秒，绑匪一声怒喝，跟着一脚把他踹了下去。

楼梯口位于承重柱后面，挡住了视线。牢中的三人趴在铁框上，看不见那两人的情况，只听绑匪又踢又骂，夏明忍痛呻吟，顿时三人焦急地大叫：“不要打了，求求你不要打了。”

几秒钟后，打骂声渐渐平息，地牢重归安静，三人紧张地屏住呼吸，过了会儿，看到一身尘土的夏明重新从柱子后走了出来，方才吐出口气。

绑匪推搡着将夏明带到铁牢前，嘴里恐吓着：“不要再耍小聪明，我敢说，绝对没有下一次。”

他将装钱的塑料袋放到一旁，一手抓过夏明，另一只拿枪的手掏出牢房钥匙，用枪隔着铁框指着里面的三人，示意他们退后，这才打开铁门，将夏明用力推了进去，“砰”的一声关上门，随后转身不管他们，上了楼。

三人连忙解开夏明的头罩，检查他身上的伤。

“我没事。”夏明的目光从三人脸上逐一滑过。夏正皱着眉，一脸的严肃和担忧；舒珮珺疼惜儿子的伤；江文灵轻轻抓着他的手，眼眶都红了。

夏明用力握了下江文灵的手，转向他爸妈，安慰道：“你们放心，我们会安全离开的。”他的镇定让他们紧绷的神经稍稍放松了一些。

“你怎么也被他抓住了？”江文灵问出三人的共同疑惑，然后凑近很小声地问，“你怎么没报警？”

夏明淡淡一笑：“我不会拿你们冒险的。早上他打我电话，要我带着钱，自己找到他。我就查了手机位置，发现手机是从别墅里打出来的，我正准备去别墅查线索，结果刚到半路，就接到警察电话，警察已经在别墅了。”

听到“警察”两个字，夏正害怕被绑匪听见，连使眼色，压低声音问：“警……他们怎么知道的？”

“都怪沈研这王八蛋，”夏明张口大骂，“早上他来别墅要找你借钱，发现了绑匪留在家里的绑架纸条，他也不跟我说，直接打电话报……警了，果然女婿就是靠不住，八成是想把你们都害死，他也不用借钱了，直接继承遗产好啦。如果文灵是你们儿媳，她肯定不会！”

“那……那也不至于。”舒珮珺嘴里虽然这么说，但对女婿直接报警也是满腹怨气。

夏正毕竟不是林奇，思维还是保持客观：“你别乱说你姐夫，他这么做也没错，这时候还是要相信……相信他们。后来呢，他们跟着你来了吗？”他满怀期待，心想若是警察跟着，即便现在夏明也被抓了，迟早能攻进来。

夏明马上给了一个令他失望到极点的回答：“休想！我轻松就把他们甩掉了。”

“啊？”三人同时惊呼出声。

“我在别墅找到了绑匪留的手机，上面装了个木马软件，他就是用软件遥控打我电话的。木马的名字叫儿童床，我马上想起了东东的床，于是我把林奇甩了，独自跑到文灵家，我不是有钥匙吗，我在东东的床上找到了另一个手机，里面有个简陋的导航软件，软件不会显示目的地，只会不断提示我朝哪个方向开。软件这么做是预防警……预防他们跟着我。于是我就打车去了一家租车公司，临时租了一辆车，按照软件的路线指示，最后开到了一个拆迁的废弃小厂房。刚走进去没多久，就被他一棍子敲在脖子上，直接敲昏了，醒来就到了这里。”

舒珮珺拉开儿子的衣领，看到脖子后一块红红的，但看他说话行动一切如常，倒也没受什么伤。

夏正依然抱着一丝希望问：“他们能查得到你来这里了吗？”

夏明彻底断绝了他的念头：“不可能的，我是做哪行的，我不想被人跟住，谁也跟不住我！”

夏正叹口气，这是儿子的工作所长，如今却让他们陷入了孤立无援，他心里责怪儿子来的时候就该通知警察，但若通知警察，想必儿子就来不了。儿子也是顾念他们安危，孤身犯险，心下倒也一阵温暖。

这时，江文灵指着他的脖子：“你脖子上戴着什么？”

经她一提醒，另两人的注意力才集中到他的脖子上。

夏明脖子套着一个塑料环，环是由两截半圆环扣接起来的，做工精致严丝合缝，接口处有四排细小的金属孔洞，旁边有个红色的光点指示灯。

夏明伸手仔细摸了一圈圆环，套得很紧，环的内层与他皮肤贴身相连，能清晰感受到金属材质，当他摸到四排细小的金属孔时，皱起了眉：“这好像是我们公司的定位环。”

“定位环？”三人都没听说过。

“就是那种有时给野生动物用，也给警犬用的东西，里面有导航芯片，只要有卫星信号的地方，随时能查到位置。”

江文灵问：“他为什么要给你戴着这个？”

“不知道，也许骂我是警察的狗？”夏明胡乱说道。众人想想这话没道理，若要骂夏明是警察的狗，还不如给他戴个狗链。

“怎么取下来？”夏正掰了一下，定位环纹丝不动。

“两种办法，一种是用钥匙，接口上的四排金属孔就是钥匙孔，需要专门的点阵机械钥匙插进去。定位环也不是保密装置，同一型号的定位环都用一把钥匙，这钥匙我办公室抽屉里就扔着好几把，可是现在没有钥匙，就没法打开了。另一个办法是通过手机上的对应软件输入密码，定位环上有蓝牙，可以和手机连接，密码对了，环上的红点就变绿色，锁就开了。”

“你说得很对，果然很专业，对你们公司的各种产品都了如指掌。”在他们说话的间隙，没留心绑匪已经走下了楼梯，他手里还拿着另一个定位环，悠然踱步到他们面前。

夏正深吸口气，对他说：“朋友，钱你已经拿到了，我们从没见过你的脸，不知道你的身份，五十万对我们家来说也不多，我发誓我们出去以后不会报警，你能把我们放了吗？”

“没问题，”绑匪出乎意料地一口答应，“你们三人如果要走，我会找个时机，放你们平安离开，不受任何伤害，不过——除了夏明。”

夏正深深皱眉：“你这是什么意思？”

“很简单，我一向信守承诺，我承诺夏明独自把钱带来找我，就会放了你们，可我没说会放了他。”

夏正微微恼怒：“你到底想怎么样？”

“不知道夏明能不能再坚持24个小时？”

夏正心头闪过一种不祥的感觉，沉声问：“24小时是什么意思？”

绑匪从口袋里掏出一个手机，按亮屏幕，上面显示着23小时57分若干秒，秒数不断变少，这是在倒计时。

夏明问：“这是干什么？”

“你脖子上的本来是个定位环，只是我做了一点儿改装，里面没有装定位芯片，只装满了锂电池。这手机上是倒计时，当倒计时走完，就会触发里面的电池放电，也不算多，一万伏，持续五秒，只要你心脏足够好，撑过这五秒，还是有很大概率活下来的。”

听到这话，众人倒吸一口凉气，夏正脱口而出：“你到底想要多少钱，你说个数，我都给你，你放过夏明行不行？”

“我很守承诺的，开口说了五十万，就是五十万。夏明，听到这消息，你怕不怕？”

夏明异常镇定地冷笑道：“我想你应该会给我一个机会吧，如果你只是想杀了我，何必改装定位环，又内置软件倒计时，这些工作量也不小，你用不着这么麻烦。”

“真是个聪明人，被你一眼就看穿了，有机会的话，我会跟你做朋友。”

“有没有这机会决定权在你，你说吧，要我怎么做？”

“这次不需要你做什么，能救你的人，只有她！”绑匪伸手指向江文灵。

江文灵本能地护住身体：“你想干什么？”

“放心，我不想劫色。只是想看看，夏明为了你们，冒着巨大危险独自一人带着钱过来找我，他最喜欢的女人会不会同样为了他冒点儿险。”

夏明微微皱眉："你到底想怎么样？"

绑匪点开手机上另一个软件，跳出一个画面，上方有八个空格，下方是从零到九的阿拉伯数字输入框和确定键，拿到他们面前，说："夏明说得很对，要打开定位环，只需要在手机里输对密码，密码是八位数，如果全部输对了，锁就会自动解开。"

"密码你不会告诉我，要我猜？"

"没错。"

夏明苦笑："八位数密码，一亿次可能，接下去的24小时手指不停动，也没那么好的运气能按得出来。"

"我知道这太为难人了，所以我在编这个软件的时候，另外给了一点儿提示。你每次输入密码后，都会跳出一个数字，告诉你输入的密码有几位是对的。显示0，就是说八个数字都错了，显示1，就是说其中有一位对了，但不会提示你是哪一位。"

夏明只思考两三秒便说："这很公平。"

绑匪笑起来："这样对你倒是很公平，对我而言结果就没悬念了，每次输入密码有提示，24小时你当然试得出来。所以我又加了一项条件，只要你输错一次，倒计时就会减少30分钟，如果从现在开始算，你只有47次机会。"

夏正连声抗议："47次试出8位数的密码，这算什么机会！"

谁知夏明却马上说："我接受了，可这关江文灵什么事？"

"你愿意接受，很好，不过这一切的前提是江文灵同意戴上另一个定位环。"他扬了扬手里的定位环，"和你脖子上的一模一样，包括倒计时，也包括密码，如果密码对了，两个环都会解开，如果倒计时结束，两个环同时放电。只有江文灵自愿戴上这个，我才会让你试密码，否则，你只能自认倒霉，等着倒计时结束。听懂了吗？"

没等江文灵发声，夏明一把抓住她的手，对绑匪说：“先不要逼她，我和她商量一下。”

“也好，毕竟是生死大事，我就等你们五分钟。”

说完，绑匪转身上了楼。

等他一走，夏明连忙拉江文灵跑进厕所，低声问：“你信不信我有百分之百把握解开密码？”

江文灵毫无怀疑地直接点头：“我信！我愿意上环——戴上定位环。”

她毫无犹豫的表现出乎夏明的意料，心下更是一阵暖意，他紧紧握着她的手，说：“你……你这么快就答应，你不怕……有危险吗？”

江文灵想了一下，说：“你不也是一个人过来的，我也相信你啊。”

“你放心，不会有危险的。”夏明很肯定地告诉她，“如果绑匪真要伤害我们，他不需要绕这么大一圈。我有百分之百把握，最多45次解开密码。不过可以趁此机会，跟我爸妈谈谈条件。”

江文灵哑然：“什么条件？”

“你可别让他们知道我有百分之百的把握，得让他们觉得你为了我冒了很大危险，所以可以提任何条件。”

夏明拉着她走出厕所，回到父母面前，郑重地说：“江文灵同意戴上定位环，我有一半信心能解出密码。”

夏正惊喜又感动地看着江文灵，但随即又担忧：“8位数的密码，你……你真试得出来？”

“我说了有一半信心，还得看运气。”

舒珮珺焦急得啜泣起来。

“先别哭了，毕竟有一半的可能，不过这一半也是文灵冒险换的。按这绑匪的作风，他的目标是我，如果她不愿意冒险，我想绑匪也不会伤害她。现在她为了给我试密码的机会，要冒很大的危险，你们不该再那样看待她了。”

夏正马上明白儿子的意思，用力点头，诚恳地对江文灵说：“小江，过去都是我不好，太固执了。现在这样的处境，你同夏明站在一起，一般人都做不到。”

江文灵低下头，不知如何作答。

夏明紧接着说：“如果这次我们都能安全离开，你们不会再反对了吧？”

“只要安全出去，你们要怎么样，我都答应。”

夏明看向舒珮珺：“妈呢？”

舒珮珺此刻只担心儿子的安全，哪能不答应？

“好，就这么定了！”夏明站起身，等待接下来的考验。

第三十八章

大头娃娃坐在牢房的正前方，双手插在裤袋里，看着里面的四人。

夏正夫妇坐在床上，忧心忡忡地望着牢房的另一侧，夏明正蹲在角落，他从厕所的墙壁上抠了块碎水泥，以此为笔在地上比画着，旁边江文灵半蹲着，手里紧握着输入密码的手机。

手机没有插卡，亦无信号，绑匪当然不会给她暗中拨电话报警的机会。手机蓝牙功能和定位环相连，屏幕上是8位密码的输入框，上方的倒计时已是23时30多分钟，从绑匪将手机交给他们到现在，他们还没有试过密码。

夏明背对着众人，口中不断哼着“这不行”“概率太低了”“不可能”。夏正夫妇看在眼里，心下焦急，又不敢发声，怕打断儿子解密码的思路。只有旁边的江文灵能看到他表情轻松，只是装作在费力思考的样子。

江文灵等得久了，也不免焦虑起来，偷偷瞅了其他人一眼，俯下身悄悄问：“为什么还不开始？”

夏明同样以只有他们俩能听见的声音回答：“他想为难我们，如果我轻而易举就把密码破了，如果你是他，会不会恼羞成怒？”

“我不会啊。”

“嗯……”夏明一愣，只好说，“一般人都会吧，所以我们要故意弄得艰难一些，最后让他觉得是我们拼运气猜出来的，而不是他自己编了个愚蠢的程序。”

又过了一些时间，夏明才低声对江文灵说：“我们现在开始吧，首先要确定这个密码中包含了哪八个数字。你先全部按1。”

江文灵依此照做，在密码的八个空格上全部按下“1”，下方跳出了提示“1”，倒计时也直接少了半个小时。

夏明瞥了眼，说：“密码中有一个‘1’。”

夏明又让她八个空格全部按“2”，下方跳出提示“1”，表明密码中有一个“2”，倒计时再次少了半小时。

随后依样画葫芦，按到了9，发现密码中共有1、2、6、7、8这五个数各一个，剩下不必试就知道是三个0。

知道了组成密码的八个数字，接下去只要判断数字顺序就行了。密码由五个不同数字和三个零构成，夏明随便一算，便知密码的不同排列方式共有2400种可能，不过因为每次输入都会提示对了几位，他知道这用不了几次。

江文灵看夏明依旧成竹在胸的模样，也暗暗放下心，但看倒计时只剩18个多小时了，只能再尝试三十余次，心中也不免有点儿忐忑。

夏明又装模作样地思考，显得试密码很艰难，耗了一些时间，他再次悄声开口：“现在开始解密码，你觉得第一个数字是几？”

“我……我不知道。”

“你就随便从这几个数字中挑一个吧。”

江文灵按下1，转头问：“后面呢？”

“全部按9吧。”

“9？密码里不含9啊。”

“我知道，我只想确定第一位是不是1。”

江文灵“哦”了声，虽然听不懂这些数学道理，还是照做了，全部按完后，提示“0”，夏明一看便说：“说明第一位不是1，再试2，后面同样按9。”

江文灵再次照做，第一位按2，后面都按9，这次提示是“1”，说明这次的密码有一位是正确的，后面七位都是9，当然是错的，对的自然是第一位2了。

接下去就简单了，一位位数字去试，其他地方都填9，前后不过20次，便将密码的前七位全部排出，只剩一个7，所以不需再试便知，密码是20080617。

江文灵将密码填入，当准备按下最后一位时，她突然警觉，低声说：“20080617，怎么是东东的生日？”

夏明皱了下眉，低声道：“大概巧合吧，先不要管，等出去了我再跟你说。”

江文灵点点头，按下了最后一位数字，手机屏幕上的提示跳出8，显示这次的密码完全正确，倒计时也停止了跳动，她忍不住呼出来：“成功了！”

她马上去摸定位环，发现没有解开，正纳闷间，只听夏明朝绑匪喊：“我们试出来了！”

“是吗？”绑匪的手在裤袋里动了下，过了一秒，夏明脖子上的定位环发出一声轻微的“咔嚓”声，紧接着江文灵的定位环也传出了声响，上面的指示灯都变成了绿色。两人赶紧伸手去拿脖子上的定位环，只轻轻一拉，就分成了两个半圆环。

这时，绑匪站起身，甚是不满地哼了句：“看来运气还是站在你们这边，这一局就算顺利过关了，接下来嘛……”他刻意拖长了尾音，众人脸上再次变得警惕，谁知他却轻巧地说，“接下来就该把你们放了。”

夏正不可思议地激动反问：“真的？”

“当然了，我是守信用的人，希望你们出去后也能遵守承诺，不要报警。不然，我一定会报复！”

“绝对不报警，这件事我们谁都不说。”夏正夫妇连声担保。

“包括你女儿一家。”

“我发誓会烂在肚子里。”夏正为了让绑匪彻底放心，急忙表态。

“好吧，接下来你们就放心吧，我会找个合适的时间，用一种对我安全的方式把你们放了，你们不会受到伤害。”说完，他便拿起五十万的钱袋上了楼。

夏明目送绑匪离去，脸上露出一个旁人不易觉察的笑容。

第三十九章

林奇强烈预感只差一条线就能将今天的所有事全部连在一起，可究竟是什么，一时也想不出所以然。

他皱眉坐在椅子上，苦苦思索，身为一名优秀的刑警，拥有绝佳的案件预感，是必备的素质，他对此有一万个信心。

一定是自己忽视了某个细节，就在脑海深处的细节，到底是人，还是物，还是什么呢?

他兀自摇头，把目光空洞地投向了电脑，电脑右下角的时间慢慢走到了晚上8点10分。

林奇瞳孔陡然收缩，紧紧盯着8点10分，突然厉声喊了句："李振威！"

"什么事？"李振威紧张地转过身，满脸忐忑。

林奇冷冷盯着他的眼睛："你早上跟我说，170的手机号是在8点10分打了夏明的电话？"

"嗯……对。"

"你敢肯定吗？"

"我……"李振威咽了下口水，"我不敢肯定，信息中心跟我说的，我不懂这个。"

林奇点点头，放了他一马，他转身就呼了口气。

早上8点10分绑匪打了夏明的电话，打了四分钟，按夏明上班迟到早退的习惯，8点10分他一定还在家，而林奇记得很清楚，自己是在八点半来到信息中心的，那时便见夏明已经坐电脑前了。也就是说，夏明接到绑匪电话后，赶到信息中心坐到电脑前查数据，中间过程最多只花了一刻钟？

夏明家在城北崇贤镇，距离中心很远，就算路上一辆车都没有，绿灯全为他开，也要个二十分钟吧，何况早高峰，至少也得四十分钟。

他是坐火箭上班啊？

林奇瞬间醒悟过来，连忙把江文灵家楼下连日来的监控视频全部调出来，他发现每天上午8点，路口电子屏上的G20倒计时数字会变少一天。

今天是倒计时138天，江文灵是昨天晚上失踪的，夏明要查监控，也该查昨天晚上的，也就是倒计时139天，可林奇清楚记得，他早上看到夏明在查的监控，显示着倒计时140天。

昨晚发生的事，夏明为什么查前天的监控？

林奇将今天发生的所有细节全部拼接到一起，答案呼之欲出！

他马上打电话给张强，让他查两个东西：一是查夏明今天早上几点来到中心的。二是查夏明账号在早上的操作日志。

几分钟后，张强回电话，彻底证实了林奇的判断。

听到这个结果，林奇愣在原地，过了好久，他愤怒地狠狠一敲桌子，把旁边的沈研和李振威都吓得过来了，不知所措地看着他。

林奇咬牙道："是夏明自己一手策划的绑架案！"

"啊！"两人异口同声地惊呼。

"夏明今天凌晨三点就跑到信息中心了，你们做梦都不会想到他跑来干什么！”

李振威问：“他……他这么早来做什么？”

“你知道为何夏正的奔驰车离开小区后，沿路没有一个探头拍到吗？”

李振威摇摇头。

“因为夏明把汽车昨晚经过探头的所有监控文件都删除了，复制了前天晚上的文件，修改时间戳，插进去。如果不查夏明账号的操作日志，我们永远不会发现问题所在！”

沈研不解地问：“夏明为什么要绑架爸妈和江文灵？”

林奇怒哼一声：“我怎么知道为什么，我只知道今天的绑架就是他干的！”

此刻，林奇再将夏明代入，今天一切的点滴细节都连到了一起。不过他脑子很清醒，之前的入室抢劫案，当然不是夏明干的，因为四年前他还不在信息中心。

夏正的别墅里，门窗完好，门锁全是没法破解的电子密码锁，技侦队员很难想象绑匪是如何爬上十米高窗户的，因为绑匪压根儿没爬窗，他有钥匙卡。那窗户八成是夏明开的，窗角上的踩踏痕迹，也是他刻意留下的，以此误导警方。

早上别墅中，技侦队员发现这次绑匪穿了鞋套，没留下脚印。因为如果夏明不穿鞋套，警方马上会发现这次的脚印和此前的绑匪不同。

夏明还留下疑似绑匪口吻的绑架纸条，打印出来的字号大小却和之前不同，因为夏明只见过纸条的照片，没有机会接触到物证，他不清楚绑匪纸条的实际字号。

夏明早上在中心也不是查监控，而是在改监控，将昨晚他的行踪全部抹掉，复制了前天的监控文件，修改了文件时间戳，如果不查他账号的操作日志，这个真相永远不会被人知道。

他一看到林奇时，表现得很慌张，那时他以为林奇发现他改文件了，谁知林奇误会他在监视女朋友，此后他表现就镇定了。

而他在汽车GPS上做手脚，自然是为了声东击西。因为若他直接把GPS发射器剪了，查不到汽车行踪，信息中心自然会查沿路监控，结果发现所有监控没有拍到车，以张强的专业能力，怕是早晚会怀疑到有人动了监控文件。而让GPS发射器以一个夸张的速度和轨迹离开，就会引开警方的注意力，想不通明明车子找到了，隐藏真实路线干什么。

沈研说过，改GPS发射器是一件很难的事，他们当时恰恰忽略了夏明有这能力。

张强也说，今天的这起绑架，各种手段比之前的都要高明。而夏明是整个中心最懂各种技术的人，他当然比那个主谋高明了。

及至后来，警方介入后，夏明多次乞求林奇让他去别墅找手机，到了别墅后，又是他发现了手机，还把手机拿在了手上。现在想来，找手机不是重点，重点是夏明要第一时间拿到手机，大概手机上原本就只有他的指纹，若手机先被技侦队员拿到，一查发现是他的指纹，那他就暴露了。他先拿起手机，到时候检测只发现了他的指纹，大家当然以为绑匪没留下指纹，上面是夏明拿手机时留下的。

不过纵然如此，还是有太多的疑点待解。

不多时，张强又赶来了支队，询问了一番林奇是如何怀疑到夏明的。林奇将他的一番推论讲了一遍，顿时引得张强刮目相看，林奇谦虚得很，把这一切都归功于优秀刑警天生的职业本能。

张强将林奇、李振威和沈研叫到一起，说：“我查过夏明的操作日志，他昨晚改了大量文件，这是极其严重的犯罪行为。”

沈研焦急道：“他……他这是为什么？”

“为什么，问你啊，他为何绑架自己爸妈和女朋友，你们家属总该知道吧？”林奇把对夏明的怒火都送给了沈研这倒霉的家属。

沈研想了想，还是摇摇头，他大略讲了江文灵和他们家的事，可实在想不通这和绑架有什么关联。

四人都想不通。林奇心想难道通过绑架逼迫父母同意婚事？那还不如毒死他爸妈。

张强又说：“现在我们只知道部分经过，剩下的一半事实，除了夏明自己，没人知道。我从他修改的监控文件和时间看，他应该是先绑架了他爸妈，再绑架江文灵，这件事他一定有帮手，不可能一个人干。”他看了眼沈研。

沈研连忙摇头：“不可能是我。”

张强道：“当然不可能是你，如果不是你早上直接打了报警电话，而是先通知夏明，夏明一定会阻止你报警，那么这次绑架我们至今都不会知道。”

林奇问：“能查出夏明现在在哪儿吗？”

张强摇摇头：“他最后修改的监控文件是城东省道上的一个探头，据此可知他昨晚出城了，那条路向南是萧山、绍兴，向东是大江东新区，每个方向都有可能，可他一定是做好了电子反侦查，知道什么路线不会被查到。”

林奇沉闷地叹口气，虽然知道今天的绑架是夏明干的，可现在不知他在哪儿，也没法联系上他，告诉他，你做的事都曝光了，赶紧回来自首，所以暂时也无可奈何。

第四十章

地牢里就剩了他们四人，夏明斜斜地躺在床上，看着三人聊天。

夏正夫妇经过今天和江文灵的接触，尤其在她自愿冒险后，对她的印象已彻底改观。她当年给他们家造成的巨大灾难，现在回头看，只觉得是她年轻时不知后果的一件错事，站在她的角度看，也是情有可原。他们心里已经把江文灵当作儿媳，准备出去后就筹备婚礼，还多了个孙子，一家可算是团圆了。

看着这来之不易的一幕，夏明心里总算如释重负。

明明很简单的一个愿望，偏偏绕了这么大一圈！

自从大四时和江文灵分手后，他这些年也谈过几段感情，不过都是无疾而终。

也不知为什么，他谈的几次恋爱，女生长得都还不错，可总觉得跟他缺少默契。所谓彼此有默契的恋人，你说上半句，她就会知道下半句。你会特别喜欢在她面前卖弄幽默感，你们几乎无话不谈，你们即便刚做完爱，男人荷尔蒙降到极低，你对再漂亮的女人也提不起兴趣时，你还是想抱着她说话。

他始终再没遇到一个女人像江文灵这么适合他。经历得越多，反而越发怀念失去的美好。

三年前的春天，大康公司正在推广一项安防的新技术，夏明三天两头带着几个技术员去各个派出所和分局，向一线警察了解技术实际使用的效果。

这天他们来到了城北崇贤镇的派出所，在监控室了解完情况后离开，经过外面的报警室时，遇到一个女人正央求警察抓小偷，大意是大白天她家没人，小偷光顾，损失了上万的现金和贵重物品。

盗窃这种小案子，每个地方每天都在上演，警察也是司空见惯，随便安慰她别急，他们先做登记，再派人到她家看一下。她生怕警察敷衍了事，一直恳求务必要把小偷抓到，不然住着太害怕了。

夏明觉得女人的声音很熟悉，不由得停下脚步，回头去看，女人在说话的间隙抬起头，正撞见站在门口的夏明投来的目光，四目相对的一瞬间，两人都愣在了原地。江文灵在对视几秒后，侧过头去，继续向警察讲述被盗经过。夏明在原地停留几秒后，也离开了派出所。

他和下属坐上汽车，准备走时，见到江文灵也从派出所出来，往相反方向去了。他鬼使神差地突然冒出一个念头，跟下属说还有事情要办，让他们打个车先走。

他重新走进派出所，找了相熟的警察，询问刚才报案人的情况。江文灵登记着未婚，房子是刚买的一套老旧二手房，里面只住着她和上幼儿园的弟弟两人。

江文灵为何会有个上幼儿园的弟弟？

大概是本着一种好奇，或是一种没来由的吸引力，夏明不由自主地把车开到了江文灵住址附近，想偷偷观察一下。

也没等多久，便见江文灵和一个六七岁的小男孩走下楼，往街上去。

隔着汽车玻璃，看到江东东的第一眼，夏明就惊呆了，不需要任何怀疑，和他一模一样的鼻子和嘴巴轮廓，还有眉宇间他们家族遗传的一种特质，毫无疑问，这是他儿子！

原来江文灵当时怀孕没有骗人，她还把孩子生下来了！

夏明顿时感到整颗心都烧了起来！

他不由自主地走下车，隔得远远的，跟在后面，静静地看着这一幕。江文灵带着东东走到一个公交车站台，原地等了一会儿，朱灵芝搭乘一辆公交车在此下车，三人一起回江文灵家吃饭。

过了几个小时，朱灵芝下楼，来到公交车站台处，等待公交车，身后突然有人喊她，她回头，辨认了好几秒，才认出夏明。

夏明带朱灵芝到了一家咖啡馆，详细询问江文灵的情况。

当年江文灵偷U盘的事被知道后，夏明心灰意冷，他不觉得江文灵为妈妈治病借钱的理由有多少说服力，两人自此彻底断了所有联系。他家经济缓过来后，他也借出国深造来淡忘这段糟糕的记忆。

江文灵分手后，朱灵芝便劝她赶紧把孩子流了，她一直下不了狠心，自觉夏明一家对她很好，是她做错了事，若去把孩子流了，心理上更觉是她骗了他们家。大约是一种赎罪的心理作祟，她不想做人流，过了些时间月份大了，也不能流产了，最后她把孩子生了下来。

那时她妈妈已经病亡，她孑然一身，一个大四的女孩未婚生子，因此请假休学，又兼家境窘迫，日子的艰难可想而知。那几年她和朱灵芝住在一个小出租房里，朱灵芝没让她分担房租，还从本就微薄的收入中挤出一点儿钱借给她。就这样一直熬到小孩两岁放到托儿所了，江文灵出来找了全职工作，日子才一点点改善。后来江文灵也谈过恋爱，都很短暂，作为年轻的单身妈妈，虽然她一直告诉东东他是她捡来的弟弟，但没法欺瞒恋爱对象，男方一听她带着一个和前男友生的小孩，便都退却了。所以她至今仍旧单身。

从咖啡馆出来，夏明考虑了一下，当即便去找江文灵。

两人分手多年，昔日的感情早已变成了相逢一笑，仿佛老朋友一般，聊了很多，谈了各自的工作和生活。

回来后，夏明想着他们俩之间除了那件事外，归根结底没有其他的矛盾。江文灵除了长相变得成熟了些，谈笑间还是多年前的那个女孩，又兼得知江东东的存在，夏明激动得一夜未眠。

后来的一段日子，他时常找各种理由带江文灵和东东游玩，相处过程中，有缘分的人终究会走到一起。

待感情又成熟了，夏明将此事告知了家里，谁知一提起江文灵，家人马上陷入了那半年成天被人要债的噩梦中，坚决反对他们在一起，哪怕知道江东东是夏明的儿子，也改变不了众人的态度。

这几年夏明无数次与家人谈判，始终没有结果。

过年时他直接将江文灵带回家，引发了更激烈的冲突。那件事后，江文灵不想让他和家人断绝来往，那样她的负罪感更甚，便有意地疏远夏明。那个男人的出现，让夏明意识到，这问题再不解决，缘分就走到头了。

直到第四起入室盗窃案发生，林奇无意中说了句“患难见真情”，突然启发了夏明。

当初是江文灵做错事伤害了他们家，如今要让家人接受江文灵，靠嘴说已经证明没用，只有用事实来打动。

患难见真情，让江文灵救一次他们家，远比任何动听的理由更能让人信服。

问题就在于怎么患难见真情，生活中哪有这么多“难”，没有“难”怎么办？

那就强行造一个“难”出来!

虽然这次计划出了一点儿意外，但从目前效果看来，已经达到了目的。夏明只剩出去后该怎么和林奇解释，不让父母和江文灵起疑了。

夏明心满意足地笑了起来。然而，就在这时，突然楼上传来“砰”的一声巨响，接着是痛苦的吼叫，牢房中的四人立刻停下来，紧张地望向楼梯口，过了几秒，夏正迟疑道：“是……是枪声吗？发生了什么？”

夏明更是一惊，为什么会冒出真枪？

楼上发生了什么事？

第四十一章

大头娃娃拎着钱袋离开地下室，回到一楼。

此时夜幕早已降临，附近亦没有灯火，唯有清冷的月光透过窗棂洒落进来，让人大约能看清屋里的环境。

这是一栋毛坯别墅，下方的地牢就是地下室。一楼的布置更为简单，旁边摆着一张简易单人床，床前有一张小桌子，上面放着笔记本电脑和音箱，地上是一些电线之类的杂物。

绑匪将钱袋放到床头，颇为珍惜地拍了拍，如释重负地长嘘一口气。他坐到电脑前，翻开屏幕，里面正放着地牢中四人的监控视频，夏明斜躺在床上，看着三人聊天，音箱里清晰地传出三人交谈的每一句话。

绑匪摘下了略显沉重的大头娃娃，露出了任远的脸庞，只是他此刻身形魁梧粗壮，和平日的清瘦截然不同，可见他身上还有伪装。

终于完成了这个任务，待会儿只等监控中的夏明手势，他再下楼按计划把人放了，就可以彻底拥有袋子里的五十万演出片酬了！

突然这时，“咚咚咚”，三下轻微的敲门声传过来，任远迅速将笔记本电脑屏幕盖上，让室内不发出任何电子设备的光亮，紧张地竖起耳朵倾听。

又是“咚咚咚”，声音比刚才的略大，这次听得清清楚楚，在这寂静的夜里格外分明。

他杵在原地思索着，这别墅如此隐蔽，谁会半夜来敲门？难道是警察查过来了？他完全不知所措，只希望门外的人尽快离开。

可是敲门声又一次响起，同时，一束手电筒的光通过窗棂照进来，他赶忙趴到床后，紧盯着窗户，他隐约看见一个戴着口罩的男子在窗外张望，顿时吓得连呼吸都屏住了。

手电光照了一圈后，没见到屋子里有人，只看到了床和桌子，片刻后，手电光消失，敲门声也不再响起，门外传来了远离的脚步声。

任远重新坐起身，静静地听了一会儿，外面没有动静，看来门外的人确实已经离开了。他内心权衡了一番，鼓起勇气，慢慢走到门背后，准备通过猫眼观察一下，这时，他突然听到门锁上发出轻微的响动，他微微皱眉，将眼睛往猫眼移去，却不知道，此刻门外的人正拿着另一个猫眼反向套在门的猫眼上，将他的一切动作都看得一清二楚。

任远对着猫眼看了一会儿，奇怪外面为何是黑的，突然，一丝反光让他赫然发现，猫眼看到的竟是另一人的眼球。

他吓得往后退步，便在此时，随着门锁“咔嚓”一声转开，别墅大门霍然打开，一高一矮的两个人影像狼一般朝他直扑而来，瞬间把他压倒在地。下一秒，他感到有个冰凉坚硬的物体顶着他的太阳穴，他慢慢侧头去看，竟是一把枪，不是他的道具假枪，而是一把透着金属光泽的真枪！

枪口慢慢上移，戴着口罩和假发的周兵和刘齐慢慢站直了身体，刘齐一脚踏在任远的胸口上，周兵手里握着枪，在站起的过程中，枪口始终牢牢对着任远的头。

“警察同志，不要开枪！我……我不是坏人。”任远惊恐地望着突然闯入制伏住他的两人，把他们误当成了警察。

周兵倒退走回门边，关上门，枪口一直未曾离开任远的脑袋，另一只手向上招了招，说：“慢慢站起来。”

刘齐掏出匕首，收回脚，站在一旁，警惕地盯着他。

任远丝毫不敢怠慢，双手抱头，慢慢从地上爬起。

周兵冷声命令：“转过身。”

任远只好顺从地转过身。

周兵使了下眼色，刘齐将任远身上摸了一遍，没有发现武器，回头朝周兵点点头。

周兵问：“就是你弄出来的绑架？”

“警察同志，这里……这里有误会，我可以解释。”任远连声说。

“你只需要告诉我，是不是你把人绑架的？”

“是我做的，其实……其实不是真的绑架，是——”

“还有个叫夏明的在哪儿？”

任远手指指向楼梯口，道：“在……在下面。”

这时，周兵注意到桌子上的小音箱里传出聊天的声音，他走上前，看到电脑，翻开屏幕，看到了地牢中的四人，回头问：“哪个是夏明？”

“那个……年轻的。”

周兵点点头，突然笑起来：“这世上居然还有人假冒我们来绑架，真是让我大开眼界啊！”

听到对方这句话，任远浑身一个激灵，原来他们不是警察，他听夏明说过这两个人，他知道这两个人是谁了！

“走吧，带路，下楼！”周兵狠狠推了他一把，任远已经吓得双脚瘫软，差点儿摔倒。

“走不动了吗？”周兵冷笑，“看来我得帮你加把劲啊。”

周兵退后几步，突然“砰”的一声，任远应声倒地，顿时感到仿佛一万个护士同时给他打屁股针，伸手一摸，屁股血流如注，痛得哇哇直叫。他回过头，不可思议地看着对方，压根儿没想到对方竟会毫无征兆地直接开枪。

随着枪声响起，地牢中的四人停下谈笑，目不转睛地朝楼梯口看去。

过了会儿，伴随一阵痛苦呻吟，任远拖着一条腿，扶着墙壁跌跌撞撞地走下楼梯，他身后，出现了两名戴着口罩的男子，一人正拿枪指着任远的后背。

任远只走到一半，身后的周兵狠狠一脚便将他踹翻下去，任远翻滚下楼，爬起时已经摔得头破血流。

突遇变故，让牢中四人俱是一惊，其中让三人更惊讶的是，看到爬起身的任远，他此刻已经拿下了大头娃娃，可这身衣着体形，毫无疑问是刚才的绑匪。难道绑匪起内讧了？这是夏正的第一反应。

江文灵看清任远面容后，更是目瞪口呆，她虽未和任远见过面，朱灵芝给她看过他的照片，她是认得的。

周兵慢慢踱步下楼，站在中间，将整个地下室打量了一遍，这里没有任何遮挡，环境一眼望尽。

他来到一脸惊恐、贴墙靠着的任远身旁，左手一把揪过他的头发，将他摔倒在地，任远倒在地上抱住头，压根儿不敢动弹。周兵把椅子拉过来，坐上去，一脚踩在任远的头上，这才抬起头，看向了铁牢中的夏明：“你就是夏明？”

夏明深吸一口气，微微挺直身体：“对，我是，你们是谁？”

“我们是谁？”周兵干笑一声，“你再好好想想。”

夏明微一皱眉，瞬间醒悟过来，这两人今天没穿鲜艳的红色和黄色夹克，可他在监控里看了无数遍他们的身形，这是两个真正的亡命之徒。

“想起来我们是谁了吗？”

夏明点点头：“我知道了。”

“那就好好说说，为什么要假冒我们绑架，想把我们引出来？如果有一句是假的，我就不想听了。”他的手枪在任远头上指了指，任远吓得想爬起来，周兵脚上用力向他的头部踩去，他又是痛得直叫，趴在地上再也不敢反抗。

“好，我说，你不要冲动。”夏明连忙应着，他吞咽下唾沫，“一切都是我策划的，跟其他人无关，是我一手设计、实施了绑架我爸妈和我女朋友，但整件事不是为了引出你们，是为了我自己。”

所有人都惊讶地望向了夏明。

周兵摸着额头，饶有兴致地看着他，语气也缓和下来：“这倒有意思了。”

第四十二章

半个月前，警方经过三天的沿江搜捕后，最终选择放弃，夏明的追踪工作也暂时告一段落。虽然专案组没有解散，监控的追查也在继续，但大家都知道，常规调查已经很难再有突破了。

夏明用不着再埋头于信息中心加班加点，总算可以歇口气，他也该好好想想怎么解决江文灵的事了。

入夜，他回到小区，刚来到单元楼下，突然蹿出的两人吓了他一跳。

“朱灵芝，你们俩在这里干什么！”

来人正是朱灵芝和任远。

“等你啊。”朱灵芝满脸讨好地冲他笑，任远则低头腼腆地站在一旁。

“等我干什么，怎么不打我电话？有什么事电话里说不行吗？”

“电话里说怕你直接拒绝，在这里等你比较有诚意嘛。”

“有诚意？”夏明立刻警惕起来，“你们想干吗，该不会想找我借钱吧？”

“你怎么知道？”朱灵芝惊奇地瞪圆眼珠，随后嬉皮笑脸地说，“看吧，我说小明哥是最聪明的人，什么都瞒不过他——走，我们上楼慢慢说。”她拉了一下任远，仿佛变成主人一样当先走到前面，恭迎夏明上楼。

电梯到达夏明所住楼层，朱灵芝眼神示意了下任远，两人马上把夏明当成国家领袖，一左一右亲热地环绕着他，夏明只好黑着脸打开家门，将这两个不速之客放进去。

一坐下来，两双明亮的眼眸便热忱地看着他，借钱的时候总能显示出人性中最善良的一面。

夏明面无表情地看着他们，冷冰冰地说："看来你们两个已经商量好了？"

朱灵芝赶忙说："小明哥，我去看过他姐姐了，他真的是把钱拿给他姐姐做手术，没有花在其他地方。"

"那又怎么样？是不是有个正当的用钱理由，就可以胡来了？"

"他这不是已经意识到自己的错误了嘛，我们借这钱会立字据，一定会老老实实攒钱还给你，我们俩都有赚钱能力，最多……最多两三年一定把钱都还上，你就看在文灵的面上借给我吧……"朱灵芝露出撒娇的媚态。

夏明绝情地摇头："看在她的分儿上？她肯定不会借，你才跑来找我。"

"你和她不同呀，你赚钱容易，你为人大方，心地又好——"

夏明冷笑："我心地很不好。"

朱灵芝哀求道："你就体谅一下，任远也是迫不得已，就像以前文灵，她也是为了给她妈看病才……"她看到夏明瞬间脸色一变，连忙闭上嘴。

夏明木然地看着面前的朱灵芝，想起江文灵最初的那几年，全靠朱灵芝这个好闺密照应才走过来的，不由得心下一软，过了片刻，问：“你们要借多少？”

“他一共欠了外面快四十万，三十万是这个月马上要还的，不然你知道，警察要把他抓走了。另外几万我们自己想想办法，你就借给我们三十万吧，我们实在想不出其他法子了。”朱灵芝柔弱地撒娇，任远和夏明不熟，只好尽量挤出笑容，乞求地看着他。

夏明笑笑：“你看上他什么了，看上他帅？这么帮他！你不想想，自己也没多少收入，不但把你的十万块老本贴上，还要背几十万的债，你这长相嘛，完全可以换个好点儿的生活嘛。”说完，他觉得这话像嫖客，忙改口补充，“我的意思是，你长相不赖呀，我们公司很多技术员，收入高，人又老实，也有长得帅的，我可以给你介绍。”

任远低下头，一阵脸红。

“小明哥，你知道的啦，我又不是势利的女人，两个人在一起嘛，总是真心相对才重要，有困难当然要一起负担的嘛。”

任远感激地看了她一眼，轻轻握了下她的手，她更用力地握住任远的手，大方地笑起来。

夏明叹口气：“你这小子啊，可要好好珍惜朱灵芝这白痴啊。”

两人互相对视一眼，又甜蜜地笑起来，转头继续期待地看着夏明，他这态度，借钱已经铁板钉钉了。

谁知下一秒，夏明突然说：“这钱我是绝对不会借的！”

朱灵芝笑容戛然而止，仿佛正喜滋滋地去商场买衣服，结果刚上扶梯就被人一脚踹下来送医院抢救了。

夏明笑了笑，说：“如果你们肯帮我干一件事，我给你们五十万，你们不但能马上还清所有借款，还能落下十万，备着以后结婚用，这五十万是送的，不用还。”

“真的吗？”世间还是好心人多，朱灵芝感动地说，“什么事，只要你开口，赴汤蹈火，在所不辞！”

“帮我个忙，让我跟江文灵顺利结婚。”

朱灵芝顿时从满脸的喜悦变成了为难，仿佛她刚从医院抢救回来，又去商场买衣服，结果再次被人踹下扶梯送去抢救。她拜托道：“你知道啊，你们俩的问题不在文灵，在你家里人那边。如果你能摆平家里人，文灵当然很愿意嫁给你啊，可你家人的问题，我们怎么帮得上忙？”

“我找我爸妈谈了不知多少次，可是他们因为以前的事，没法原谅文灵。我爸妈为人倒也不坏，就是在这个问题上……”

“我知道啊，”朱灵芝点头，“我要是你妈——啊，我只是打个比方，我是说站在你爸妈的立场，确实很难原谅她。”

“所以我最近想了又想，光靠嘴巴说服他们，让他们接受文灵，是不现实的。这事的根源是文灵当初做错了事，现在，也只有用实际行动，才能改变我爸妈对她的看法。”

“怎么用实际行动呢？”

“我前阵子刚碰到一起案子，丈夫和情人约会，恰好被妻子捉奸，就在这时候，两名绑匪入室抢劫，将三人都抓了。夫妻俩在遭遇危险时，都站在了一起同进退，可情人却出卖了他们。后来三人获救后，夫妻俩意识到这才是真爱，感情重修于好，跟刚结婚时一样。”

朱灵芝不解地问：“这又说明了什么？”

“说明了一句话，患难见真情。”夏明朝两人看看，继续说，“如果我们家遇到了一些危险，结果靠江文灵冒着生命危险救了我们，你说这种情况下，我爸妈会不会彻底原谅她？”

“这样当然会啊。可你家怎么会遇到危险，就算遇到危险，文灵有什么能力帮你们？”

夏明笑笑："你也觉得这种情况下，我爸妈会原谅她吧？"

"是啊，这肯定的。可哪会出现这种情况？"

夏明轻松地说："患难见真情嘛，现在差个'难'，那我就造个'难'出来。"

朱灵芝一脸迷茫："怎么造？"

"说来也简单，只要把我爸妈和江文灵一同绑架了，后面再加一道考验，就行了。"夏明把手一挥，仿佛这就是一句话的事。

朱灵芝跟任远对视一眼，笑起来："小明哥，你就爱开玩笑。"

"我没有开玩笑，我是认真的，这项任务实际操作只要一两天，所有后果我负，报酬是五十万，这笔钱要不要，你们自己决定！"

第四十三章

“这件事我在心里想了好久，可我一个人干不了，光绑架我一个人就不行，后面也必须要找个人扮演绑匪。”夏明倒了两杯茶，摆到朱灵芝和任远面前，“原本我也就想想罢了，不过今天看到任远，我就知道机会来了。”

朱灵芝问：“为什么？”

“他不是演员嘛，演绑匪啊。”

“他就是个群众演员。”朱灵芝拖长声音。

任远立刻纠正她不尊重的措辞：“我是一名特约演员。”

“演技如何，台词功底怎么样，临场发挥呢？”

任远想了想，谨慎地回答：“我在网络电影里演过绑匪，我觉得演得还可以。”

“看到了吧，最大的问题解决了，实在不行，突击培训几天也能过关了，总之大部分的事我都会安排好。”

“你们不是开玩笑的吧？”朱灵芝干笑着瞧着他们俩，转头迟疑地望向任远：“这……这可是绑架啊……”

“我……”任远陷入犹豫。

夏明悠然道：“如果出了事，所有责任，我一力承担，可以签字画押。何况这事就算被发现了，我爸妈和文灵能把我送进监狱？肯定跟警察说我们一家子闹着玩嘛。我跟警察打交道也不是一两天了，法律上的事我懂！对了，两天片酬五十万，还不扣税，这是一线明星的待遇了吧。”

“我做！”任远马上答应下来，想到只要配合夏明，演两天绑匪就能拿到五十万，不但能还清所有债还有结余，他实在想不出还有什么比这更好的办法。

朱灵芝目瞪口呆地看着他们俩，他们看上去真的不是开玩笑。

夏明满意地笑起来：“好，那我就从头到尾讲一遍这个计划。先来说绑架的过程吧，我们不是真的绑架，当然不可以使用暴力手段了，而且还要保证他们三个身体都不会受到任何伤害，所以我用安眠药。安眠药分很多种，现在最新的起效很快，对身体几乎不会造成损害。我们三人过几天分别去医院，跟医生说失眠，让医生给我们配一款我需要的那种安眠药。至于放多少剂量合适，足够我们动手时不惊醒他们，又不对他们身体造成太大损害，我会查相关资料，不过最好在你们俩身上先做个测试，确保成功。你们放心，现在的安眠药很安全，不会把你们毒死的。”

两人相视苦笑，真有一种夏明为刀俎、我为鱼肉的感觉。

夏明继续说：“我爸妈晚上回家都会喝水，我会按他们的平常习惯，将这无色无味、剂量充足的安眠药放入他们的水里。我会在家中安装隐蔽的针孔摄像头，任远和我就躲在家里，通过摄像头确保他们都把水喝了，等到他们入睡，药效起作用后，就把他们俩直接被子一裹放上车，再去文灵家抬人。文灵家比较小，我不敢安装摄像头，怕被她发现就前功尽弃了，所以朱灵芝你当晚去她家，盯着她喝水。等到三人都抬上车，再把他们一起运到目的地关起来。”

朱灵芝问：“那东东怎么办？”

“那天我会叫东东来我家玩游戏，住我家里，他念叨体感游戏机好久了，我这次给他买一套大的，再准备一堆他最喜欢吃的东西，这样的吸引力他可挡不住。第二天我再去学校告诉他，文灵临时出差了，让他这两天继续住我家，他都习惯了。”

任远微微皱眉道：“其他都没问题，只是有点儿担心，这么做会不会吓到你爸妈？毕竟你爸妈年纪也大了，这样吓到他们，我感觉不太好。”

“不太好总归是不太好，可想要患难见真情，总免不了受点儿惊吓。对于他们的身体，我不担心，我爸妈都不到六十，平日也健身，保养很好，没有疾病，也都是见过风浪的人。不过不能让他们太过担惊受怕，所以到时他们一醒，你就好言安慰他们，让他们相信你只要钱，绝对不会伤害他们。具体怎么做到恰到好处，全看你的演技了。”

任远点点头。

“三人都关到目的地后，第二天，等他们醒来，你当着他们的面，给我打一个电话，要我带上五十万现金，一个人来找你交赎金，我过来后，也被你绑架，你把我和他们关在一起。这时候，就是表现患难见真情了。你要出一个考验，这个考验只有文灵能救我，如果她不救我，我必死无疑，如果她救我，她要冒很大的生命危险。当然，为了避免给文灵造成道德陷阱，万一她贪生怕死不救我，这就麻烦了，所以呢，到时我会偷偷告诉她，我有百分之百的把握能化险为夷。以我对她这么多年的了解，就算真有危险，她也会救我。不过这个考验呢，在旁人看来必须是十分危险的。”

任远不解地问：“什么考验在旁人看来十分危险，可你又有百分之百的把握？”

“其实是解一个电子密码，相当于一道数学题，旁人看来这道题有成千上万种可能，可我知道最多不超过45种可能，总之，就是这样一道别人看着很难，我却知道很简单的数学题。”

朱灵芝翘起嘴角道：“难怪江文灵不要和你结婚，原来不只是因为你家人。”

“那还有什么？”

“我们都怕数学题。”

夏明哈哈笑起来，说：“我也没办法，不能让江文灵背上道德考验，又要实现患难见真情，还要让我爸妈觉得文灵冒了很大危险。想来想去，只有数学题能让大多数人觉得无解，懂的人一秒给出答案。”

任远问：“接下来我就放了你们吗？”

“如果计划顺利，你就当天逼我们互相捆起来，戴上头套，运到一个没人的地方，给我留个活扣，第二天我会自行解开。绑架地点我会安装摄像头，你等我手势。”

任远点点头，又担忧地问：“如果他们回去后报警，警察一查，不就知道这一切都是我们俩干的吗？”

“首先，我可以和你立下字据，如果最后被发现了，五十万还是归你，要有什么法律责任，都归我。其次，第二天醒来，我会尽量说服他们不要报警，反正只损失了五十万。如果他们还是执意报警，就算查出来，知道是我干的，当然会跟警察说自家人闹着玩的，我最多治安拘留罢了。不过我更相信，就算报警了，警察也查不出是我干的。”

“警察怎么会查不出？”两人异口同声地问，在普通人看来，警察无所不能，怎么会查不出是谁绑架的。

“别忘了我是干什么的，我是帮警察找人的，所以我要隐藏行踪，谁也找不到。刚好最近有两个歹徒，总是入室抢劫绑架人质，而且主谋在我们——具体的情况慢慢告诉你们，反正这一次刚好可以利用他们的作案手法，假冒他们。如此一来，警察一定是想办法找他们。可最后就算他们某天落网，警察发现这次的绑架案跟他们无关，此时早已过了黄金破案期，永远查不到我身上。”

第四十四章

接下来，夏明利用他的专长，很快设计好了整个方案。

首先是绑架地点。有一个现成的地方，十年前大江东新区开发，夏正花了上千万买了一排商铺和一套独栋别墅，可后来开发停滞，新区至今大半仍是空城。别墅位于一个别墅小区，当时销售时，多数人都是奔投资去的，后来新区开发成了空城，别墅自然也没人住。因为这里的别墅租不出也卖不掉，所以业主都不肯交物业费，物业公司在小区交房的第二年就撤走了。这栋别墅的存在只有夏明一家知道，没有物业没人住的别墅，实在是绑架地点的不二选择。

当然了，这毕竟是夏正买的房子，当时交房时看过，虽然多年不曾去了，也难保夏正从地下室认出来，那就麻烦了。所以夏明需要对地下室做一些改动，里面原本便是框架结构，没有墙壁，稍微做些改变便可截然不同。

他由于平时还要去信息中心处理工作，抽不出太多时间，便让任远租了辆小货车，买上各种材料去布置地下室，隔了间简单的厕所，添了几样旧家具，楼梯口砌了根假柱子，旁边另外加了堵墙，又按照夏明的指示，从做防盗窗的店里订购了铁框，自己运过去慢慢拼装起来。

这些工作虽然简单，不过任远也不熟悉，最后花了足足十天才完工。所以夏正他们一开始便看出这铁牢是临时搭出来的。

牢房布置好后，便是任远的表演了，夏明连着多天赶去别墅，和任远排练，朱灵芝则扮演江文灵。台词是夏明先想了大概，任远写出来，三人再互相讨论。毕竟不是真的绑架，不能伤害到人质，也不能过分惊吓父母，所以任远一开始便要安慰他们，让他们不要害怕，待夏明也被抓进来后，任远可以强势一些，体现危难，夏明则要表现出能控制现场。

一开始两天的排练，总是很失败，朱灵芝和任远两人不断笑场，纷纷觉得计划行不通，但夏明不断拿出五十万的报酬鼓励他们，到了后面几天，整场戏总算有模有样。任远也能从头到尾压着声音说话，以免以后和江文灵碰面，她听到声音起疑。

至于绑架所用的道具就简单了，定位环现成就有，夏明也没做任何改装，倒计时和试密码的软件是夏明用一个多小时编出来的，和定位环没有任何关系。后面密码试成功后，任远手插在裤袋里，按了遥控钥匙，定位环自动打开。

当然，还要考虑到任远的身份不能被江文灵怀疑，之前他和江文灵没有见过，但以后总会碰面，任远原本身材清瘦，夏明在他四肢贴了大片硅胶，让他看起来身形粗壮。

布置好这一切后，便开始了正式的绑架。

当天白天，夏明和任远租了一辆汽车，装上别墅小区的门禁卡，进入小区后，将车停在小区道路的公共车位上，走进别墅，藏在夏明的书房内。

到了晚上，夏明从电脑监控中看到父母都喝了水，过了半个小时便都回屋沉睡。朱灵芝在看到江文灵喝水后，过了半个小时显出浓浓的困意，就告辞离开通知他们。

夏明和任远在屋中等到药效达到最高峰，两人轻轻来到主卧，虽说下了安眠药，他们也是第一次这么干，怕人中间醒来，所以两人戴上面具，连大气都不敢出，极其小心地将夏正夫妇的手脚慢慢束缚住，再蒙上眼罩，连同被子一起将人分别抬入电梯，下到地下车库装上车。后面再如法炮制，去江文灵家，用床单包着沉睡的江文灵抬入汽车。

按照计划，整件事完成后，夏明会尽量说服他们不要报警，但也要考虑到夏正坚持报警，或他们把此事告诉了夏梦飞，她去报警了。所以夏明需要做一些反制手段，使得警察介入也查不出是他干的。

他想到最好的办法便是嫁祸给此前的歹徒。

他先在别墅留下绑架的纸条，再让任远通过别墅内的装有木马软件的手机打勒索电话，夏明会查手机定位，再找到手机，看到木马软件叫儿童床，他跑到江文灵家，拿到一个并不存在的设置好路线的手机，据此找到了绑匪。

这样警察问起，他的供述也顺理成章，至于那个事实并不存在的设置好路线的手机，就说被绑匪拿走了。

当然，最重要的一环还是在监控，事后警方一定会彻查沿路监控。

夏明很清楚，几乎不可能让一辆车驶出杭州城，却让监控拍不到，他想到了声东击西。

他当晚赶回信息中心，将沿路经过的所有探头拍到车的视频文件，全部删除，复制了一份前一天的监控文件，修改文件时间戳加进去，由于是半夜，路上几乎没车，所以加进去的视频不存在和前后视频不连续的问题。

无论事后怎么查，只要没想到视频文件被删，谁也查不出真相。夏正车上的GPS发射器，正好转移警方的注意力。

他在信息中心的账号，只保留七天的操作日志，只要过了七天，那就再也发现不了改文件的事了。

唯独没料到第二天上午，他还没去别墅，沈研就先行一步到了，看到了报警的纸条，居然没跟他联系，直接报警。他想过放弃计划，可是父母和江文灵三人好不容易都抓到了，此时就算放弃，也很难收场，他只能硬着头皮，冒着被公司开除的风险，在路上甩掉林奇，将计划进行下去。

可完全没料到，此举却引来了真正的绑匪。

第四十五章

面对绑匪持枪威胁，夏明只得将制造“患难见真情”的过程大略讲了一遍。绑匪听得很仔细，不断询问个中细节，也向任远核实，来试探夏明是否撒谎。夏明不敢隐瞒，但刻意略去了朱灵芝也参与其中，只说任远是他的朋友，找他借钱，他趁机要任远协助。

果然，周兵听完便问：“知道这件事的，除了你们两个，还有谁？”

夏明连忙说：“没有了，只有我们俩。”

周兵转头问地上的任远：“是吗？”

任远抬头看到夏明的眼神，心领神会，不能再把朱灵芝拖累进来，也说：“没有其他人了。”

夏明道：“这种事当然越少人知道越好。”

周兵这才相信他，站起身，吩咐刘齐看好他们，转身朝楼上走去。

夏明回头看着父母和江文灵，三人带着不同的复杂眼神望向他，夏明满脸写着歉意，事已至此，如今也不是解释的时候，他知道这两个绑匪手段残忍，这一次可是真的生死考验了。

他闭上眼，急忙思索接下来该如何应对才能逃出生天，突然，他脑中浮现出一个疑惑，绑匪是怎么找到这里来的？

绑匪知道夏明冒充他们绑架，自然是隐藏在内部的主谋告诉他们的。主谋知道是夏明干的，说明警方已经知道了。

可警方还不知道他在这里，主谋却来了。

知道这栋别墅的人，只有沈研了！

夏明整颗心沉了下去。

沈研做这些事，目的只有一个，为了他的全景监控！

一家小厂商的全新产品，要进政府的安防招标目录，非常困难。最快捷的办法，便是证明他的产品比大厂的东西更能破案。恰逢杭州G20年，政府对安防极其重视，若接连出了大案，各大厂商束手无策，最后靠全景监控破了案，那就脱颖而出了！难怪他的全景监控两次都恰到好处地出现在现场，这当然不是巧合，而是他刻意安排的犯罪地点。

夏明已经完全确信沈研是主谋，可他此刻更清楚，沈研是主谋，那么他们这五个人，怕是一个都活不成了。

几分钟后，周兵回到地下室，拉过刘齐，在他耳边低语，刘齐露出惊讶的表情，两人又交流了很久，刘齐慢慢点头，朝五人逐一看去，众人心中都产生一种不好的预感。

周兵轻叹一声，回到夏明面前，说："刚刚我跟老板说了事情经过，很遗憾，老板的意思是让我送诸位上路。坦白说，这是我第一次杀人，不过我会尽可能减轻你们的痛苦。你们还有什么遗言吗？"说着，他掏出枪，"咔嚓"一声上膛。

夏正等人只当绑匪会跟他们勒索，压根儿没料到对方竟准备直接杀人，瞬时吓得脸色惨白，惊恐地叫起来："你们是不是要钱，要多少？我给你们。"

周兵摸着鼻子，说："送你们上路后，老板会给我们钱。"

夏正连忙说："他为什么要杀我们，他给多少，我给更多！"

周兵摇头叹息："我也想要更多的钱，可我们是讲原则的，我已经答应了老板，这种事当然不能讨价还价了，你们就别费心思说动我了。老板还说了，不要跟你们废话，尤其是叫夏明的那小子，诡计多端，免得上他的当。好了，就从地上的这位开始吧，别怕，我枪法很准，一秒钟后就没感觉了。”

周兵眯起眼睛，为难地朝任远举起枪，刘齐微微别过头，他们都没真杀过人，以前虽然犯下这么多案子，至少没要过人命，被抓了最多也是无期吧，这一枪下去了，以后被抓就是死刑了。两人心里也是忐忑纠结，可老板的话回音绕梁，老板说了，你们找上门了，夏明一定也猜出了他的身份，如果让他们活着离开，三个人都要完蛋。

顷刻之间，整个地下室被一种透不过气的恐惧压迫着。此前，倒在地上的这名“绑匪”一直态度温和，多次表明他不会伤害他们，让他们放心，他们虽有担忧，但远没有生死迫在眉睫的恐惧。可是此刻，对面两人的眼神说明，他们是真的要杀人了。

舒珮珺张大了嘴巴，双手紧紧抓住丈夫的手臂，指甲都快扎进肉里了。夏正浑然不觉手臂刺痛，强行保持镇定，但整个身心都已陷入绝望。江文灵紧紧抿住嘴唇，她想起了江东东，想起了很多往事，眼泪不禁流了下来。

突然这时，夏明脱口而出：“你知不知道面包车后来爆炸了？”

周兵把举枪的手放下来，转过头去，盯着他看了几秒，皱眉问：“你说什么？”

“你们在彩虹花园被警察盯上，原本要躲进一辆面包车逃离现场，对吧？”

周兵狐疑地盯着他，示意他继续说。

“后来你们看到停车场上有城管执法人员，所以没上车，是吗？”

“你怎么知道？”

“我是协助警察追踪你们的，我当然知道。可我想你们并不知道，你们没坐上面包车，反而救了你们一命，因为面包车没过多久就爆炸了，事后调查发现，面包车后面装满了汽油和一个遥控的点火器。”

周兵摸着下巴，脸上透出怀疑的神色。

“你们每次得手后，都是打车离开的吧？最后一次要你们坐上面包车，你不觉得奇怪吗？”

周兵用力地握住拳，咬牙切齿：“难怪要临时改变计划！”

夏明马上抓住时机：“你如果还不相信我的话，我再问几个问题。”

周兵冷冷地道：“你说。”

“你们为什么每次入室抢劫都要绑架人质，闹出这么大案子，以你们俩的手段，进屋偷东西，更是神不知鬼不觉，警察也很少管盗窃案。”

“老板有他的目的，作为交换，他保证我们的安全。”

“你们每次犯罪穿红色和黄色这样显眼的衣着，也是他要求的？”

周兵不屑地道：“我们是故意的，公安的监控都是红黄色盲，这样就算被监控拍到，警察也不容易认出我们。”

夏明睁大眼：“这是老板告诉你的？”

“那又怎么样？”

“你怀疑过他这是在骗你们吗？”

周兵一愣。

“为什么你们今天不穿那身红黄的夹克过来，穿一身黑外套？”

周兵的怀疑更甚：“老板让我们这么穿，我没问。”

“红色和黄色是红绿灯的颜色，是最显眼的颜色，监控只对深色分辨困难，对这两个颜色分辨最清楚，他过去是想让你们犯罪时特征鲜明一些，来达到他的目的。今天他是让你们过来杀了我们，自然不想你们穿那么显眼，以免半路被警察盯上。”

周兵冷声道："你别挑拨离间，老板有什么理由要这么做，我们被警察抓了，对他有什么好处？"他把枪举起来，对向夏明，只要听出一句欺骗他的话，他会立即开枪，他最受不了被人骗。

夏明知道此时此刻更加不能退缩，做出恍然大悟的样子，缓缓点头："我明白了，你们到现在都不知道你们老板是做什么的。"

周兵理所当然地应着："他不是警察吗？"

听到这个回答，夏明惊讶了，思索了几秒，谨慎地问："你们是不是从来没和他正面接触过？"

周兵一愣，他没有回答，但神态显见已是默认。

这一切都落在夏明眼中，他不解地问："那他是怎么和你们联系的？你们为什么信任他？"

周兵面无表情地说："这是我们的事，你只要老老实实回答我，老板为什么要这么做，如果你想故意说点莫名其妙的话拖延时间，我没有耐心。"他晃动着手枪威胁。

夏明抿了下嘴，突然想起了一些事，说："我能问个问题吗？"

周兵瞳孔收缩一下："快说！"

"四年前的黄金盗窃案里，你们最后没有拿到那两袋黄金，是吗？"

周兵眼角的肌肉看得出他的恼怒："废话，一袋黄金足有四五十斤重，我们背着能跑多远，最后只能让警察捡回去了。"

夏明摇头表示："警察从来没捡回那两袋黄金，他们都以为你们带走了，这笔账也挂在你俩头上。"

"你这话是什么意思？"

"如果我没猜错，你们各自背着一袋黄金逃跑，最后跑不动了，就把黄金藏在了某个地方，准备风头过了再回来拿？"

"是啊，我们把黄金藏在了高架下的石头堆里，过了三天回去找，袋子不见了。难道是捡垃圾的拾走了？可那块高架桥下面，地方很偏，我们还用石头盖起来了。”

“黄金，是被你们老板拿走的。要不然你们俩都已经是千万富翁了，也不用继续出来抢劫了。”

听闻此言，周兵整个人都战栗了一下，刘齐眼中露出困惑的神色。

第四十六章

“你杀了我们，你觉得老板真会给你钱？”夏明冷静地看着对方，他知道，无论如何必须拖延时间。

“不给我就杀了他！”周兵冷声道，他已经扳回了枪上的保险，重新坐到了椅子上。

“你知道他住哪儿吗？你知道他是谁吗？你怎么杀他？”

周兵一下子回答不出。

他微微眯眼，想通了老板为何今天叫他们过来了。

老板本来就想杀了他们俩灭口，上回没上面包车让他们逃过一劫。这次故意说有人假冒他们绑架，让他们过来，来了后，老板突然说，夏明肯定猜出了他的身份，必须把人质都杀了。这就逼得从没伤过人命的两人不得不杀人。一旦杀了人，老板就不担心他们某天如果被抓会供出主使者。因为他们被抓也只会承认入室抢劫，不会交代手里的五条命案，自然不敢说到主使者。

所以他们把五人都杀了后，老板不但不会给钱，还会跟他们断绝联系，他们还能去公安局举报老板不成？只能自己吞下这些事。

好一招借刀杀人！

夏明盯着他的眼睛，猜测对方心里也在权衡利弊，马上继续说：

“不如我们做笔交易吧。我们这里有五个人，每条命两百万，一共一千万，你们收钱就把我们放了，怎么样？”

两人一听这话，眼睛同时亮了，周兵怀疑地问他：“一千万，你们有这么多钱？”他只按老板吩咐做事，对夏明一家的情况并不太了解。

“我爸是做生意的，开了家不大不小的外贸公司，做了很多年，我们家的资产多了不说，一两个亿总是有的。”

周兵目光投向夏正，夏正点点头说：“一千万我拿得出。”

“一两个亿啊……”周兵露出贪婪的目光。

夏明道：“资产是有这么多，你们也该知道，做生意的钱都是银行的，一下子拿出太多也办不到。所以我想用一千万换我们出去，你看行不行？”

周兵思索了几秒，整整一千万！这一票若全身而退，以后再也不用干犯罪的事了，虽然他也知道，绑架交接赎金是一件高风险的事，但一千万在眼前，一劳永逸的一票，这个风险值得冒！

不过越是这种时候，周兵越是理智，他装出不为所动的样子，问：“你打算怎么把这一千万给我们？”

“你想怎么拿？”

“现金啊，难道还转账，这不是被警察分分钟查到吗？”

夏明面露为难：“现金的话，一时半会儿怕是难办，现在没人把大额存款直接放银行活期。”

周兵冷笑：“既然你拿不出钱，跟我说这么多有什么用？”

夏正连忙说：“我公司账上有。”

“那就找个人取出来给我。”

夏正皱起眉：“公司账上的钱直接取现，要我本人去签字银行才能办。”

周兵怒喝：“你们玩我啊！是不是还想让我带你去银行取钱？”

夏明冷静地看着他："现金一千万很麻烦，价值一千万的黄金怎么样？"

周兵眯起眼打量他。

"我姐夫沈研去年花了一千万投资实物金条，存在银行的私人保险柜里，这是随时可以动的。只要你们同意，我马上让他把这些金条给你们。"

夏正夫妇都心下起疑，沈研不是资金链紧张吗？他哪有一千万投资实物金条？但看儿子的表情，他一定另有打算。

周兵朝刘齐看了一眼，黄金是硬通货，价值一千万的黄金大概就八十斤重，他们拿得了，一千万人民币好歹几百斤，反而不好转移。周兵不禁心动，思索片刻，故意试探夏明："你打算怎么让你姐夫把这些金条给我们？"

夏明不清楚沈研究竟将这次案子多少的信息告诉了他们，若他撒谎被对方发现，后果不堪设想，目前只能一半真话一半假话赌一下："坦白说，我这次绑架我爸妈的事，警察已经知道了，要不然你们老板也不会知道，警察监控了我们全家人的手机，除了我姐夫的，我会说服他把黄金取出来，按你们的要求交付，但你们事后必须放了我们。"

"为什么警察没监控你姐夫的手机？"

"因为绑匪打勒索电话，我爸肯定是打给我姐，或者打给公司的财务，不会打给他的。而且他是跟政府做生意的，手机信息不适合被警方监控。"

周兵想了一下，觉得这个解释说得通，便说："如果我们能顺利拿到黄金，我们当然会放了你们的，可要是你姐夫把这事告诉警察呢？"

"我一定会说服他不要报警，否则，我很清楚你不会放过我们五个。"

"你知道就好。你打算怎么打他电话？"

"不能在这里打，万一我姐夫报警了，警察会查出这里的位置。"

第四十七章

夜已深，沈研独自躺在酒店的客房中，久久无法入睡。

夏梦飞和儿子住在另一间客房。他为了方便今晚与周兵保持联系，借口妻儿已经睡着，特意开了另一间房。

闭上眼，脑子里浮现的尽是这些年种种经历的画面，也许从一开始便错了吧。

野心啊，让人一旦走错了路，便再也回不了头。

四年多前，那时的他和夏梦飞刚结婚不久，夫妻恩爱，亲密无间。他是大康公司的高级工程师，拿着不错的薪水，做着自己感兴趣的工作，生活稳定又有憧憬。

因为公司倡导研发工程师要和公安多多接触，真正把握警方办案的实际需求，所以公司里的重点研发人员都会轮岗去信息中心，协助警方破案，从工作中了解产品的优缺点。就这样，他和搭档肖国栋都去了信息中心，进行了为期半年的轮岗。

在轮岗快结束时，发生了一起黄金盗窃案，被盗黄金价值一千多万。

两名歹徒逃跑后，第二天一大早，大康公司的追踪团队便被叫到信息中心，协助警方找人。

当时的追踪组长李忠厚和技术主管应文博做的工作和现在的夏明一样，只分派任务，并不直接参与查监控等体力活。

结果沈研和肖国栋这对搭档在追踪时意外发现，在一座高架桥下方的前后两处监控里，第一个摄像头拍到两名歹徒都背着装了黄金的包，步履沉重，而在第二个摄像头中，两人的包不见了，快步如飞。附近的地形很简单，唯一的可能便是歹徒暂时把两袋足有一百多斤的黄金珠宝藏到了高架桥下面的某个地方。

沈研正准备向上级汇报这个发现，肖国栋却阻止了他。

大部分工程师都性格内向，安分守己，肖国栋是另类。他喜欢泡妞，也喜欢赌博，前妻正是因此跟他离婚，他在外还欠了几十万元的债，当然，这对收入不错的他来说，不算翻不了身的大事。但当有这么大一笔钱摆在他面前，他不禁心动了。

他跟沈研商量，两人把黄金取出来，到时再想办法慢慢销赃，黄金不像其他珠宝，黄金是硬通货，每家黄金店都有回收业务，折价很少，到时每个星期去趟外地，多找几家店换出来，神不知鬼不觉便可将如此巨大的一笔钱收入囊中。

如果警方最后抓不到歹徒，那自然最好，如果歹徒落网，交代出赃物藏在高架桥下，搜不到自然也会认为是被经过的人发现并捡走了，不会怀疑到他们俩身上。

沈研起先不同意，可这主意听着实在让他心动。

他的太太夏梦飞是富家女，平时用的都是奢侈品，花销大，以他的收入也仅勉力支撑。虽然岳父人很好，如果钱不够了相信也会补贴，但他很爱妻子，并不是看中妻子的家庭条件才结婚，觉得若是以后张口问岳父要钱，面子上过不去，若有这样一笔钱打底，那就有信心多了。

两人商量之下，决定先去高架桥下找找。

他们熟知那附近的所有监控，便在下班后回家找来拉杆箱，沈研开着一辆车，来到离高架桥差不多一公里的地方停了车。他们拖着拉杆箱，从两个监控探头中间的盲区来到了高架桥下。

案发这几日，路上不时有警车驶过，想来歹徒刚逃出去，不敢回来拿黄金，果然如此。他们在桥墩后的一片碎石堆里发现了两个装满黄金的背包，他们将两个包装入拉杆箱，拖着箱子，安然无恙地回到了车中，驶离现场。

他们商定，黄金先由沈研保管，待风平浪静后，他们再平分其中的赃物。

当天晚上，他们回到信息中心加班。当时信息中心共用一个账号，账号的操作日志上也不会标记哪台电脑的IP地址，沈研和肖国栋很清楚。于是他们直接删除了高架附近区域的监控文件，后台输入强制格式化命令，让文件无法还原，又关闭了这几台监控。中心查监控需要开通权限，是在这件事之后才有的。

两天后，其他工作人员发现这几组探头全部处于关闭状态，但都以为是软件故障，当时的技术副处长万峥有所怀疑，查询了后台日志，赫然发现数据是被人为删除。此事非同小可，他当即汇报给上级，中心不敢隐瞒，将情况原原本本报到市局，第二天市局派专人将所有参与此次工作的十多名工作人员，包括公安和大康公司的，全部隔离审问。

沈研原本以为再过几天，操作日志会自动清空，这件事再也不会被人知道，谁想最后关头惊动市公安局，他顿时怕了。

他找肖国栋商量，打算自首。他在歹徒遗留的包中找到了一张小宾馆的房卡，杭州所有宾馆的住宿信息都接入信息中心，沈研在中心电脑上查询房卡住宿信息时，发现了登记的身份证是周兵和刘齐两人。他又通过移动运营商在中心的共享数据，查到了周兵和刘齐两人名下的手机号，手机定位显示，两人还在小宾馆里。这也表明，周兵和刘齐的身份信息是真实的。

沈研想着如果现在供出绑匪信息，帮警方抓了人，也算将功补过，他们又及时归还赃物，大概是能换来缓刑的。肖国栋劝他不要怕，叫他带上黄金，晚上十点到钱塘江边的某个偏僻地方将黄金交给他，由他来保管。

晚上沈研回了趟家，在自家储藏室的杂物堆中拿出黄金，开车到了约定地点。见面后，肖国栋依旧劝说这几日千万不可露出慌张，否则会被调查组怀疑。沈研思来想去，依然想去自首，否则一旦查实，他们这也是盗窃案，而且数额特别巨大，怕是要判重刑。交谈之中，肖国栋却突然抽出匕首，从背后捅向沈研腰部，幸而那时正值冬季，衣服厚，沈研内里还穿了件皮马甲，一刀刺来，感到后腰剧痛，但也只是皮外伤，没有捅进去。

沈研当即回身跟他搏斗，肖国栋个头矮小一些，力气比不过沈研，持匕首的手被沈研牢牢箍住后，瞬时落了下风。两人拼了命厮打，最后沈研将肖国栋推入钱塘江中。

刚落水时，还在浅处，沈研怕对方上来还要杀他，急忙捡石头向他掷去，肖国栋只好后退，退到水深齐腰的地方，他又往后退了两步，却不想踏出了河堤的区域，身后便是深水区，“咕咚”一声整个人栽进水里。

肖国栋不会游泳，冬季深夜江水冰冷刺骨，小腿马上就僵硬了，扑腾起伏挣扎着反而越漂越远，才不过一两分钟，就沉入了水底。

沈研立在岸边，等了十多分钟，目不转睛地盯着他沉下去的地方，再也没看到一丝涟漪。他意识到，这下真出大事了。

他立在原地，不敢报警，案值上千万的赃物加一条人命，如果报警，那他这辈子就完了。过了好久，他回到车上，检查自己的伤口，后腰黏糊糊的，一摸都是血，但伤口不宽也不深，冬天衣服厚，旁人也看不出。他对着后视镜照了一番，除了脸上被肖国栋打了一拳有些红肿外，倒也无恙。

他整理一番，小心回到家，夏梦飞已经睡着，最近他经常加班，想来妻子对今晚的晚归也不会起疑，他偷偷拿了换洗的衣服，去卫生间简单处理了一下伤口，将带血和刺破的衣服都包在一起，第二天早上开车扔到了路边的一个垃圾桶里。

随后的一段日子，他都在忐忑中度过。

肖国栋失踪了，调查组自然怀疑他涉案后畏罪潜逃，但也调查不出结果。

沈研暗想肖国栋当晚想杀他，自然赴约时有意避开了监控，钱塘江每年落水而亡的人中，很多都找不到尸体。

此事后来就成了悬案，调查组发现肖国栋日常作风并且在外有欠债后，相信肖国栋和案件有关，可也拿不出证据，更不知道肖国栋在案件中扮演了什么角色。随着时间的流逝，这件事也渐渐被人淡忘。

事后，这次追踪的主要负责人都被处分，张强调岗，万峥举报立功代替张强职位，大康公司的员工大多回了公司。

事情过去月余，一切风平浪静。他和肖国栋只是在中心的工作搭档，所有人都知道他们俩性格截然不同，平时玩不到一起去，例行调查一番后，也没人怀疑他。夏梦飞发现了丈夫后腰的伤，沈研称在外面走路时急转身不小心，戳到了一辆货车上外露的一根钢筋，她自然也不会怀疑。

此时，沈研考虑该如何处理手里这堆价值千万的黄金。

他在单位工作中，研发出了全景监控的雏形产品，当时的处理软件很不成熟，看起来没有多少实用价值，他的主管领导认为这不可能是未来监控的发展方向。沈研只好自己申请了专利，他深信如果能投入资源好好开发出来，全景监控无盲区的优点将填补很大一块市场空白。

他一直有创业的打算，但科技公司创业需要相当多的起步资金，考虑再三，他决定分批去外地把黄金兑换成现金，用这笔钱创业。

最后他筹集了一千多万，又以专利和现金投入为股份，向风投又融了一千多万，开始了创业。

辛苦工作了两三年，全景监控再也不是一开始那样的鸡肋，而是可供警方实际办案的成熟产品。可是安防设备招标极其严格，全国就他一家小厂商生产的产品，压根儿入不了政府的招标目录。

连招标目录都进不去，怎么中标？公司的资金已经捉襟见肘，再拿不到订单，这几年的所有心血都白费了。这些心血不光是智慧和汗水，还有那笔赃物和一条人命的沉重负担。

沈研很不甘心，心想该如何能让产品进招标目录，他突然想到，如果某个特大案件，现有的安防产品全都无能为力，最后靠他的全景监控破了案，那么主管部门必然会重视他的全景监控。哪怕一开始订单不是很多，但让业内意识到他这个产品的巨大优点后，包括大康和海华这样的业内翘楚，寻他合作也不在话下了。

给监控探头划分年代的话，过去的模拟信号是1.0时代，现在的数字信号是2.0时代，他相信全景监控会开启安防的3.0时代。

如果能成功，他这个创始人将跻身身家数十亿的富豪行列，这对他的诱惑实在是太大了。

接下来是该如何闹出一件大案，让其他安防产品全都没有用武之地，只能靠他的产品。

去年九月的一个周末，他去岳父家，和夏明交流工作时，夏明透露大康公司正在开发第三代智能安防系统，夏明带他去了书房，亲自展示了这套系统。

他得知，这是大康和政府合作的项目，信息中心为了帮助研发，拉了一条专线，大康公司可以在外网查看公安的监控录像。虽然张强为了安全起见，让外网只能查看探头午夜十二点的静态画面，看不了录像，但如此一来，路上的每个探头都能看出其拍摄范围。

夏明登录的系统，用的是公司几百个技术人员共用的测试账号，还直接告诉了沈研，让他体验一下他们的系统，提提意见。

沈研回家后一想，如果掌握了全市探头的数据，那么只要找到帮手，就能干出警方抓不到的案子了。他马上联想到了周兵和刘齐，这两人开锁的手段和身手，他在监控里亲眼见过。

于是，沈研借着平时去信息中心测试产品的机会，借用他人已经登录在电脑上的账号，偷偷查出了周兵和刘齐现在的信息，发现两人手机号也没换，目前依然留在杭州郊外的一个镇上。

沈研根据他们手机的定位，亲自开车到附近偷偷观察过他们俩，过了一段时间，他筹划充分了，开始联系周兵，用安全的方式见面。他知道两人是悍匪，不敢直接威胁，抱着商量的态度找他们合作，本以为很难说服他们犯罪，谁知他们一听这个机会，居然当天就答应了，待他详细设计好犯罪计划，年后连续上演了入室抢劫。

前三次案子，他只想尽快闹成大案，借着G20年，更容易引起高层的重视，平日里，他趁来中心测试产品的机会，探听一些案件的调查进展。

第四次，他刻意在计划的案发地装上全景监控，让公安第一次意识到全景监控的优势。随后，他趁参加安防厂商展览会的时机，在刘局的座驾上放上纸条，他知道，这样具有挑衅意味的话语，又处在G20前夕，必然会引发轩然大波。

不过，他还想把最后一次做得更大，所以他刻意暗示夏明可以查绑匪的手机号，如果夏明还不明白，他甚至准备随口说出手机电子栅栏。

他让警方查出绑匪犯罪时使用的手机号，当然不是真的想让警察抓到人，虽然周兵和刘齐没见过他的真面目，但若两人被警方活捉，种种供述之下，他也必会暴露。所以他准备让周兵和刘齐在最后一次犯罪中死去。

他精心设计了犯罪计划，从信息中心探听到滨江区撤除巡逻的第二天，便让周兵和刘齐按计划行动。

原本他计划全景监控拍下周兵和刘齐上了面包车，车在路上爆炸，整个案件画上句号。可他需要躲在办公室通过电脑视频指挥周兵犯罪，户外的网络信号不稳定，他没法在现场盯着他们上面包车，只能算好时间，判断周兵和刘齐上车后，用手机遥控锁死车门，引爆汽车。

他没料到，两人最后没上面包车，反而面包车的爆炸被警察盯上了，他断定专案组一定怀疑有内部人员参与。

自那以后的半个月，他一直在患得患失中度过。从万峥口中得知，全景监控进了下一批的招标目录，订单金额不会太大，但好歹开张了，其他安防公司也有找他谈合作。公司前景有了眉目，他也担心若专案组发现他在这次案子中得到好处，会不会怀疑到他。

今天一早，沈研来找岳父，却发现岳父母被人绑架了，现场留了一张模仿他的纸条。那一刻，他很害怕，猜测会不会专案组怀疑他，因为没证据，才设这个圈套来试探。他强自保持镇定，因为别墅里说不定还装了隐蔽的探头监视他的一举一动，思忖再三，他心想，若这是圈套，那我就直接报警把事情闹大了，看看夏明到时如何收场。于是他没有联系夏明，直接打了110。

专案组介入后，他才逐渐发觉这不是圈套，岳父母是真的被人绑架了。如果单纯为了试探他，不会闹到信息中心和刑侦支队上百号人介入调查，可究竟是谁干的，他也是百思不得其解。

后来林奇、张强等人查出绑架是夏明所为，又得知夏明从杭州东面出城，但之后的方向一无所知。沈研知道，岳父早年曾在大江东新区买了一套别墅，一直空置着无人居住，那里是最有可能的地点。

他想不通为何夏明要绑架自己父母，难不成对他有了怀疑，让父母一起帮忙演戏？

他反复思考，夏明知道他也能查三代系统，而且夏明能查操作日志，是否已经查过他了呢？

沈研不敢冒任何风险，他权衡之下，打算来个一石二鸟的计划。

让周兵和刘齐连夜出城，将五人杀死，他们俩背上人命，以后即便被抓，也不会轻易供出命案，自然不会提到老板。同时，夏明死了，就没人知道他也用三代系统，岳父母一死，他们夫妻继承的遗产，也足够他公司继续运转下去了。

岳父一家包括夏明，对他都不错，他和夏梦飞也很恩爱，从良心讲，他不愿这么做，但一想起这些年背负的沉重负担，他还是决定下狠心了。

沈研躺在床上，心神激荡，这几年发生的一切历历在目，就像电影快进一般在眼前滑过。

此刻，别墅的五个人大概都已经死了吧，至于周兵和刘齐，以后也不会再联系了。

对于这个结局，谈不上后不后悔，自从拿了两袋黄金开始，这辈子已经没办法干净了。

如果可以重新选择，沈研那时会毫不犹豫地说出发现歹徒的踪迹，但什么都来不及了，人啊，一旦走错了方向，往后的路便由不得自己了。

这时，客房门口传来急促的敲门声，他一惊，来到猫眼口，见门外是李振威，还跟着两名警察。

他隐隐预感不对劲，连忙返身把和周兵联系的手机拿出来，找了根针，快速取出手机卡，直接捏折，打开窗户，将手机卡和手机用力掷了出去，扔到了很远的马路对面。他关上窗户，平复一下呼吸，装作刚从床上爬起来的样子，走过去开门。

第四十八章

已经深夜十一点半，张强和林奇坐在指挥室隔壁的小办公室里四目相对，对于当前的难题，两人都束手无策。

夏明绑架了他的父母和女朋友，又嫁祸给此前的歹徒，这么干有什么目的，他们想破脑袋都猜不出。

人找不到，又联系不上，才是当前最大的困难。

正在这时，李振威急匆匆跑进来说，夏明的手机收到一条短信，他的手机360软件在其他地方登录了。

两人俱是一惊，急忙冲了出去。

大江东新区，离绑架的别墅只隔了不到一公里，有一处闲置的小仓库，蓝色的铁皮屋旁，停着夏明租来的小汽车。

周兵拿着枪从驾驶室下来，拉开后车门，夏明手脚都被结实的塑料打包绳捆住关节，直直地躺在后排座位上。

周兵拿出任远的手机，朝他扬了扬，说："如果你敢乱说半个字，或者你想要花招，你们全都死定了。"

夏明惶恐地点头："我知道。"

"你姐夫的手机号，你存在手机360的备份通信录里？"

“对，那上面有。”

周兵依言退出了手机360里任远的账号，登录了夏明的账号，随后把通信录拷下来，果然在上面找到了一个名字叫“姐夫”的号码，随后拨打了电话。

电话开了免提，随着铃音响起，夏明心中剧烈跳动着，沈研的手机上交给刑警了，电话是直接通到支队指挥室的。林奇不知道夏明此刻遭遇了真绑匪，如果开口就叫他别演戏了，赶紧回来自首，周兵一听是警察口气，那么整套脱困计谋就要当场破产，五个人都要死了。

他从未感到如此害怕。

刑侦支队的指挥室里，林奇和张强站在技术警旁边，等待着。

几个家属的手机一早都自愿交给了警方，警方牢牢盯着每部手机上的电话和消息。夏明手机上的短信提醒360账号在其他手机上登录，却没说是哪台手机，警方需要先联系360公司，找出新登录的手机号，再查定位，不是短短几分钟就能有结果的。

只过了两分钟，另一位技术警突然喊起来：“沈研的手机接到陌生电话！”

林奇等人马上奔到接线刑警身边，准备一接通就喊夏明赶紧回来自首，把事情说清楚。他完全不知道，若这样说，夏明就死路一条了。

张强目光一闪，突然意识到这个电话十分古怪。如果电话是夏明打来的，想跟警方承认错误，何不直接自己跑回来，深更半夜打电话给沈研做什么？夏明知道沈研电话在警局，打这电话就是打给刑警。

张强连忙说：“这事一定另有隐情，夏明很可能受人胁迫。他打沈研电话，就是打给警察，我们先不要把他的事说破，按早上的计划来。”

林奇吸了口气，暗想也有道理，便告诉接线刑警：“按一早的计划来。”

刑警接起电话，整个指挥室里鸦雀无声，所有人连键盘都不敢碰，屏住了呼吸。

“喂？”接线刑警开口。

“你是沈研？”对方声音不是夏明，这让大家更觉得意外。

“对，你是？”

“夏明是你什么人？”周兵试探沈研究竟是不是夏明的姐夫。

接线刑警扮演沈研，自然把他们家情况早摸透了，反应很快：“他是我小舅子啊，你是谁？”

“你是做什么工作的？”

“我开公司的。你到底是谁？”

“嗯……”周兵这才相信夏明所言不虚，便说，“夏明有几句话要对你说。”

听到这儿，所有人更加一头雾水。

几秒后，传来夏明极度惶恐的声音：“姐夫，我和爸妈，还有江文灵、任远，都被他们绑架了，他们要一千万，你明天一早就去银行把你保险箱里的四十千克金条都取出来，他会再联系你，把金条给他，我们就没事了。千万别报警，也不要告诉姐姐，他们真的会杀人，任远已经受重伤了，这钱我们出来就还你，你一定要救我们！”

周兵接过电话：“听清楚了吗？”

“是……是真的？”

“任远都快死了，不把黄金给他们，他们真的会杀我们的！”夏明半哭半吼。

刑警踟蹰道：“我……我要怎么做？”

周兵冷声道："照你小舅子的话，谁都别告诉，明天一早取了金条，我会再联系你。如果我发现有任何异常的地方，就不要赎金了。听懂了吗？"

刑警抬头看了领导一眼，林奇点点头，刑警对着话筒说："好……我会的。"

电话挂断，林奇不由得瞪大眼："这又是怎么回事？"

另一边，周兵挂上电话，看了看夏明，笑道："算你还有点儿诚意，没说暗示他报警之类的话。"

夏明连忙说："你们收到黄金，就会放了我们，对吧？我们没有看到你的脸，也不知道你是谁。"

"当然，只要黄金到手，我杀你们干吗？"周兵哈哈一笑，又说，"不过你让你姐夫别报警，谁知道他会不会报警呢。所以啊，我得看看，警察究竟会不会来。如果警察介入，这黄金我也不要了，你们就自认倒霉吧。"

他没有把任远的手机关掉，而是把手机放在了仓库旁边的地上，拿了块石头轻轻盖在上面。

夏明瞬间便猜出了他的用意，他一定会守在仓库附近观察，只要有人进仓库，自然说明警方介入了，根据手机定位找到了这里，那么他们五个人也完蛋了。

夏明只是想拖延时间，给专案组留下线索，让警察及时赶到救出他们。林奇能否解读出他刚刚几句话的含义，夏明没有任何把握，只能听天由命。

不过现在最担心的是，林奇会不会愚蠢地直接派人来仓库！

周兵开着汽车，把夏明运回地牢后，把枪留给刘齐，自己孤身一人重新来到仓库旁边，走到一处空置住宅楼的天台上，躲在边缘，居高临下地盯着仓库。

只要有人进仓库，他就会放弃交易，杀了夏明五人离去。

一千万虽然重要，终究比不上命重要。

第四十九章

“林队，查出来了，这手机登记的主人叫任远，手机一直开机，目前定位是大江东新区的一处建筑内，地图上看像个仓库，不过新区那边各种配套设施都没建起来，几乎是个空城，附近很少有入网监控，你看要不要联系那边的派出所，安排便衣到仓库那边摸排一下？”

林奇摘下耳机，他已经把刚刚这段对话录音反复听了很多遍，马上说：“赶紧呀，这还用问？”

“等等，”张强皱眉道，“我觉得要再研究一下。”

“还研究什么，手机定位就在那边，去了肯定能查出线索。”林奇理所当然地说。

“这次案子不同，不管是夏明，还是之前的歹徒，都对电子侦查很有经验，怎么会这样留下手机定位，让我们查，我觉得很可能是陷阱。”

“别说是陷阱，就算龙潭虎穴，我们也得去啊。”林奇握住拳，一副勇往直前的模样。

张强盯着林奇看：“你觉得夏明是不是聪明人？”

林奇哼一声：“也就一般般聪明吧。”

“嗯……那就算他一般般聪明，这通电话不会是莫名其妙打的，对吧？”

“是啊。”

“夏明知道打沈研的电话，就是打给你们刑警。”

“对啊。”

张强更加确信：“这么晚了，他给你们刑警打这个电话，一定是有目的的。如果一切是他自导自演的，他为什么这么做？如果不是他自导自演的，那说明，他现在确实被人控制住了，遇到了很大的危险！”

“可究竟是怎么回事呢？”林奇完全想不通明明几个小时前还认为是夏明自导自演的，现在又变成他被人控制了。

张强思索道：“刚刚电话里，我相信他一定有所暗示。我反复听了，除了冒出任远这个陌生的名字外，还会暗示什么呢？”

林奇想了想，同样摇摇头，他也想不出夏明还能暗示什么，不过他很快搬出犯罪心理学上的内容，教育张强：“我们审问犯人的时候，有些犯罪嫌疑人特别狡猾，顾左右而言他，说了一大堆不相干的信息误导我们。这时候就得学会抓重点，怎么抓呢？很简单，把口供的笔录画重点，只留下名词部分，那不就一目了然了？”

张强白了他一眼，既然很简单，你倒是说说看，靠嘴破案谁不会？突然，他眼睛一亮，把所有名词画出来！夏明这几句话里，除了几个人的名字，反复提到的名词就是黄金了！沈研在银行保险柜里存了四十千克黄金？四年前沈研参与了追踪，当时被盗四十多千克黄金和其他贵金属。难道暗示这个？

这时，林奇又感慨道：“看不出沈研公司这么赚钱啊，他都存了四十千克黄金了，早上还听他说是去找岳父借钱，这么多金条直接变卖，或者抵押给银行，钱不就来了？哎呀，果然女婿都爱坑丈人。”

张强更是警醒，连忙说：“马上联系前四起案件的受害业主，让他们听听这段绑匪的声音。”

“你是怀疑……”

“没错，我怀疑夏明落到那两人手里了！”

几分钟后，四起案子的受害业主全部电话联系上了，他们听过周兵的声音，其中两户说有点儿像，不太肯定，另两户明确说就是他。

张强豁然开朗，直接告诉林奇：“主谋就是沈研！马上带回来审，审出来才能救夏明！”

“沈研是主谋？”林奇完全不相信，“他又没你们中心账号，怎么知道监控盲区？”

“应该是通过大康公司三代系统查的，夏明有账号，而他是夏明的姐夫，有很多机会知道账号。”张强跟他大致解释了一下三代系统拉了条中心线路做测试的事，林奇当然听不懂，反正只知道沈研是有这个可能的。

第五十章

大江东新区大半还是空城，夏明他们所在的这部分区域更是人迹罕至，要不然也不至于这里房子多年都空置着。

周兵很有耐心地趴在一栋空置住宅楼的顶部，静静地观察着对面仓库。足足三个小时过去了，再过些时间就天亮了，整晚只看到十个手指数得出来的汽车经过，行人更无一个，他心想警方没有介入，这笔买卖想必能成，不过他丝毫不敢懈怠，在最终拿到黄金安然离开前，每一分每一秒都是危险的。

别墅中，刘齐留在了一楼，一楼可以听清外面的动静，同时电脑上也能看到地下室中五个人的一举一动。他把手枪放在桌子边，如果五人敢轻举妄动，他不介意给某人来上一枪。

地下室中，任远也被关了进来，他躺在床上轻声呻吟着，夏明检查过他的伤口，由于当时身上贴了硅胶，子弹射得没那么深，否则怕是整个屁股都崩烂了，但子弹陷在肌肉中，随着每一次呼吸的颤动，都刺激着他的神经，他一直在咬牙坚持。

夏正看看儿子，看看这个原来的绑匪，愤懑地深叹一口气："都是你惹出来的好事！"

夏明皱皱眉，一言不发，侧身向床边挪了挪，偷偷把手伸进床底，从中摸出一个巴掌大的塑料盒，放到身后。身边几人都看到了他这个小动作，疑惑地望着他。

他双手伸到背后，在小盒子上按了一番，才开口说：“好了，现在可以放心讲话了，只要声音小点儿，绑匪听不见。”

夏正不解地问：“你把什么东西拿出来了？”

“本来我在床底装了个窃听器，这里说的每句话楼上都能听见。”

“你装窃听器干什么？”

夏明翻了下白眼：“怕我还没来时，你们跟江文灵吵架，我让任远随时盯着。”

“你——”大家差点儿被他气死。

“好了好了，这事是我不对，我对不起你们二老，对不起江文灵，也对不起任远。现在不是说这些的时候，能活着离开你们杀了我都行！”

夏正也不是冲动的人，此刻也只能冷静下来，问：“你刚才说沈研有四十千克黄金，我怎么从没听说过？”

“他本来是有的，还不止四十千克呢，后来变卖了才开的公司。我几年前就好奇，他哪来这么多钱开安防公司，今天算是明白了。”

“什么明白了？”

夏明冷哼一声：“你以为这两人的老板是谁啊，就是你们的好女婿！”

夏正夫妇都目瞪口呆，他们看儿子的模样，知道他没开玩笑。

“具体的经过说了你们也不懂，总之，我很清楚是他干的，目的嘛，还不是为了他那破全景监控，一家小公司的新产品，要进招标目录，只能用行动来证明它比大厂的监控更能破案。真是处心积虑的王八蛋，如今还想杀我们五个人，我看他完全是疯了！”夏明低声咒骂着。

舒珮珺还抱着一丝希望：“他和梦飞感情这么好，如果可以劝劝他，让他别这么干，让他自首去，他……他应该会听吧。我们平时对他挺好的啊，真的挺好的啊……”她环顾四周，看着每个人，想让每个人都相信他们家平时对沈研很好，连江文灵和任远这两个外人，她也乞求地看过去，仿佛大家相信了她的话，沈研就不会杀人了。

夏明叹口气：“没用的，他既然派了这两人来这里，自然知道我会猜出是他干的，他不会回头的。”

舒珮珺急得哭了起来：“那……那怎么办？”

夏明安慰他们：“没事，我刚刚跟那个人出去打电话，已经留给警方两个暗示了，警察肯定能明白我的用意。两个暗示只要突破任意一个，我们都能安全出去。”他抬头望着楼梯口，心中暗暗祈祷，林奇这白痴可千万不要派人去仓库啊！

第五十一章

刑侦支队的审讯室内，沈研面对气势汹汹的刑审队员，一直装无辜。跟周兵联络的那个查不出来源的手机，已经在离开房间前，被他扔到了马路对面，几个小时过去了，警察也没提起手机的事，可见他们根本不知道他和周兵之间的关系，只是在套他的话而已。

他很清楚，如果警方不能活捉周兵和刘齐，那他永远安全，他身上没有关于这些案子的任何一条证据。当然，如果活捉了周兵和刘齐，那他就扛不住了，周兵和刘齐虽没见过他的长相，但对他的身形和声音都一清二楚。若是警方再知道周兵他们四年前没拿到两袋黄金，当然会怀疑到他身上，查他四年前的银行流水，那是没法解释的铁证。人证物证都有，他也只能认罪服法。

可是现在，他必须赌一把，为了这些年的心血，为了现在心满意足的家庭生活，他必须赌周兵、刘齐不会被活捉！

林奇从审讯室出来，回到办公室，愁眉不展地坐下，看着张强和李振威，说："会不会搞错了，沈研怎么看都不像主谋啊？他说他在银行没有私人保险柜，更没有四十千克金条，我找夏梦飞也确认过了。"

"他没有的话，为何夏明会在电话里说他有？为什么是四十千克，和四年前丢失的差不多？”

“这个嘛……”林奇想了想，也觉得夏明不会没来由编造这件事，可沈研一时半会儿显然突破不了，直接上刑讯逼供？现在沈研是嫌犯，完全是根据夏明的一句话猜的，半点儿证据都没有，要是错了，把受害人家属给刑讯逼供了，自己怎么交代？

片刻后，林奇说：“我想还是要派便衣去手机定位地点摸一下，总归能发现线索。”

“不行，不能去，我觉得这就是陷阱。”张强据理力争，“你别忘了，这两个歹徒是具备反电子侦查经验的，他们能不知道手机会定位？如果这么容易把人救出来，夏明还需要话里藏话吗？”

这时，一旁的李振威插了句嘴：“夏明会不会有其他暗示啊？”

林奇顿时一拍大腿，道：“你怎么跟我想到一块儿去了！”

两人无奈地看着他，你早这么想了，怎么不说出来啊？

林奇不管他们，转身出了办公室，重新拿起耳机，将夏明的话听了一遍，回到办公室，说：“夏明一共提了两次任远，手机号也是这个任远的，这个人沈研夫妇也不知道，怎么会牵扯进来的，马上查一下任远！”

李振威转身出门，很快拉出了任远的资料清单，看到资料，林奇突然想起这人夏明此前跟他提过，被经侦队抓了。当时听夏明说，这个人还有个女朋友，跟江文灵是闺密，所以才帮忙的。

林奇看了下手表，已经三点了，很快就要天亮，必须抓紧时间，便下令让李振威带人赶紧去任远家，找他女朋友询问。

大半个小时后，李振威带着朱灵芝回到刑侦支队。

朱灵芝半夜遇到刑警上门，一开始还想遮遮掩掩，但眼神哪里逃得过老刑侦的眼睛，几句吓唬又说任远出事了，她坐上警车后就一五一十地全说出来了。

她的这一番交代，总算是让林奇等人厘清了整件事的来龙去脉。虽然纷纷对夏明破口大骂，但夏明浑蛋归浑蛋，人还是得救。

知道了绑架的真正发生地点，接下来就是抓捕了！

第五十二章

林奇马上拨电话给支队长，支队长一听是围捕这两名歹徒，顿时从床上跳起来，赶紧换了衣服奔赴单位。同时也顾不上这个点领导都在睡觉，电话打给市局领导，要市局即刻安排大量人手，前去抓捕。

这两名歹徒手里有枪，身手矫捷，而且控制了五名人质，其中一人已受伤。市局领导直接下令，此役只许成功，不许失败，既要抓人，也要保护全部人质安全。

林奇对案情最为熟悉，所以这次抓捕继续由他指挥，一共召集了三百多名警察，包括支队直属刑警和其他兄弟部门的警察以及神枪手，所有人都从装备库中领出全副武装，七八十辆警车由专案组统一指挥，从杭州全城各个地方的警局驶出，直奔大江东新区。

在新区外围，所有警察下车，步行进去。

警方兵分两路，一路直奔别墅，一路前往仓库附近。沿路先由少数伪装成环卫工的便衣清场，扫除地面暗哨，空中则升起无人机巡视，大部队悄然跟在后面，慢慢向两个目标点形成合围之势。

很快，操作无人机的警员汇报，在仓库旁的一处住宅楼顶部，发现了疑似盯梢的歹徒身影，歹徒已经有所警觉了。

天光已经发白，东边一轮红日浮现。

周兵趴在住宅楼顶上，盯了仓库一晚，始终没见异常，心下越发肯定警察没有介入。一夜没睡，他打了个大大的哈欠，感觉肚子饿了，可这周围都是空城，一家便利店都没有，没地方买东西吃。

正寻思间，突然听到身后一阵呼呼的声音，他起身转过去看，一架无人机从天空中飞过，离他远去。

他站在原地愣了几秒，马上跑到另一边的护栏处向下张望，下面交错的两条马路上，共有四个清洁工在扫地。

他观察片刻，周围没有其他异常，一个穿着很潮的年轻人站在一辆很酷的摩托车旁，正在摆弄着无人机，无人机在天上乱飞着，也没再向他这边靠近。

周兵顿时松了口气，虚惊一场啊，也就是个年轻人找这处空城玩无人机罢了。相信今天是个好日子，一切都会顺利的。

突然，他心中一凛，依靠人体本能逆向思维大法，他预感今天顺利，那么就意味着有很大的危险潜伏在身边！

他看了看这里的地理环境，这栋住宅楼太矮了，只能看清底下的小仓库，看不到附近全貌，他思索片刻，目光投向了对面那栋高大的写字楼，写字楼窗户都没装，显然是栋烂尾楼，当然不会有人了。

对，就去那里居高临下盯着。

他走下楼，来到马路上，左右张望一眼，一个清洁工慢悠悠地骑着垃圾车，慢慢朝他这边靠近，他盯着清洁工看，清洁工中间只抬过一次头，和他对视后又低下去，再也没看他。

周兵心里警觉，回过身，快步朝前走去，眼角余光看到清洁工突然加快了骑车速度，他顿时拔腿就逃。可他一迈开大步，就见路上的四名清洁工全部向他包围过来，前后几栋建筑中又蹿出几名便衣，所有人的目标都是他！

林奇带领大部分人马守在外围，等待前方的结果。

几分钟后，众人脸上都露出了笑容。

八名便衣押着周兵快步走来，此刻他已经没了假发和口罩，四人抓住他的两条手臂，一人揪着他的头发，还有三人跟在左右两边，这阵势真叫人插翅难飞。

众刑警按着他的头，来到林奇面前。林奇抓住他的头发，问："叫什么名字？"

"周兵。"他发出颓丧的声音，知道这次是逃不了了。

"几起入室抢劫都是你干的？"

"是。"在众多刑警的威压面前，他不敢耍花招。

"几个同伙？"

"一个同伙，一个主谋。"他想起老板侵吞他的黄金，直接说了出来。

"主谋是谁？"

"没见过脸，我猜是警察。"

众多不知内情的刑警脸上纷纷露出惊讶的神色。

林奇不以为意，这事回去慢慢审，当前先把人质安全救出来："同伙叫什么？"

"刘齐。"

"他在哪儿？"

"在旁边别墅里。"

"里面几个人质？"

"五个。"

"你的枪呢？"

“在小齐那里。”

林奇思索几秒，问：“你想个办法把刘齐叫到这里。”

“我试试。”

“你打算怎么说？”

“我叫他过来吃早饭，人质关着跑不出来，叫他放心。”

“他听你的吗？”

“我说什么他都听。”

林奇点点头：“你好好配合，这是立功的机会。”他转头对旁边的刑警说，“把手机还他。”

周兵接过手机，众人把他围在中间，他即便是武林高手也别想逃走，老实地拨打了刘齐的号码，电话接通后，周兵开口便喊：“我被抓了，你快逃……”

话没说完就被身后的警察捂嘴按倒在地，一顿暴打。

可已经来不及了，林奇当机立断用对讲机吩咐别墅外的刑警，马上包围起来。

既然已经暴露，警方也不用再躲躲藏藏了，大部队集体奔赴别墅，几百个警察里三层外三层围了起来，当前一排全竖起盾牌，防止歹徒狗急跳墙射杀警察。

早已埋伏在周围的便衣向林奇汇报，别墅里没人出来过，歹徒肯定还在里面。警察朝里面喊了几声，无人应答，又从周兵口中问出，刘齐是个哑巴，回答不了。

林奇派机动巡逻队的人穿好防弹衣，戴上头盔和面罩，竖起盾牌，全副武装地走进去，来到窗口仔细观察一楼，发现里面没人，回来报告情况。林奇又让特警爬到别墅顶上潜进去，周围全部安排神枪手举枪支援。

很快，特警从别墅顶楼跳进去，来到一楼，打开房门，一队刑警持枪悄悄进来，众人一齐围住了通往地下室的入口。

随后，警方安排了三名实战经验丰富的特警，穿着防弹衣，贴墙慢慢走下楼梯，刚到一半，便见刘齐站在铁牢外，握枪指着里面护在众人身前的夏明，刘齐抬头冷冷地看着警察。

警察连声喝道：“放下枪！”

刘齐回头看了眼夏明，夏明连忙说：“给他五分钟，你们先不要下来，五分钟后他自己上去！”

刘齐转头看向警察，慢慢点了下头。

警察们对视一眼，其中一人跑到外面向林奇报告了里面的情况，林奇跟现场特警分析了一番，地下室楼梯有障碍物，狙击手没遮蔽位，特警冲下去强攻，歹徒若朝人质射击，他们也没法阻拦。考虑再三，林奇觉得歹徒和夏明一家也无冤无仇，即便亡命之徒，这会儿杀人质也毫无意义吧，心中暗赌一把，就相信他的话，给他五分钟！

外面天光已经大亮，地下室里依然靠一盏黯淡的壁灯照明。

经过了一天一夜的煎熬，夏正夫妇心力交瘁，躺在了床上，也不知他们能否真的睡着。任远流了不少血，此时也痛得昏过去了，睡梦中还在轻轻呻吟着。

夏明睁着布满血丝的双眼，虽然他算起来已经两天两夜没合眼了，可他丝毫没有睡意，他比这里的任何人都清楚这两人的危险性。江文灵靠在他怀里，微眯着眼睛，闭目养神。这期间他们只说过一句话。

夏明问她：“你怪不怪我？”

“我为什么要怪你？”江文灵摇摇头，把头靠得更近。夏明用力握了下她肩膀，内心唯有祈求林奇大显神威了。

随着时间逐渐过去，周兵没有回来，他意识到林奇没有愚蠢到直接派警察去仓库，心逐渐宽起来。只要再拖延一点儿时间，只要警察找到朱灵芝，他们就能得救了。

这时，突然一阵喧嚣传入地下室，他和江文灵顿时立起身体，侧耳倾听，这次听得很清楚，外面警察正拿着大喇叭喊刘齐赶快放下武器，出来投降，争取宽大处理。

喇叭喊了几声，夏正夫妇也坐了起来，任远也从昏睡中惊醒，众人喜极而泣："警察来了，警察来了吗？"

过了片刻，"咚咚咚咚"，楼梯一阵响动，刘齐持枪冲了下来，拿枪指着众人，众人纷纷吓得后退，任远躺在床上动不了，赶紧拉起被子，想用被子抵挡子弹。

夏明伸开双臂，护在父母和江文灵面前，急声喊："你不要伤害他们，你杀了我们对你也没用啊！"

刘齐盯着夏明，用枪招了招，示意他走过来。

夏明迟疑片刻，走上前，刘齐用枪一把顶住他的头，江文灵直接跪倒在地，哭求："求求你不要杀他，你放了他好吗？"舒珮珺也一齐跪下，哭求别伤害她儿子。

刘齐朝众人看看，目光缓和下来，又做了个手势，让夏明坐在地上，夏明只好照做。刘齐摘下了口罩，脱掉了假发，露出原本的面容，隔着铁牢面对面坐下，把枪放在了一旁，从口袋里掏出一个手机，递给夏明。

夏明疑惑地接过，刘齐掏出纸笔，写上："帮我打个电话，我不会杀你们。"

夏明先朝身后几人点点头，让他们不要担心，拿起手机，按着刘齐指示，找到了一个叫"淇淇"的电话，正准备按下去。突然，楼梯再次传来响声，三个警察出现在楼梯上，刘齐反应极快，一把拿起枪，指着夏明的头，和警察对视。

警察马上喝道："放下枪！"

刘齐不为所动，看向夏明，伸出五个手指，用口型说着："五分钟。"

"五分钟，叫他们给你五分钟时间，对吗？"

刘齐点点头。

夏明马上朝警察喊："给他五分钟，你们先不要下来，五分钟后他自己上去！"

过了会儿，楼梯上的警察接到上级命令，退了出去，在一楼寻到了笔记本电脑，里面的监控可以看清下面的全貌，他们也只好等待着。

刘齐拿着纸笔，快速地写下一段话给夏明看，随后示意他拨打电话。

电话响了很久才被接起来，里面传来一个女孩焦躁的声音："你干什么呀！这个点打我电话，你不知道我两点下班吗？我刚睡下就被你吵醒了，你要干什么？"

"你朋友在我旁边，他……"夏明看到刘齐又在纸上写下了自己的名字，改口说，"刘齐在我旁边，他要我代他跟你说几句话。"

"有什么好说的，我要睡觉，烦死了！"淇淇直接挂断了电话。

夏明一愣，尴尬地看着刘齐，刘齐露出恳求的眼神，让他再拨一次。

他只好照做，接起后，传来淇淇更生气的声音："你干什么呀！有话快说快说快说！"

夏明看着纸上的字，念道："刘齐让我代他说，我要去一个很远的地方出差，暂时就不去看你了，希望你能过得幸福，早点儿买好房子，脱离这份工作。"

"早点儿买房子，钱呢？他不是说会给我钱买房吗？"

刘齐紧皱着眉头快速写了一句。

夏明又念起来："我以后给不了你钱了，对不起！"

"我就知道他想找个理由不给钱，自己不好意思说，还专门找个人来说，哼，男人都一样，以后别再联系我了，我看不起他！"

淇淇直接挂掉了电话。

夏明看着颓然失望的刘齐，迟疑地问了句："还要再打吗？"

刘齐黯然地摇摇头，失魂落魄地站起来，枪也没拿，退了几步，随后一手指指夏明，另一手指指跪在后面的江文灵，双手合起来做成了一个爱心，往前一递。

这是他第一次做对了手语。

就这样，夏明看着他慢慢走上楼，刚到一半，就被跳下来的刑警按住，他丝毫不反抗，顺从地任他们带走。

待看到刘齐被带走后，牢房中的众人愣了一下，终于忍不住喜极而泣。

跪在地上的舒珮珺和江文灵，两个女人激动地抱头痛哭，这一回是真正的患难见真情了！

夏正又气又笑地看着儿子，狠狠一咬牙，冲上去对着儿子的头一顿猛拍。

床上的任远眼见彻底转危为安，不由得叫嚷起来："小明哥，我医药费你要报销啊，还有误工费，还有没有人管我啊！"

夏明挡住夏正的敲打，正色对众人说："爸、妈、文灵，还有任远，一会儿警察下来，你们一定要说我们是闹着玩的，不能说我绑架你们，要不然这是刑事罪名！"

"你……你还有脸说这个！"夏正又捶了他一下，顿时停住，"你不是开玩笑吧？”

“当然不是开玩笑，等下你上去看看今天来了多少警察你就知道我有没有开玩笑，你们受害人全都一口咬定这是我们自己家的闹剧，要不然我真要坐牢。”

大家都纷纷吃惊又担忧地看着他，片刻后，奔下来的警察阵势把他们都吓住了。至少有二十多名警察挤在这间地下室里，警察打开牢门，把众人带上楼，到了外面，夏正等人看到围了至少几百个警察，才相信夏明真的不是开玩笑。

林奇从人丛中走出来，这次歹徒顺利抓获，人质安然无恙，这样的表现，他先给自己立个一等功。可一见夏明，他不由得怒火攻心，一把揪住夏明的衣领，把他单独拉到旁边，痛骂：“你闹的什么事？患难见真情啊，见到啦？”

“呃……见到了。”

“你知不知道你这是要刑拘的啊，这回我可保不了你。”

夏明吃惊地问：“为什么要刑拘我？”

“你和任远同谋，绑架你爸妈和女朋友，这还不要刑拘啊？”

“谁说我绑架？你问问我爸妈，你问问江文灵，我有绑架他们吗？”

林奇愣在原地：“你——”

“明明是那两个绑架了我们，我们都是受害者好不好？我爸妈和江文灵都不承认我绑架他们，这别墅就是我们家的，你见过谁绑架绑到自己家？你们警察凭什么栽赃好人？”

林奇被他呛得说不出话来，人质不承认绑架，绑架地点又是他们自己家，这在法律上还算不算绑架，这个问题他得回去翻翻书。

这时，李振威跑过来说：“林队，沈研招了，一开始我们告诉他两名歹徒已经被抓了，他还不肯说，我们直接把抓周兵的照片发给他，他马上承认了。”

“很好，慢慢审。”林奇一挥手，打发他走人，回头便冲夏明说，“你删了信息中心的数据，这怎么说？”

“还不是为了你！”

林奇眼珠都要跳出来了：“关我什么事！”

“我做的这一切，患难见真情，只是迷惑他人编造的理由，我真正的目的是帮警方把沈研钓出来。我早就怀疑他是幕后的主谋，但又苦于没证据，他是我姐夫，这话不能乱说，所以才设计了这个局，请君入瓮，让他主动浮出水面！”

林奇做梦也想不到还有这样的人，干张嘴说：“朱灵芝供述的跟你说的不一样。”

“这件事如此隐蔽，我当然不能让其他人知道，其他人，我都是骗他们的！”

林奇冷笑一声：“你这番话跟刑审队去说吧，你可从没见过他们的手段，他们有一万个办法让你说出来。”

“你真要把我交给刑审队？”

“你说呢？”

夏明长出一口气，淡淡地道：“刑审队大名我早听过了，我肯定会全盘招供的，万一不小心不但承认了我删中心数据，还说出了有人要我监视几十个警察，甚至还有领导，我也没办法。”

“你——”

“对了，我有个问题要请教你。沈研是怎么知道我自导自演了这场戏的？”

“他不是待在支队吗？当然会知道了。”

夏明摇摇头：“那也不应该，他是家属，怎么会知道这么机密的案情，是你告诉他的吧？”

“我——”林奇退后一步，“我怎么知道他是主谋！”

“不管你知不知道，你向非警务人员，而且还是幕后主犯泄露案情，差点儿导致五人被杀，这责任你可跑不了。你别忘了，你们前支队长赵铁民是怎么离职的，前车之鉴。”

赵铁民的案子发生在几年前了，知道内情的人都会不禁唏嘘。林奇哼了下，没做声。

夏明讨好地凑上去笑笑：“其实嘛，我也没干多么惊天动地的事，绑架这节，人质绝不承认，无非是删了中心一点点数据，也没造成严重后果，剩下就是解释我为什么删数据，这不就是你一句话的事？张强也会替我说两句的，对吧？”

林奇朝他看了好久，终于还是笑着打出一拳：“王八蛋！”

（全文终）